茶煙起

叔河题

王　亚

现居湖南株洲。出版散文集《声色记》《一些闲时》《此岸流水彼岸花》《今生最爱李清照》等，注译《东京梦华录》。

喫茶見詩

王亚　著

黄山书社

图书在版编目（CIP）数据

吃茶见诗 / 王亚著. -- 合肥 : 黄山书社, 2021.12
（慢活书系）
ISBN 978-7-5737-0097-1

Ⅰ. ①吃… Ⅱ. ①王… Ⅲ. ①散文集—中国—当代
Ⅳ. ①I267

中国版本图书馆CIP数据核字（2022）第014290号

吃茶见诗 王 亚 著

CHICHA JIANSHI

出 品 人 贾兴权
责任编辑 张月阳
扉页题字 锺叔河
封面题字 叶兆言
装帧设计 有品堂_刘 俊 张俊香
出版发行 黄山书社（http://www.hspress.cn）
地址邮编 安徽省合肥市蜀山区翡翠路 1118 号出版传媒广场 7 层 230071
印 刷 安徽新华印刷股份有限公司
版 次 2022 年 6 月第 1 版
印 次 2022 年 6 月第 1 次印刷
开 本 880mm × 1230mm 1/32
字 数 220 千字
印 张 11
书 号 ISBN 978-7-5737-0097-1
定 价 52.00 元

服务热线 0551-63533706

销售热线 0551-63533761

官方直营书店（https://hsss.tmall.com）

序

胡竹峰

烟雨蒙蒙中，恍恍惚惚如坠梦境。细雨给小城添加了婉约的氛围。在湿而清爽的天地里行走，在雨的缝隙中行走，行走之余读王亚的书稿《吃茶见诗》，星星点点地看，读得深了，人也觉得清爽。

王亚文章有生之喜悦，也有追忆的惆怅。好文章让人喜悦又惆怅：一味喜悦的文章，格调未免低了；一味惆怅的文章，行文又显得逼仄。喜悦中有惆怅，差不多就是读《吃茶见诗》的感受。有些篇章藏着沧桑，隐得深，如同深水潭底的鱼虾。

王亚笔力颇足，写诗写茶，兼及酒画世俗，抓住一根线，线的另一头系着锅碗瓢盆、坛坛罐罐，俗气烟火气氤氲。时序中年，人生多艰，芳草多愁绿遍心扉真是清福。《吃茶见诗》有着繁华中的茶香，庸常里的诗意，不缺伤逝的隐痛，不乏忧乐的反省，更独有一种执着与情怀及灵光乍现的感悟，给人绵绵慰藉。

王亚文章之好，好在轻快，好在灵性，好在朴素，好在琐碎，一篇篇滋味不同，底色不同。好文章各有其好，美美与共。

王亚是湖南人。湘人气象不同，女子笔下也一片明朗，说到底，还是正大。近来最好正大，也好光明，正大光明的正大，正大光明的光明。正大光明里尽是通透，通透里有明媚，那是文章的山水。文章山水曲折一些好，文章山水浩荡连绵一些更好。可喜王亚入了山水境地，眼见她朝辞白帝彩云间，眼见她轻舟已过万重山，眼见她饮弄水中月，眼见她下见江水流，眼见她看花上酒船，眼见她低头礼白云。

散文随笔的写作，一篇篇都是性情。性情到了，水到渠成。博大精深地引经据典，有条不紊地抽丝剥茧，远不如随心所欲气象万千。读这本书，眼前会时常恍惚这样的场景：一场戏刚刚结束，看客渐渐疏落，舞台上未灭的灯光照在台上，一个女子悄悄站在台下，静静看着戏人浅浅淡淡的身影。看客是王亚，戏人也是王亚。

读《吃茶见诗》，滋味亦如喝茶。绿茶，红茶，青茶，黑茶……入口有清香有回甘。王亚写茶，是她的朝花夕拾，跌宕起伏不动声色，线条枯荣浓淡不一。多少惆怅一笔点过，写下过去种种与现实种种，思绪牵连内心的不舍与追忆。记事是实，冥想则虚。我看重王亚的记事更看重她的冥想，那些冥想充盈着五月茶园的青草气，风花雪月，儿女情长，神游杂思。

王亚将庸碌的生活写得达观诗意，平常的凡俗也灿若云霞，茶香缭绕。那些人生风雅片段，让人赏心悦目。俗是甜的，雅却有苦意，王亚在苦中嚼出丝丝甜味。《吃茶见诗》有两部分：《茶烟起》《营闲事》，走笔行文，仙气、清气、茶气、雅气一以贯之，这样的书写是坐在尘埃里举起掌心之花。

王亚写茶说酒，谈诗论词，徘徊在一篇篇文章里，行文恬静，甚至带几分柔波旖旎，轻松好看，摇曳出春茶般嫩绿。笔触深时，世情苍茫、人性浮光时隐时现，浅浅描绘那些诗酒风流，无挂，无碍，不泯，不灭，是空境是明境是空明境。王亚会用闲笔，看似随记，实有深意：

冬夜里几碗胡椒茶喝下去，汗珠也沁出来了，暖暖的，浑身通泰。后来，外祖母过世后我好多年不喝了。去年回家，念起外祖母的胡椒茶，母亲便煮给我吃。不知是哪个程序不对，还是茶与胡椒的问题，全然不是那个味道。或者，我只是念那些坐在灶边煮茶的夜晚吧。外祖母走了，茶慌病总不得根治。

这样的文字，如此荡开一记，让我忽然觉得文章无非两款，一款有情，一款无情。有情时，洪波汹涌；无情时，云淡风轻。王亚写作，即便云淡风轻也有个人情绪的影子若无其事黏附于文字背后，像烛台光照壁画，一灯如豆下掩映着影影绰绰的心痕踪迹。

和光同尘是境界，幽兰满怀也是境界。烹菜煮饭是人生一味，《吃茶见诗》也是人生一味。吃茶见诗，杨柳依依，雨雪霏霏。吃茶见诗，不知老之将至，不管老之将至。

二〇二二年三月二日，合肥

目录

㊀ 隔竹敲茶臼

南州溽暑醉如酒，隐几熟眠开北牖。
日午独觉无余声，山童隔竹敲茶臼。
——（唐）柳宗元《夏昼偶作》

溽热不堪。

就泡杯冷茶，一撮龙井或碧螺春，一杯凉白开。老家郴州的狗脑贡更好，因为鲜！

凉水泡茶有一股子冷香，自然不是宝姐姐集合了春天开的白牡丹花蕊、夏天开的白荷花蕊、秋天的白芙蓉蕊、冬天的白梅花蕊得来的冷香。依宝姐姐的描述，她的冷香该是白色，轻浮无比。冷泡茶的香是绿色，譬如你夏天燥热时进到溪流穿过的林子，花在枝上待着，鸟在枝头闹着，蚱蜢从这棵草蹿到那一棵，吸一口气都清凉，都是世界原本的样子。

你得晌午前将茶泡好，矿泉水里扔一撮绿茶。扔进去都一小会儿了，它们兀自做着“水上漂”，那水也耐烦，一点点去裹牢茶叶。茸毛渐渐舒张了，细小的水珠附着，是茶叶贪玩吐的泡泡。又跌坠一些了，悬浮在水面下，仍旧不情愿被扯将入来。终于，水裹挟了茶摁入自己的躯体里，一场角力宣告结束。

茶于是甘心释出基质，一些茶青，一些甜鲜，一些甘香。待你一个冗沉的午觉起来，咕咚咕咚只管牛饮就是，解热又涤昏，浑身细胞一个激灵后，齐刷刷醒了。这茶水里有一抹鲜绿，与滚水泡来的黄绿截然二致。滚水里大约待着一个半懒的老道，而凉水里则躲着个鲜活的小妖，一股子稚气还未脱。这会儿再来品咂，那冷茶甘冽清甜，浑然由一片竹林路过，一阵风来，竹叶飒飒然。林间又有溪水淙淙，偶有落英、竹叶与之一道施施然而去。

此时，隔竹有茶臼敲响。

敲茶臼的小童子在柳子厚的诗里，一首七绝，《夏昼偶作》。

南州溽暑醉如酒，隐几熟眠开北牖。
日午独觉无余声，山童隔竹敲茶臼。

彼时，柳子厚在永州。永州与我家乡郴州相邻，均属湘南。湘南暑气不同于北地，既湿又闷且热，如穹顶严丝合缝地笼着地壳，连一点模糊的边界也没有。头顶的大太阳从清早一直浪荡到晚上八九点，地也就理所当然地不断加大火力，上下一体地这么“熬煮”着。天地一片混沌地熟热！

柳子厚大约就在这样的暑热里如酒醉一般，心烦意懒，昏昏欲睡。其实，“醉如酒”的溽暑也只是“闲篇”罢了，他真正要和盘托出的是一个熟热午后的闲逸。

热啊，热得不行时干脆睡一觉，便洞开北牖，于几案侧边高卧，酣然一睡。这得算柳子厚夏日午后的第一“闲”，谓之“北牖闲眠”。“北牖”即靠北的窗。唐代王棨有篇《凉风至赋》，似乎写初秋，通篇四百余字，专写秋风肃杀，最好的就这八个——“北牖闲眠，西园夜宴”。这两句简直不像唐人的句子，像魏晋或明清，自由散淡得没有一丁点虚与委蛇。柳子厚这会儿就是这样一份自由散淡，几可见他案前慵卧，北牖风来。

待得一觉睡醒，惺忪睁眼犹懒起。日午天高，世人也都歇了吧？一丁点声儿都没有，除了北牖之外幽篁之中，小童子隔竹敲响了茶臼——笃，笃笃，笃，笃笃。“日午无余声”“隔竹敲茶臼”，这是柳子厚的第二、三“闲”。如何不闲呢？睁眼了却闲懒着不起，正享着这余声了无的闲静，小童子的茶臼敲起来了。竹林那边哪是山童自敲茶臼，分明就是一声声唤出茶馋来。如此，午后的“闲”又可衍生出第四来——柳子厚竹林品茶图，这就应验了张志和的那句“樵青使苏兰薪桂，竹里煎茶”。

“茶臼”得算此诗的“诗眼”，它一敲响，柳子厚才算真醒神了，你也循踪而去。竹林这位小童子可知事得紧，这边午睡才醒，他那里已然茶臼敲响研茶备茶了。

茶臼是唐宋之时研茶的工具，有杵有臼。明代之前，人们都以茶末煎茶饮用。饮茶之前须备茶，先将团茶在火上稍加炙烤，炙后的茶饼放置在纸囊中晾凉，此为“候茶”。这时就该用茶臼了，将茶饼置入茶臼，一点点碾成茶末。茶末还须经过茶罗细细筛过，最细的才用以烹煮。而后以釜盛水，在风炉上煮开，投以茶末，此为“煎茶”。煎茶时又有“候汤”，三沸即可，唐代还往茶里搁盐葱姜之类。也有以沸水冲注之法，都须研末。茶臼是饮茶必不可少的器具，也是古代文人诗词里常见之物。

南宋理学家林希逸有诗“隔竹敲茶臼，禅房汲井烹。山僧吹火急，野鹤避烟行”，一样的“隔竹敲茶臼”，由溽暑转至秋冬，北牖移至禅房，山童变成山僧，而多了些禅意、仙气。敲茶臼、汲井烹、吹火急、避烟行，一串动词，又平添许多意趣。山僧比山童稚拙，听闻隔竹茶臼敲响，旋即便往禅房外井中汲水。又有风炉尚需生火，小僧人急慌慌吹火，偏生未见风炉火苗燃起，倒是烟气四散，连前来“凑兴”的野鹤也熏着了，腾跃间避烟而行。我们读诗时，直可见诗人在一侧拊掌而笑的模样，便是隔着诗，都不禁莞尔。

大约宋人都爱“敲茶臼”，借了柳子厚字句翻来覆去地用。譬如马子严《朝中措》里“蒲团宴坐，轻敲茶臼，细扑炉熏”，又如方岳《次韵牟监簿》：“秋声满院有谁来，亦欲从君话老怀。隔竹已敲茶臼雪，不知何日又清斋。”

都是由茶臼引发的。

古代文人都爱的茶臼模样到底如何？秦观就专门写了一首《茶臼》诗告诉我们，它“刳木”而成，制成“臼形”，声音大雅如上古乐器“柷椌”，样子如“白玉缸”，形制精巧，“俗物难与双”。如此好物，难怪时常入诗文。

我曾在几处博物馆见过唐宋时期的茶臼，都是陶制或瓷质，素胎、白釉、黑釉、青白釉种种。大致一个钵的模样，内里有网格状纹路，大约更宜碾茶。与茶臼搭配的还有一茶杵，跟个小棒槌似的，有木制，有相应的陶瓷质。湘南有形制与茶臼极相似的擂辣椒钵，土陶所制，外刷陶釉，内有网格纹路。青椒烤至外焦里软时就倒入钵里，木槌一下下擂至烂泥状即可。擂辣椒有焦香，又融软，辣椒的鲜香味一整个擂进辣椒泥里，香辣得吸嗦吸嗦，能多吃几碗饭。想来，湘南人好吃，就借了茶臼来擂辣椒，秦少游若得知了，怕会连声叹气，哎呀，可惜了，落入寻常俗人家了！

再来说木茶臼。据说，木茶臼是建州产的最佳。苏东坡就曾向陈季常借建州茶臼，以供自己请的铸铜匠仿造一副。他信笺中写道："此中有一铸铜匠，欲借所收建州木茶臼子并椎，试令依样造看，兼适有闽中人便，或令看过，因往彼买一副也。"

果然老苏不落俗套，世人多借钱财吃食，他借茶臼。

此段出自老苏《新岁展庆帖》，写给老友陈季常的尺牍。尺牍自然不止这短短一两句，也无非往来问候，又有上元邀约，关键还在于"借茶臼"。细读来，真觉老苏忒可爱。你借茶臼便借茶臼啊，又是新年问候，又问起居如何，问了何日可入城，偏又告知另一友人上元前来，你还是一起来吧。又唯恐陈季常见怪，再说明上元时自己的房屋起造一应事宜未完，不得夜游。终于切入正题，我要向你借木茶臼啊，其实并非借来常用，而是仿制。自然，以铜仿制也未必合心意。若有人能往建州走一遭就更好了，去之前先往季常处看过茶臼模样，便可照这样子买一副回来了。到此该说完了吧？他还再加一句："乞暂付去人，专爱护，便纳上。"意思是，乞求您暂时交给我派去借茶臼的人，一定好好爱护，仿制完成了便还回去。哈哈，就为着一个小小茶臼，如此大费周章，足见大爱啊！

世人恐怕都不能理解老苏这一番心思，一个茶臼，为物所累，至于吗？老苏必摇摇头，曰一句："人无癖则无趣。"陈季常也该是好玩有趣之人，要不，怎会有这么一个让老苏都心心念念的好玩意儿。

这陈季常就是"河东狮吼"的那一位。不赘述。

㊁ 吃茗粥

当昼暑气盛，鸟雀静不飞。
念君高梧阴，复解山中衣。
数片远云度，曾不蔽炎晖。
淹留膳茗粥，共我饭蕨薇。
敝庐既不远，日暮徐徐归。
——（唐）储光羲《吃茗粥作》

手边一本汪曾祺先生的《人间滋味》，不时翻翻，浑如在人世里边走边吃，春韭冬菘、干丝豆腐和豆汁儿……手把肉腻了就来一碗茶粥，清清爽爽“喝”落肚，再走着，品下一道。

书中写“《俳人的食物》说俳人小聚，食物极简单，但‘唯茶粥’一品，万不可少”。又曾见奈良人言，大和的早晨从茶粥开始。大约不错了，在奈良朴素清远的布景前，一碗温热的茶粥端上来，一日便开始了。

人世间有许多悠远的念想，譬如外祖母早起熬粥。铁鼎罐在柴火灶上坐了，黢黑的鼎罐里咕噜咕噜冒热气，灶口噼里啪啦爆出火星，旺相得喜兴。木柄勺不住搅动着，熬大半个清早，粥就稠得能扯出丝来。外祖母还有一个让粥软糯的招，调些碱倒入鼎罐里，隔会儿粥就又稠又软了，还香，香也稠滑，在屋里飘荡。若在夏天去了外祖母家，她也煮茶粥，粗粝的茶末泡了水，拿纱布隔了滤出茶水来熬粥。茶粥的香里多了层次感，温厚的，有米香，有茶气，还多了一层日子里的琐屑滋味，无从寻觅，无处不在。许是外祖母的粥养熟了胃，母亲也爱喝粥，外祖母在世离世，直至如今她自己成了外祖母。母亲脾性爽利，熬粥无非大米小米熬得便罢，为图快还用高压锅熬粥。她从不熬茶粥，经不起那样的细滗慢煮，她年轻时倒爱吃茶泡饭。也是夏天，往往中午回家晚了，就盛大半碗饭用茶水泡了，夹两根辣萝卜条，吸溜吸溜咯吱咯吱地吃，似乎很好吃的模样。她如今还爱嚼辣萝卜条就白粥，还是吸溜吸溜咯吱咯吱。一样粥养一样性情，温厚的外祖母熬温厚的茶粥，爽利的母亲吃爽利的茶泡饭就辣萝卜条。

茶粥并非俳人独有的饮食，外祖母熬，往上更早还有她的母亲、外祖母、外曾祖母……据说能看到最早关于茶粥的记载为晋代。

《茶经》“七之事”里引晋代傅咸《司隶教》曰：“闻南市有蜀妪作茶粥卖，为廉事打破其器具，后又卖饼于市，而禁茶粥以困蜀妪，何哉？”

这是晋代司隶校尉傅咸一份教导、训诲下属的“教示”：

听说市南有一蜀地来的老妇在卖茶粥，被廉事粗暴执法，打破了她的器具，还禁止销售。后来该老妇又被允许卖饼。傅咸因此提出疑问，既然可以卖饼，何以不能卖茶粥呢?

我们自然更无法追究“禁茶粥”的因由，只晓得了人们吃茶粥已近两千年，只是而今式微罢了。

茶粥宜溽暑，如外祖母夏日熬茶粥。又如王维诗句“长安客舍热如煮，无个茗糜难御暑”（《赠吴官》），也写以茶粥消暑。诗里“茗糜”就是茶粥，也唤“茗粥”。糜是粥的别称，古代南方称粥，北方称糜。王摩诘此诗实在可谓对茶粥的相思，炎夏里正寄居在长安的客舍中，热得不行了，便思念一碗消暑的茶粥。“热如煮”与后句“无个茗糜难御暑”生动又衔接无隙，暑热思茗糜恰如睹物思故人啊!

写茶粥还得数唐代另一位诗人储光羲的《吃茗粥作》：

当昼暑气盛，鸟雀静不飞。
念君高梧阴，复解山中衣。
数片远云度，曾不蔽炎晖。
淹留膳茗粥，共我饭蕨薇。
敝庐既不远，日暮徐徐归。

一样的溽暑，鸟雀都热得安安静静躲在树丛间连动弹一下鸣叫一声都懒得。友人家门前有高大的梧桐树，即使隐在树荫下纳凉，也仍旧须宽衣解带方得一些自在。天边几片白云缓缓移动，头顶烈日如焰，炽不可挡。摩诘写炎夏只用三字“热如煮”，储光羲则连续六句均写暑热，层层复层层来铺排，热的程度可想而知。如此铺垫的热，有人淹留并一同吃茗粥食野菜，就显出恣意来了。

热啊，热得不行了啊，热得几乎要光膀子了啊！“家中煮了茗粥，还有山野菜蔬，最宜消暑，干脆留下来吃点，待得傍晚日落暑气消退了再回家不迟！”于是，二人袒胸露腹，梧桐树荫下坐着，一手执蒲扇一手持茗粥，一口茗粥一口野蔬。那热气一贯肆虐，几曾见它的“淫威”之下还有这样自在的人？气一泄，热怕也就倏然消弭了。话虽如此，暑热自然不会自己泄气的，总是茗粥的功效，一口口啜饮下来，人就通泰自在了。此处的“膳”与“饭”都作动词，“蕨薇”为野蔬，也指代隐者之食，古之隐士采蕨采薇以果腹。“饭蕨薇”，再联系前面的“高梧”，诗人这位友人该是一位山中隐居高士。与隐士友人且食且饮且扇扇且絮叨，眼见得半日过去，天色已昏黄。道一声“告辞”，便缓缓归家，也是一种自在。

炎夏就熬一锅茶粥吧，连燠热也驱走。午睡起来，吃一碗茗粥，读半卷书，此谓“日携一卷书，潇洒送炎燠”。这是清代诗人唐孙华的句子，他便是边吃茶粥边读书。

在宋代，茗粥还指煎茶时表面形成的黏稠状茶汤薄膜，也代指茶。如北宋大学士、茶学专家蔡襄《茶录》里说的：“茶少汤多，则云脚散；汤少茶多，则粥面聚。”“粥面”就是茗粥。秦少游被贬处州时，曾作《处州水南庵》，有“偶为老僧煎茗粥，自携修绠汲清宽”的诗句。少游要为老僧煎茶，便自己拿了汲水的长绳到溪边去取水，可知此时的“煎茗粥”亦是煎茶。

如今要想吃茶粥，只可往深山寺庙寻了。前两年一个人往川滇，到了楚雄彝族自治州龙川江上游河谷中一个叫黑井的古镇，此地居民历来以井盐为生。随着现代盐业的发展，它逐渐没落，被世人封存了一个世纪。整个黑井古镇就像一张泛黄的老照片：红砂石城墙，悠长的巷道，明清时期滇中高原特有的低矮飞檐民居，木板门木格窗，背篓里背了各种野菌山菜的山民，驮了日常用品乃至建筑材料的马帮，戏台文庙节孝坊，半山上零星缀着一些小寺庙。古盐井豁着空洞的口告诉外来的人们它曾经的热闹繁华……黑井镇的日子似乎比光阴慢了许多，人们讲话也缓。逾九旬的老太太讲她那去世的丈夫和如今近五旬还啃老的小儿子，苦难在她口中轻描淡写，眉眼间也并无许多苦楚。

再去寻那半山的寺庙。盘踞在山腰的唤飞来寺，从山门向下看，深深的峡谷中，龙川江从中穿过，红砂石黑瓦背翘角檐的民居星罗棋布于两岸。山脚还有一个庵堂唤香山寺，极小，却是明嘉靖年间建造。造访香山寺时恰正午，寺里老尼与居士们刚好结束了一场法事，邀我一起吃斋饭。斋堂的粗瓷钵里盛了满满一钵茶粥，温厚的深茶色，让我直生出亲近感。大约是熟普洱茶水熬就，比外祖母的绿茶粗末更融软。老尼与那些年老的居士们静静地啜饮着茶粥，连夹菜碟里的咸干菜搁到嘴里咀嚼时，都几乎仅见嘴巴蠕动。我竟仿佛看到外祖母的模样，初一十五她时常到庙里帮忙，大约吃斋时也是这般模样吧。

在云南，如临沧这类茶区还有茶煮饭的习俗，与茶粥类似。取适量茶叶加水冲泡，待茶叶泡开后，滤去茶叶取汤煮饭即可，泛着金红的茶饭就做成了。临沧还有“好吃不过茶煮饭”的山歌，足见茶饭滋味。

母亲的茶泡饭虽简单，却也并非全无出处。《红楼梦》四十九回里，恰是琉璃世界白雪红梅景象，湘云们正割腥啖膻，宝玉却等不得，只拿茶泡了一碗饭，就着野鸡瓜齑忙忙地咽完了。看来，宝玉也是我母亲这等急慌慌性情。难不成性子急的人才爱茶泡饭？殊不知，静雅的董小宛也好这一口。董小宛生性淡泊，于甘肥之物一无所好，就爱以温茶淘饭。

似乎俳人也好茶泡饭，叫“茶渍”。

我这两天得闲也熬了些茶粥。取明前龙井若干，用适宜龙井的水温来泡，得了青绿茶水一大钵。大半杯粳米略掺些糯米，过水清一下，便倒入茶水，砂煲里文火熬两个小时就得了。龙井茶粥熬出来也是黏稠的茶色，一层米香，一层粥甜，一层茶甘，一层淡薄之后又复一层回味。我的龙井茶粥自然比外祖母和香山寺里的用茶好了许多，米也多了些清香，温厚却总欠了点。大概是电砂煲的缘故吧？没有了性情。外祖母拿纱布细细过滤了粗茶水，一点点拣去米里的杂质，慢慢淘漉干净。而后端坐在灶前将柴火塞进抽出，以慢火点点煮沸，又缓缓搅动。柴在鼎罐下哔剥响，她也不急不缓不焦不躁。熬茶粥亦见性情修为，我的火候远未抵达。

㊂ 扫雪烹茶

烂熳朝眠后，频伸晚起时。
暖炉生火早，寒镜裹头迟。
融雪煎香茗，调酥煮乳糜。
慵馋还自哂，快活亦谁知。
酒性温无毒，琴声淡不悲。
荣公三乐外，仍弄小男儿。

——（唐）白居易《晚起》

南方少落雪，偶有一年落了也稀薄一层，总圆不了踏雪寻梅扫雪烹茶的念想。有人该笑了，雅事做到如今，怕也俗套了。细想想，设若某个傍晚真落一场雪，天地皆白，莹莹映着夜，中天里都映出青碧的澄莹。这样的夜不踏雪不寻梅，不饮酒不烹茶，还能做甚？

小时候倒常见落雪，泱泱汤汤地落棉花雪。到夜里雪停了，外祖母家青砖老屋飞上半空的檐角，一半顶着白纱，一半映着雪色，层次分明，比天空深湛，比树影轻薄。檐下一两尺长的冰凌与雪呼应着,如结伴走的姊妹花,她晶莹,她雪白,她一回首,她便微笑。再出门踏一回雪，“咔嚓——咔嚓——”听听声也好啊。脚踏上去，厚厚的雪地上立时凹陷出一个鞋印，依旧是原先的白，只由平面成了立体。唯她是那无瑕仙子，你下脚时竟有些犹疑，生怕亵渎了。外祖母会让我们拿海碗去舀几碗干净的雪来，用锡壶煮胡椒茶或枫叶茶。雪天畏冷，最宜胡椒茶，微咸又辣，粗瓷杯几杯灌下去，又可以到雪地里去窜几个来回了。枫叶茶则是外祖母春天采的，揉搓晒干了，可以喝大半年，次年春天再采。

我不爱喝枫叶茶，却爱采枫叶。外祖母村后水井上方便有一棵斜笼着的枫树，仿佛是与井一齐生长一般。日光由叶隙漏在水面上，水上也有了片片枫叶影，偶尔也落一两片叶，叶与影便叠合了，宛如镜子外和镜子里的两个一齐耍了一回。开春的枫叶嫩，青里带着嫩红，轻轻一掐就得了。外祖母不让我们多采，大约要给井多留出些枫影来。枫叶茶凉凉甜甜的，入口倒好，我只嫌它一股子枫树味儿，春夏喝时犹盛，到了冬天再喝，味是平和了些，又多了些迂夫子气。我自小擅辨味，倒没辨出雪水和井水煮胡椒茶和枫叶茶的味来，光顾玩雪了。

如今雪不落了，空留了念想。

年前倒稀稀拉拉落了些，菲薄，没等人们的“狂喜”劲上来，已经融了。朋友有心，寻干净角落刮了少许雪，说烹茶，唤了我去。

茶是好茶，老班章单株古树，平素吃时便香气清锐汤色清透，入口霸气，是山间野蛮生长的刚烈，饮后足可回味三日。这日，她将雪化了水沉淀了，便煮水泡茶。香气依旧，汤色相较平日似乎略明亮些，入口确乎比素常轻浮了些，多了一分鲜爽，霸气却也减了一分。再换黑茶，轻浮更明显，茶味亦寡了。

朋友有些失望，我倒坦然，雪水轻浮是自然的，寡大约也是自然的，无根之水少了土地里生出的甘甜，怎能不寡？偏历来文人爱扫雪烹茶，大约更多取其清约雅致。

读过《红楼梦》的人们约莫都记得妙玉请吃茶，以存了五年的雪水招待宝黛们。黛玉问是否“旧年蠲的雨水”，被妙玉讽为：“你这么个人，竟是大俗人，连水也尝不出来。”无怪乎妙玉恼，这水是她五年前收的梅花上的雪，共得了一鬼脸青的花瓮一瓮，自己都只吃过一回，这是第二回。

妙玉存雪水之法，有文献可佐证。清人震钧《茶说·择水》中记有：“雪水味清，然有土气，以洁瓮储之，经年始可饮。”

我却思虑，在那个尚不知防腐剂为何物的年代，存五年的水，别说梅花上的雪，纵然是仙泉，怕不鲜也不洁了。

以古人烹茶用水“清、轻、甘、冽、活”的原则，妙玉这五年雪水，断然算不得好水。怕只可在众人前故作清高地矫情一回吧？

那么，雪水宜煮茶吗？古人称雨雪水为“天泉”，明人高濂云：“茶以雪烹，味更清冽……不受尘垢，幽人啜此，足以破寒。”还有说“雪为五谷之精”，“是灵雪也”，“尤宜茶饮”。《本草纲目》中关于腊雪亦有清热解毒、舒筋活血等功效的记载。

同为明人，程用宾和罗廪这两位茶人却又说，雪水性阴不宜泡茶，久食会寒损胃气，令肌肉销铄。

如此来看，扫雪烹茶是只宜文人偶尔为之的一种雅趣。

试想，雪落空蒙，铺天盖地，不出半日便万山载雪。待得天晚雪霁，月华薄洒，如何不激起人们逸兴遄飞？便抱茶灶，携壶执帚，寻一处清净地，梅下铺毡，扫雪烹茶。

此情景，远处天地微茫，雪皆呆白，近前炉火正红，茶汤正沸，便看雪赏梅烹茶清谈，浮生足矣。

譬如板桥。

郑板桥有首《满庭芳》词，我简直爱煞。写日子，写闲情，写志趣，写傲骨，也写通脱。

白菜腌菹，红盐煮豆，儒家风味孤清。破瓶残酒，乱插小桃英。莫负阳春十月，且竹西村落闲行。平山上，岁寒松柏，霜里更青青。

乘除天下事，围棋一局，胜负难评。看金樽檀板，豪辈纵横。便是输他一着，又何曾着着让他赢！寒窗里，烹茶扫雪，一碗读书灯。

一位儒士，日常吃的是腌白菜盐煮豆，执破瓶饮残酒，饮毕随手插枝小桃英。待十月小阳春，便竹林村落闲散而行，抬眼望，远山松柏经霜后愈发青郁。又邀友弈一回棋，不论胜负输赢，天下、人生皆如棋局，今天你赢，明日他输。若天寒落雪，便自扫雪，自烹茶，夜来再点一碗读书灯，漫卷诗书过天光。多好！日子就该这样，一切功名利禄都抛下，做一棵经霜的松，一竿秀挺的竹，清苦又闲适，随性且雅逸。“扫雪烹茶”该如此境，清贫丝毫不会消减雅趣。

又譬如乐天。

烂熳朝眠后，频伸晚起时。
暖炉生火早，寒镜裹头迟。
融雪煎香茗，调酥煮乳糜。
慵馋还自哂，快活亦谁知。
酒性温无毒，琴声淡不悲。
荣公三乐外，仍弄小男儿。

寒日，早晨慵倦懒起，长长久久地睡了个懒觉后才缓缓起来，晚起犹频伸懒腰。仆童早起，屋里暖炉已生好火，红炭燃得哔剥作响。诗人迟来，这会儿还对着铜镜裹头束发。晚起的日子干些啥呢？昨儿大雪落了一夜，正好扫雪融雪烹煮香茗，再调些酥酪熬些乳糜，缓缓饮，慢慢啜。这个老头儿又懒又馋，还爱自哂，其实又有谁知晓他满心的快乐呢？他的酒正温，琴音平和，享着荣公的“三乐”之外，还逗弄小儿玩乐。“荣公三乐”是春秋时贤人荣启期的典故，得生为人为一乐，生为男子为二乐，生而长寿为三乐。而乐天在此“三乐”之外，更有一天伦之乐，可谓人间至乐了。

白居易五十八岁才得了这个“小男儿”。生了儿子后，老白还作诗一首，诗题很长：《予与微之老而无子，发于言叹著在诗篇。今年冬各有一子，戏作二什，一以相贺一以自嘲》。

白居易与元稹这对好朋友不但情谊笃深，连生儿子都几乎同时。虽自嘲“五十八翁方有后”，内心的那份喜悦却一览无余。

扫雪烹茶、调酥煮糜、温酒弹琴、含饴弄儿，这些不正是一个山野老叟的日常吗？素常亦雅致，或者说雅俗原本无分别。逗弄小儿可以雅，扫雪烹茶亦能俗，全在于发乎自然还是刻意为之。郑板桥白乐天在俗世而不俗，相较而言，自诩为“槛外人”的妙玉那五年的梅花雪，倒似乎俗了。

雪煮茶的故事还有许多，以宋人陶穀扫雪烹茶最为众人晓畅。说的是陶穀得了当朝太尉党进的一名侍妾，颇为宠爱。某日大雪，陶穀别出心裁，命侍妾扫雪烹茶，并道：“党太尉家定无此景。”侍妾回说：“党太尉是个粗人，怎知这般乐趣？他就只会在销金帐中浅斟低唱，饮羊羔酒。”陶穀扫雪烹茶貌似风雅，但他与党太尉这一比，倒显出格局逼仄来了。真名士自有由骨子里流出来的清高，扫个雪烹个茶，还想着与侍妾的前主人一比，这陶穀恐怕只能算一个附庸风雅的小男人。

想起元代散曲家苏彦文两句曲来，“休强呵映雪读书，且免了这扫雪烹茶”，可赠这位陶穀大学士。映雪读书也好，扫雪烹茶也罢，若“强为”“故作”，便还是免了吧！

自古附庸风雅者众，何止陶穀？连西门庆那位持重寡言无趣的正房老婆吴月娘都扫了一回雪烹过一次茶。《金瓶梅》第二十一回里，一日大雪，小厮置了酒菜在院里，一家子吃金华酒听家乐弹唱《佳期重会》。那吴月娘见雪下在粉壁间太湖石上甚厚，便下席来，教丫鬟拿着茶罐，亲自扫雪，烹江南凤团雀舌牙茶与众人吃。这一幕，看似雅意非常，实则这一回目里前半回写西门庆吴月娘许久龃龉终释怀，两人一番雨意云情。潘金莲点一出《佳期重会》，也恰有取笑之意。这吴月娘既出身官家，自然没有不明白的道理，扫雪烹茶之举恐怕半作风雅，半为掩饰。

如此，竟要为“扫雪烹茶”抱一声屈了，可怜见的，堪比明月落沟渠。且免了这扫雪烹茶吧！

今人就更莫要强为之了，不单单有“附庸风雅”“东施效颦”之嫌，以如今的环境而言，雪水再不是那纯净的“天泉”了。

雪宜茶声。落雪了，便邀三五好友踏雪寻梅，烹茶赏雪亦赏梅。可吟诗可联句可弹琴可弈棋，茶炉上水正翻出蟹目，茶香衬着梅香，眼底尽是浅笑淹然。再有兴致，便取几瓣梅花搁茶里。茶里有了梅香，茶汤亦轻浮得许多。莫非冬梅也有雪性？也许吧。

《山家清供》里的“暗香粥”，就是白米粥里添些梅瓣，想来也该轻浮绵软，入口生香。扫雪烹茶，撷梅煮粥，原是风月无边。

记得小龙女的古墓派剑法里有一招“扫雪烹茶”，金庸大侠也是惯弄风月之人，我喜欢。

又记：

读白乐天《晚起》至“荣公三乐外，仍弄小男儿”句时，颇伤了一回脑子。荣公自然是孔夫子遇见的鹿裘带索犹鼓琴而歌的那位，乐天用荣公的典喻己老而达观。可“弄小男儿”呢？我第一感作“娈童”想，偏哪里都找不到老白有此癖好的记述，要说他唯一“爱”的同性怕是元稹了，有近百首诗作证，是一对“好基友”。只好转方向，难不成是老来得子？一查，果然。得出结论：思想龌龊啊，我！

又又：

今算解得一惑，便窜到友人园中偷了枝梅花自赏，再温一壶黄酒，炒俩小菜，对花抿一口酒搛一箸菜，眯眯笑。

㊃ 寻常一样窗前月

寒夜客来茶当酒，
竹炉汤沸火初红。
寻常一样窗前月，
才有梅花便不同。
——（宋）杜耒《寒夜》

铁壶一把，电茶炉一个，炉上煮着不知年份的老黑茶，身侧小几的花瓶里插了前日由朋友的园子里扛回来的梅花。冬夜这般长而岑寂，就该守着炉子煮茶，方能令寒夜生出一点点温存。老黑茶软糯，有旧时未经加工的新米稠香，足可以慰藉寒夜的孤独。夜就这么随着茶汤一道熬煮着，一点点熬毕。若得一个小炭炉更好，红活的火，咕噜咕噜叫唤的茶铛，再就着若有似无的梅香，直是给个神仙也不做了。是夜，天寒月白风清。

这等"赛神仙"的辰光真得冬日月夜。白昼少闲静，夏夜不煮茶，无月减兴味，少了梅花干吗还做神仙？

如此夜晚，再来一个可清谈的友人吧，说说俗世里不俗的人事，一宵至天明。这是杜小山的寒夜，不是我的。一样的寒夜，小山得逸致，我独得清静。

杜小山是杜耒，字子野，号小山，江西抚州人。各种古籍里关于杜小山生平的文字极少，后世只能于诗中一窥小山。“月有十分好，人无一点愁。”“忽有隐居者，留人看海棠。”“病愧不远别，写诗霜月中。”……这样的好句，可知小山疏朗，是尘世中的脱尘人。

脱尘的小山却生于乱世，死于乱军。宋人笔记小说《鹤林玉露》记载，朝廷择将主帅山阳，无可派之人，用了许国。许国是个武夫，到任后，“偃然自大，受全庭参，全军忿怒，因而杀之。幕客杜子野，诗人也，亦死焉”。

用现下流行词来说，许国就是那“猪队友”，不但把自己“蠢”死了，还祸害得杜耒跟他一同丢了性命。唏嘘！

且来读杜小山的《寒夜》：

寒夜客来茶当酒，
竹炉汤沸火初红。
寻常一样窗前月，
才有梅花便不同。

此诗如同白乐天《问刘十九》的后续，只是将酒换作茶。

某一个将欲雪的傍晚，白乐天守着绿蚁新醅酒红泥小火炉，想念他唤作“十九”的朋友，便隔空一问，“能饮一杯无？”刘十九来了还是未来，乐天不说你我也知。白乐天没说的情形，杜小山说了。时空一转，到了南宋，另一个天寒地冻的夜里，杜小山的客人未经召唤不请自来。抑或接了如“能饮一杯无”相类的短笺，便不畏寒不惧夜，施施然就来了。前一种是“拄杖无时夜叩门”的老友，后一类是无时不念及的知交，都是可彻夜清谈之人。若非如此，怕会是寒夜客来添烦扰，我倦欲眠君且去吧？哈！

若有雪，或又添一层意境。你想啊，原本独自蜷在屋里读闲书，窗外偶有雪压寒枝悄然自坠。忽闻门前雪地咯吱作响，雪天寒夜竟有故人到访，便欣欣然倒屣相迎。

知己已入得门来，以茶还是以酒相待，都不是问题了。小山选择茶，自然不是因为无酒，一则相知相熟无须酒，一则以茶涤昏彻夜谈。于是乎，寒夜客来茶当酒，佐茶的是他们的清谈，茶也清气，语也清雅，夜亦清寒。再抱一炉火，炉上茶汤正沸，蟹目松风汩汩泱泱。杜小山煮茶使的是“竹炉”，与白乐天的红泥小火炉略有些不同。或者说，可算红泥小火炉的“升级版”，在小泥炉的外面裹一圈竹编的外壳，防止烫手，也平添些许清致。也对，拙些的红泥小火炉宜对酒，雅些的竹炉好煎茶。且不论对酒或煎茶、红泥炉或竹炉，杜小山与白乐天面前红活的火与满心的悦然是一致的。或者说，炉火温暖寒夜之余，一样温暖了他二人，将前来或已经安坐对面的友人必然有一样的和暖熨帖。“竹炉汤沸火初红”，可以想见，屋舍外是夜气寒凉，屋内竹炉上炭火哔剥有声，茶汤已沸鱼眼乍现，红的火映着两人怡然倾谈的模样，寒夜平和而温存。

我们不知道白乐天傍晚便盼着的刘十九和杜小山的深夜来客到底何方人士，名号如何。想来，能于隆冬寒夜前来与他二人向火对谈的，必非泛泛俗辈。如此，有火，有酒，有茶，有情。夜愈深，兴致未减，谈笑之余抬眼看时，一轮明月已悄然悬在窗前。月光涌入，将窗外梅影映在寒窗之上。看那窗上，梅枝偃仰峭拔，梅花清气袭人，疏枝浅蕊皆丰神绰约。浑然是明月随性作了一轴墨梅图，连带将梅香也一并掳了入窗而来。这方是，“寻常一样窗前月，才有梅花便不同”。

这两句看似信笔而就，淡淡着墨，实则意味隽永。寒夜来客可见客之不俗，以茶当酒而知情谊匪浅，汤沸火红以衬交谈甚契。再有意无意地瞅一眼窗前月，又有几点疏梅映窗棂，夜气里更渗入些梅香，这见惯了的月色自然觉得较平常不一样了。其实，月还是平常之月，因了梅花，意境愈发灵秀冲和。如此，固然是赞叹梅花高洁，恐怕更是暗赞来客。寻常一样窗前月，才有知交便不同。因了窗外梅花，窗内友人，这夜的月不同了，这夜的茶自然也与寻常滋味不一般了。

后来的诗人苏洞诗里有两句“人家一样垂杨柳，种在宫墙自不同”，该是化用小山诗意。看似都意有旁指，苏洞的诗句总是刻意了。小山贵在不经意。来客不经意，茶酒不经意，看月不经意，赏梅不经意，激赏来客更是不经意。正是这诸多不经意，让你读出缓散之余，更读出许多意趣。所谓“大匠运斤，无斧凿痕”。

历来于诗文上能做到“无斧凿痕”能有几人？有人有“描

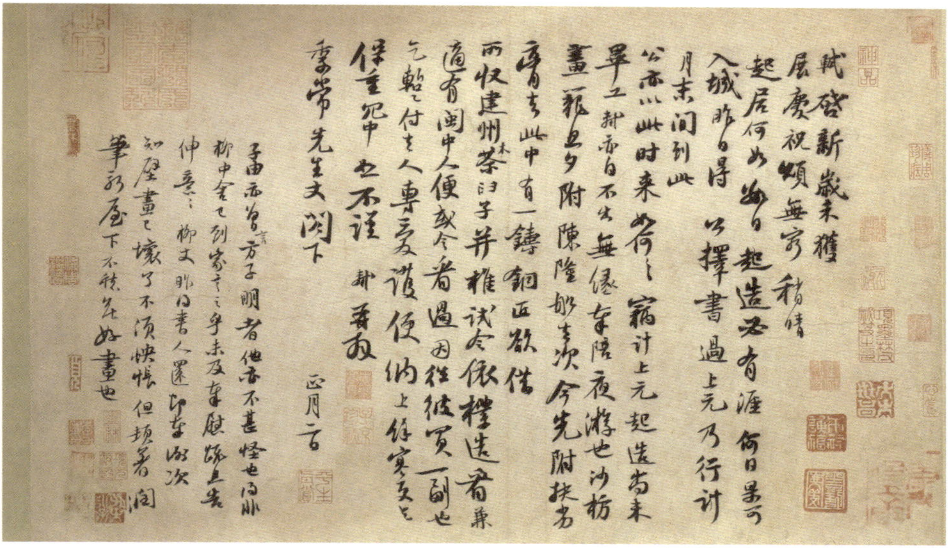

宋　苏轼　《新岁展庆帖》

元　赵原　《陆羽烹茶图》

碧山深处绝纤埃面面轩窗
对水开谷雨乍过茶事
好鼎汤初沸有朋来
嘉靖辛卯山中茶事方盛
陆子傅过访遂汲泉煮
而品之真一段佳话也
徵明制

明　文徵明《品茶图》

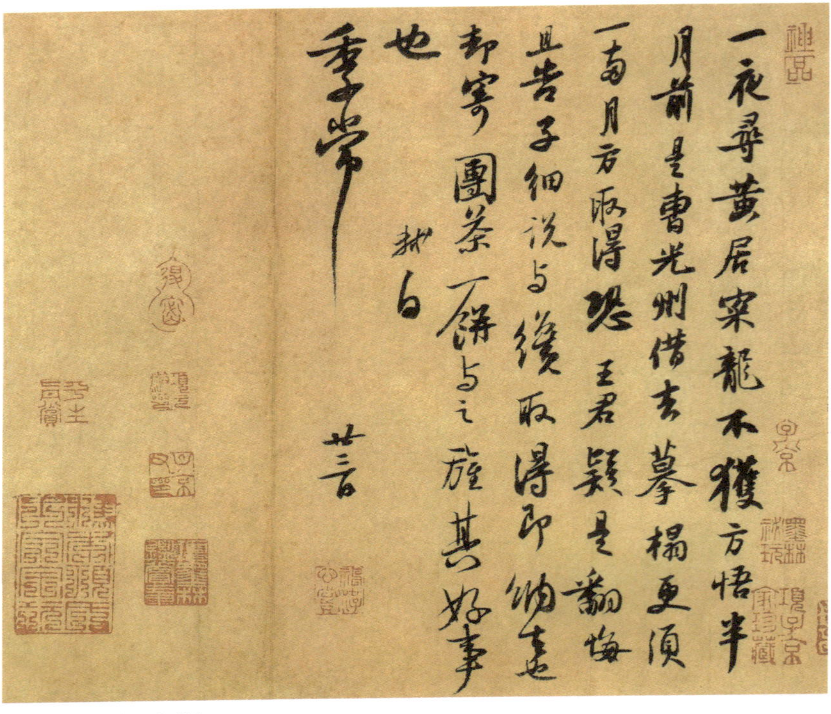

宋　苏轼　《一夜帖》

摹痕”，这是“雅痕”，画家最擅描摹。

与杜耒《寒夜》类似情形，大画家文徵明有首《雪夜郑太吉送慧山泉》。

有客遥分第二泉，分明身在慧山前。
两年不挹松风面，百里初回雪夜船。
青箬小壶冰共裹，寒灯新茗月同煎。
洛阳空说曾驰传，未必缄来味尚全。

文徵明的朋友郑太吉也不知何许人，寒冬腊月冒雪前来竟只为送一瓮泉水。此水自然不是普通水，而是号称“天下第二泉”的慧山泉。慧山泉，亦名惠山泉，在江苏省无锡市郊慧山石坞下，有上中下三池。惠山泉水清味醇，有诗云：“注瓶云母滑，漱齿茯苓香。”

雪夜送惠泉之雅，比踏雪寻梅、湖心亭看雪、邀友饮绿蚁之类雅事犹过之。惠泉水好是第一雅，遥迢送来是第二雅，雪夜送泉是第三雅。如果说还有比这更雅的，大概就只有王子猷的居处先种竹和雪夜访戴造门不入了，不但雅，还任诞。

这位太吉兄行了百里水程冒雪送来的惠泉水，让文徵明生生有了身未至慧山而心有感的体验。“分明身在慧山前”还因为“两年不挹松风面”。“松风”原指煮水烹茶的沸腾之声，古人煮茶讲究“活水”“活火”，茶汤只可三沸，再煮就老了。如东坡《试院煎茶》里“蟹眼已过鱼眼生，飕飕欲作松风鸣”，蟹眼、鱼目、松风就是茶汤三沸的情状。

不过，此处的“松风”泛指茶。文徵明两年未曾饮茶？大约可理解为两年未曾以这天下第二泉的惠山泉烹茶吧。这个雪夜太吉船到，他怀抱箬叶裹牢的水壶站在雪地里冲他笑呢，就着月光看时，那青箬叶上分明还挂了冰凌。若前面的遥迢送泉水和自己对惠泉水两年的思念算铺垫的话，此时，见了郑太吉立于雪中，抱了箬叶与冰凌包裹了的水壶，文徵明恐怕再也不能抑止情绪，要上前深深作揖了吧？

终于得了好水，便即刻起火煮茶。“寒灯新茗月同煎”，此句虽用一个“寒”字起句，我们却读出了其间的暖。一灯如豆，月光如银，起新火，烹惠泉，煮新茶，远来送水的友人就坐在对面，雪夜饮着惠泉水烹煮的新茶，直可两腋习习生风彻夜不眠了。多好！

喝好了，文徵明又嘚瑟上了。据说洛阳的贵胄们曾以驿站车马疾行送惠泉水，恐怕滋味未必如我们今夜的茶吧？

与杜小山的信笔点墨不同，文徵明此诗是青绿重彩，间施浅绛，于鲜丽中见清雅。若非得评价两诗高下，只能说各有千秋。就如同你不好将一幅淡墨山水与细笔重彩来比较，一则在笔墨，一则重描摹。

冬夜饮茶就读杜小山和文徵明吧。唐朝的王翰有一首《雪夜茗会》，写大雪夜一堆人一起喝茶。不好，诗不好，此举亦不好。不说。

㈤ 焙茶烟暗

板桥人渡泉声，
茅檐日午鸡鸣。
莫嗔焙茶烟暗，
却喜晒谷天晴。
——（唐）张继《山家》

严格说来，《山家》该是田园诗，算不得茶诗，只“莫嗔焙茶烟暗”一句太打动人了，生生将至朴的农家生活写出至雅来。能将田园诗写出雅境，自古也就屈指数来的寥寥几位，诗书画俱佳的王维自然算得，张继亦然。

提及张继，大约人人都能背那首耳熟能详的《枫桥夜泊》。不加雕琢而自饰，又字字皆清迥。《枫桥夜泊》《山家》皆如此，只前者清气间一抹清愁，而后者清明而典雅。

如何清，又如何雅？一一来看。

《山家》与我们日常读的绝句略有不同，绝句大多为五言七言，《山家》为六言，就称“六言绝句”。

诗的前两句写环境，看似各样意象一一罗列，实则如另一首大家耳熟能详的散曲《天净沙·秋思》一样，以纷呈的意象铺陈出意境。

“板桥”“人渡”“泉声”“茅檐”“日午”“鸡鸣”，六个连用，都是山家意象，如此铺陈开来却毫无山野气，竟有些出尘感。眼见得一位清隽儒士信步踱来，踏上木桥，桥上亦有其他行人，板桥咯吱一声，人们相视一笑。桥下流泉涓涓，儒士轻快的步伐亦如泉响，也不知是泉水和了他的履迹，还是他踩着泉水的节拍。这句中并未出现一个“山”字，却暗合了山行的情致。又以“人渡”“泉声”衬出山间清幽，隔着诗犹能得简静。

若首句是出尘，次句则直接入世，两句间的转换，看似毫无道理，其实只是移步换景而已，有时间和空间上的跳跃。“茅檐日午鸡鸣”，山行半日已近午时，眼见得村庄就在跟前，远远已闻鸡鸣。这句仍旧三个连贯的意象，“茅檐”“日午”“鸡鸣”穿山跨坡，如画面一般，将深山农舍的世间情味、生活气息一帧一帧推出。茅檐低小，阳光正好，鸡在周遭闲步，偶尔自在叫唤几声。虽并未见人声人影，一幅山村闲居图已然在心间。一切都明朗而轻快，几乎可见诗人脚步轻盈，面容清和。

三四句写农家生活，一写焙茶，一写晒谷。“莫嗔焙茶烟暗，却喜晒谷天晴”，这是深入茅檐之中的日子了。屋内昏暗，而能闻见茶香袅袅，适应了光影再看时，那灶上正焙着新茶，茶烟在阒暗里略有行迹，俨然是隐在日子里的仙人，渺杳又毕现。质朴的农人将客人引入屋内后，频频致歉："哎呀，正是焙茶烟暗，莫嗔莫怪！""却喜晒谷天晴"一句与前句一晴一暗，似乎隔着光影，其实连成一气。继"莫嗔"之后，又用"却喜"二字再一次将山农的淳朴爽朗和盘托出，文字蕴藉而意图憨直。咀嚼两句时，足可见农人在茶烟昏暗氤氲的屋里满脸歉意挠头的模样，而出得门来，泼面一地阳光，他那得意喜兴的劲儿也是如光一样。

读至此，实在有了些道家气象，是入世也是出世，是俗世生活也是仙家风味。浑如隔了重叠山川走了遥迢山路方寻得一处世外桃源，你以为逢着仙家，其实这才是人间最自然自在的生活。全诗二十四字，寥寥几个意象，呈现四个镜头，一路缓行毫不经意。正是这不经意足以让人们捡拾起久违的自然之态，这才是生活该有的模样。

司空图《诗品》中有"自然"一品，即"俯拾即是，不取诸邻，俱道适往，着手成春"。张继《山家》当归"自然"。

俯拾即是的"自然"里，还有白乐天的《即事》，两首诗还都与"茶烟"有关，一个"焙茶烟暗"，一个"笼暖焙茶烟"。且看——

见月连宵坐，闻风尽日眠。
室香罗药气，笼暖焙茶烟。
鹤啄新晴地，鸡栖薄暮天。
自看淘酒米，倚杖小池前。

以诗风而论，此时的白居易大约已迁至晚年的居所“履道里”。履道里在洛阳城中，谓之“竹木池馆，有林泉之致”。雅致的居所，自在的晚年，品茶饮酒赏月看雪……正该是想象中乐天的晚年模样。

就来看看白乐天诗中的晚年生活。时坐时卧，有香笼有茶烟，晴天薄暮，鹤啄鸡栖，小池前还有淘漉酒米的家人。似乎一切自得其乐。

细细读来却又多了诸般滋味，字字句句都能品咂出些许衰颓。首联就已见端倪，“见月连宵坐，闻风尽日眠”。“见月”可解为“成月”，而非看见月亮，一个月来都整夜整夜地坐着。夜晚如此，白天呢？任门外风声呼呼，我自整日长眠。难不成白乐天就爱睡懒觉？白居易的贪睡似乎也有据可考，他那首《食饱》就直接写“食饱拂枕卧，睡足起闲吟”。便是如此，仍旧不难看出，《食饱》的白居易是真自在，饱食过后拍拍枕头就睡了，睡足之后闲来吟吟诗饮饮酒，再抚琴几曲。哪里似这般整夜不睡整日眠？

这等昼夜晨昏颠倒，是愁？是病？次联渐渐解开谜底——“室香罗药气”。身体有恙了，才有药气满堂。

室雅方显药香，在药香里，前面的“连宵坐”与“尽日眠”似乎都没那么膈应了。譬如冬日里炉灶上坐一个砂罐，罐口水汽袅袅，暖香慢悠悠涨满了屋子，连犄角旮旯都挤进去，也生念想。贾宝玉就曾说：“药气比一切的花香果子香都雅。神仙采药烧药，再者高人逸士采药治药，最妙的一件东西。”他自是因为黛玉常年服药，闻药香也雅了。

乐天室内的药香是真雅，衬着这雅的还有手边熏笼炉上的茶烟。关于熏笼，乐天《后宫词》里有句子云“斜倚熏笼坐到明”，陈洪绶就取其诗意作了《斜倚熏笼图》。古代熏笼用以取暖或熏衣，可以想见，美人如花，深夜独倚熏笼，寂寞不言而喻。在高墙深院的宫闱里，愈是七窍玲珑心，愈显寂寞苍凉。乐天屋里的熏笼该是作取暖用，因此为“笼暖”，也与首联里“闻风”呼应，北风正紧，依笼取暖。与前面“尽日眠”不同的是，这会儿似乎精神头起了有些闲情了。于是，药罐子换作了茶炉，熏笼暖，炉火红，灶上茶烟与屋里原本的药香交缠。一重茶清澄一重药馥郁，是一曲《普庵咒》混入了《醉渔唱晚》。你听它似乎各自“言之凿凿”，一则涤烦，一则醉眼冷看，其实明月太虚同一照。乐天能领了这番好去，一般尘埃奔走之人自然无从得其妙处。

乐天的茶烟与张继前往农家的茶烟不一样，农家是制茶焙茶，乐天焙茶以待煎茶，唐人煎茶前须将饼茶炙烤后才碾成茶末来烹煮。此时，焙茶烟起，初始尚被四下里填充了的丰腴药香裹挟，嘤嘤韵韵抽丝剥茧般释出一些些茶气，纤细又有韧性，你需要仔细用鼻子去嗅才寻得。你以为转瞬即被药香再度裹挟而去，没承想它竟渐渐破局，从十面埋伏里突围出来，与药香分地割据。久之，更有夺权篡位之虞。你方才惊诧于这纤细茶烟，竟然有掠城攻地的本事？药的丰腴香这会儿也收敛了，茶烟香气则高扬着。

焙炙过的茶用茶碾碾碎就能烹煮了。烹煮时亦讲究，水只可三沸，第一沸唤“蟹目”，第二沸为“鱼眼”，第三沸腾波鼓浪谓之“松风”，这叫候汤。三沸过了茶汤就老了，决不堪用。也有将烹煮时的汤气唤作“茶烟”的，如宝哥哥给潇湘馆拟的对联上联“宝鼎茶闲烟尚绿”，又如朱熹《茶灶》里“饮罢方舟去，茶烟袅细香”。一本正经的朱熹老儿写出这样闲情逸致的茶诗，倒是出乎我意料，只是用字上规整了些。都是题外话。

茶烟袅起时，大约乐天的病体也舒泰了许多。出得门来，门外一片响晴，仙鹤在晴地里自在踱步啄食。古人养鹤历来有之，最早的记录是《史记·卫康叔世家》里的卫懿公，苑圃宫廷，处处养鹤。卫懿公不但爱养鹤，还让鹤“乘轩”，予鹤“禄位”，称之为“鹤将军”。算视鹤如臣，嗜鹤如命。一国之主以养鹤为要事，不理朝政，不顾民怨，最终因养鹤招致杀身亡国之祸，成为史上笑谈。

古代文人养鹤大约更多为着鹤仙姿不群，白乐天和后世的林和靖都是养鹤达人。一个求“无尘坊、有水宅”安置一对华亭鹤，还作数首“鹤诗”。一个独自安然在孤山，以梅为妻以鹤为子。自是乐天养鹤更接尘气，鹤与鸡一块儿养了。

“鹤啄新晴地，鸡栖薄暮天”，看似两个物种两个时间，全不搭界。细想想，大约鹤立鸡群，鸡也自得其乐吧。鹤在暖阳下闲庭信步，傍晚薄暮时分鸡安然栖于埘，各得其所各有自在。人如何呢？“自看淘酒米，倚杖小池前。”乐天拄着杖立在小池前，看家人淘漉酒米，也看鹤啄鸡栖。也是一番自在天然。

两首诗都好在一个“自然”，素常日子而已，茶倒成了点缀。也正因其自然才能“着手成春”。

㊅ 依旧一枚闲底我

食罢一觉睡，起来两瓯茶。

举头看日影，已复西南斜。

乐人惜日促，忧人厌年赊。

无忧无乐者，长短任天涯。

——（唐）白居易《食后》

陈老莲有《停琴啜茗图》，宾主二人，蕉叶铺地，山石兀兀，座旁瓶花茶炉，炉中炭火正炽，有琴收入囊中。琴弦歇，茶正熟，两人持盏啜饮，耳边琴声犹在。此为茶境。

古人说，茶有境。宜精舍，宜云林，宜永昼清娱，宜寒宵兀坐，宜松月下，宜花鸟间，宜清流白云，宜绿藓苍苔，宜素手汲泉，宜红妆扫雪，宜船头吹火，宜竹里飘烟。

如此一比，现代人自然都是俗人。无精舍、无丝竹、无清供、无佳客、无文童，乃至无闲暇，于忙冗间抬头，由杂陈案头端出茶缸，牛饮作罢。

得闲方能饮茶。食罢一觉睡，起来两瓯茶。这是白乐天的句子，题名《食后》。

食罢一觉睡，起来两瓯茶。
举头看日影，已复西南斜。
乐人惜日促，忧人厌年赊。
无忧无乐者，长短任天涯。

白先生食也酣饫，睡也舒坦，饮亦畅适，都因了一个“闲”。闲如空中一停云，聚散因雨，来去由风，自在了便在半空里晃荡来晃荡去。乐天就是这天上自在的云了。

这日天光好，白先生乐天燕居无事，就只剩了食睡饮。吃的什么？如何睡的？又饮了两瓯什么茶？他都懒得交代。《论语》里写过孔子的闲：“子之燕居，申申如也，夭夭如也。”干脆只说如何如何舒服，连干了啥也不说，都让你想去。这方是“闲”的状态。吃完了就睡，睡起来喝两碗茶醒醒神。抬头看看日头，哦，已经渐渐西斜。一日又休。

白乐天曾有诗云，“从前日月属官家”，“自此光阴为己有”。光阴归己了，终于可以大把“挥霍”，怎么自在怎么来。

《食后》里未写如何混天光，乐天有一首《营闲事》倒将他的日常“闲”一一交代了。

“自笑营闲事，从朝到日斜。浇畦引泉脉，扫径避兰芽。暖变墙衣色，晴催木笔花。桃根知酒渴，晚送一瓯茶。”都做了些啥呢？他自己说了，一天到晚只干闲事。浇浇菜园子、扫扫小院子，看兰芽又长了一寸，墙上藤蔓复又绿了，暖阳催得木笔花也绽开了粉腻红轻模样。天光暗时，再自在喝几盅。待月移花影，小妾桃根知情知性知我酒渴，特送了一瓯茶来让我解酒。此时，月有十分好，人无一点愁。睡吧？睡吧。

由此，我们可以窥得《食后》里白乐天营的“闲事”了。

彼时，洛阳履道里。宅院十亩，园子五亩。有小池、修竹，厅堂、庭院。池上有桥有舟，庭下有书有酒有茶，有弦歌，有鹤舞，仆人洗酒米，主人邀佳客。这酿酒之法是颍川陈孝山给的，好友崔晦叔则赠一尾清韵上佳之琴。欲雪的傍晚，新酒酿得，便书一小笺差人送与刘十九，问一句“晚来天欲雪，能饮一杯无？”

天气晴好日，便看看鹤舞，听听竹下风，隔竹茶臼敲响时，就可饮茶了。

若雨，就檐下听雨，窗前焚香，再抚一曲太古音，自弄还自罢，亦不要人听。

乐天的琴自是太古之音，不是什么“吴声”“蜀声”“岭南派”，如今的流派你瞧不上我，我也斜了眼瞅你，浑如一个古琴的江湖。须知古琴本是远离江湖的，是隐者闲者之音。抚之久矣，闲心渐生，纷争散尽。乐天琴音当如何呢？当似嵇康，也弹琴也锻铁，也竹林啸聚，也酒肉穿肠。

若倦了呢？食罢一觉睡，起来两瓯茶。都是闲。

白乐天善写闲情，也擅写闲理。“乐人惜日促，忧人厌年赊。无忧无乐者，长短任天涯。”这两联简直就是大白话，无非说，人在快乐的时候总觉得时光短促，忧烦之人则认为日子难挨，度日如年。只有无忧又无乐的通脱之士，并不在意时间快慢长短，日日素常过着。手边有书卷，脚侧置熏笼，想出门就曳杖而行，甚思酒时便备了肴馔招酒以待，风月有人共赏，诗篇邀友同吟，院子里牡丹开了，天晚日夕鸡归埘了，月圆了月缺了，茶凉了酒残了再续上。一日复一日，无非“举头看日影，已复西南斜”。何用在意辰光？

有何不可？依旧一枚闲底我。

此时可以用朱敦儒这句来接，将这“闲”续下去了。两瓯茶缓缓续来，自唐到了宋。

朱敦儒是好玩的人。历来几人能猖狂道一句“我是清都山水郎，天教懒慢带疏狂”（《鹧鸪天·西都作》）？怕只有太白、三变与希真。乐天生就一副看世事的眼，到老了“光阴为己有”，自少了疏与狂，剩了闲散。相较而言，朱敦儒行事大约多凭性情。年轻时数度被举荐而拒不到任，为梅花醉不归，为佳人赋新词，几曾着眼看侯王？中原乱，簪缨散，他下了纸帐，曳上青毡，一任霜寒。老了老了，犹做着江湖倦客，旗亭问酒，萧寺寻茶，看天影做闲云。

你若问他，他一个转身回你一句：“有何不可？”所以，这是一首任性的《减字木兰花》。

有何不可。依旧一枚闲底我。饭饱茶香。瞌睡之时便上床。
百般经过。且喜青鞋踏不破。小院低窗。桃李花开春昼长。

《减字木兰花》为双调，即一曲两叠，加之两叠的一三句均减了三字，又平仄韵互换，吟唱起来似良人一应一和。如李清照那首《卖花担上》。朱敦儒自然没有面对良人，他观照自己。这首词意思跟白居易《食后》几乎一致。闲来无事干吗呢？吃饭喝茶睡大觉，出门逛逛看风景，回来窗下赏春花。白居易还计较一回时间短长，朱敦儒干脆连时间都不在意了。因此，朱先生和白先生的区别在于，朱先生本就是“卧龙岗散淡之人”。

唯其散淡，方能闲得理直气壮。“有何不可。依旧一枚闲底我。”大有我就是“天下第一等闲人”的快意和“谁能奈我何”的恣意，相当于“我就是我，是世间不一样的烟火”。“一枚闲底我”与如今的“一枚女汉子”的“一枚”是一个意思，数词加量词。

大约世间的闲都类似吧，无非吃饭睡觉饮茶，看花听琴赏景。白乐天营过的闲事，朱敦儒也营，李清照也营，苏东坡也营，你我若闲亦可营。营不来的是这份大自在。

历来有大自在的人也不多。大自在是庄周的逍遥游，曾点的咏而归；是苏轼的汲江煎茶，王子猷的雪夜访戴造门不入；是袁中郎头戴青笠，手捉牛尾，永作逍遥缠外人……无论得意失意，皆能在山川地理间行走。

袁中郎有位好友，号石篑，亦是大自在人。他与中郎夜读徐文长《阙编》诗，在灯影下一壁读一壁击节叫好，叫好毕又再读，又叫好，生生把童仆都吵醒了。又是这位石篑，与中郎游天目山，留宿僧房，夜枕一溪涧泉，以为天雨，愁不能寐。次日一早，僧人端上茶粥叫他起床，石篑赖在床上要作“卧游”。一听原来风日甚美，大笑，喝了几碗茶粥便游山去也。都是好玩有趣之人。

如他们，得大自在，江上清风，山间明月，饭饱茶香，都一一领了去。

今日，我午睡醒来，手撑着头桌前坐着，又抬眼看看日影，人犹混沌。便泡些绿茶涤昏，“拉”了乐天、希真、东坡们对面坐着，东坡书困点新茶，希真筇杖自寻茶，乐天或饮茶一盏，或吟诗一章。

嗯，醒了。

㊆ 啜茶帖

泛花邀坐客，代饮引情言。（陆士修）
醒酒宜华席，留僧想独园。（张荐）
不须攀月桂，何假树庭萱。（李崿）
御史秋风劲，尚书北斗尊。（崔万）
流华净肌骨，疏瀹涤心原。（颜真卿）
不似春醪醉，何辞绿菽繁颜。（皎然）
素瓷传静夜，芳气满闲轩。（陆士修）

——（唐）颜真卿《五言月夜啜茶联句》

近来爱读帖。

张心斋《幽梦影》里有语，“楷书须如文人，草书须如名将，行书介乎二者之间，如羊叔子缓带轻裘，正是佳处”。初读此句，颇认同，略思量，似乎又不尽然。

若说欧阳询、褚遂良楷书为文人断然不错，赵孟頫小楷何尝不如羊叔子？读子昂《汲黯传》就如见魏晋士子，雍容秀逸，又简静平和，提按使转，方圆兼施，皆有轻裘缓带之风。他的《洛神赋》则妍丽洒脱，婉若游龙，真真将曹子建的洛神风姿卓然地捧出，顾盼间皆有情。

草书看怀素，俨然可见阔大的僧袍为风灌入，流畅清隽得具了仙气，唯力道不输。何来名将模样？米芾信笔而来的洒然，直是不衫不履，可达烟云掩映之境，倒有魏晋遗风。王铎草书倒算得名将，沉郁遒劲，如沙场秋点兵。

有朋友喜欢王铎，将我也拐带得喜欢了。王铎书法奇崛而疏阔，有烈火烹油般的热闹，偏又深藏了许多寂寞。近来读他的尺牍，又是一番气象。且拣两句来，“宿邯郸恰似卢生骑驴，人枕空中光景。斜魄照户，疑足下摇珮苒苒而来”。全不是贰臣和书法家的王铎，是文弱书生，清浅数字，摇曳多情。即便是寥寥数字，用典，道梦，说理，描景，怀人，皆全了。《邯郸记》卢生枕中一梦一世跌宕，醒来看时，黄粱米尚宂熟。王铎可是借卢生道出自身际遇？

王铎终究未勘破，字虽好，不如读老苏尺牍书帖自在。譬如《新岁展庆帖》《人来得书帖》，又譬如《啜茶帖》。

《啜茶帖》是老苏写给杜道源的一封短笺，邀其前来饮茶，顺便有事相商。如下：

道源无事，只今可能枉顾啜茶否？有少事须至面白。孟坚必已好安也。轼上 恕草草全帖字卅二，通音问，约啜茶，谈起居，着笔看似漫不经心，实则布白错落，气脉贯通。用墨虽腴润，筋骨却在，字既隽秀又爽利，有着基于法度之上的自在。

黄山谷曾说，“东坡书早年姿媚，中年圆劲而有韵，晚年沉着痛快”。老苏这会儿在黄州，恰中年，正是“圆劲有韵”。此时的老苏，因“乌台诗案”获罪贬至黄州，如他《寒食帖》中所写“泥污燕支雪”。好好的海棠花，一场风雨后跌在泥淖里沦为“胭脂雪”，也是唏嘘。风雨和泥淖是困局，亦是玉成，若非如此，老苏书法怕还存于早年姿媚中，修为亦然。如茶须经滚水，老苏也是在滚烫的水里走了一遭方得转化，到此时渐渐一任自然，无碍无滞。

还是说回书帖。苏氏一门与杜氏三代交好，苏轼更与道源、孟坚父子交游甚密。杜道源名杜沂，其子孟坚名杜传。苏轼在黄州期间，杜传也任职黄州，《啜茶帖》便写于此时。

老苏啜茶必邀友，不是他受不得寂寞非得招人作陪。他曾说：“饮非其人茶有语，闭门独啜心有愧。”佳茗虽不能言，却有语。譬如你守着茶炉，新火红活，渐次见了鱼目，看到连珠，又闻涌泉汩汩，波涛骀荡。茶汤始得，一入口喉霎时滋味由舌头回，再一品咂，又是一番言语。正因茶有语，若是一人闭门独饮，老苏便觉得无比愧疚，须招了知己好友同啜，方不负佳茗。

这一日，老苏想饮茶了，或曰，老苏想道源了，便展纸书一笺。道源啊，你今天该无事吧？能否屈尊来看望我一下呢？我们可以一同喝喝茶，顺便我还有一点点小事需要当面跟你聊聊。孟坚日前微恙，此刻想必已经安好，便替我问候吧。

这便是苏轼。语与字皆缓带轻裘，有间有暇，可见形容、情态、意趣，是一位闲逸淡泊的君子，而又如此生动。字的生动可见，语的生动在“枉顾”，在“啜茶”。道源施施然来，东坡道源啜茶之乐，涣涣然。

道源之乐想来亦如春水之盛，单单执此一帖也足堪啜茶几盏了。说到这里，可讲一笑话。

老苏友人中有个名叫韩宗儒的，最是贪吃。他隔三岔五给老苏写信，收到回信后，便拿书帖换羊肉吃。黄鲁直取笑说，王羲之以字换鹅，叫“换鹅书”，苏子书帖可名“换羊书”了。一日，韩宗儒大约馋得不行了，连写几封信给老苏，还专门派人催问回帖。老苏哈哈一笑，说：“本官今日断屠！”

总是韩宗儒光顾着自己的馋，而未了解老苏的馋，须知老苏也是天下一老饕。这韩氏远不如后来的梁鼎芬聪明，他为讨友人杨守敬书帖，在家中炖了羊头，书一短笺：“炖羊头已烂，不携小真书手卷来，不得吃也。”

皆是承平文宴，铺陈风流。

相较而言，张岱约茶的书帖就显得矫情多了。张岱《与胡季望》尺牍篇末也邀胡季望啜茶：“异日缺月疏桐，竹炉汤沸，弟且携家制雪芽，与兄茗战，并驱中原，未知鹿死谁手也。临楮一笑。”虽也是卅余字，与《啜茶帖》比，看似文采更盛，终究少了许多爽利与自在。《啜茶帖》未写啜茶之欢而宾主皆欢，未展一笑而尽显笑意。张宗子书法不如老苏，文章也不如，少了疏朗与留白。唯一样嗜茶。

书家颜真卿也嗜茶，还发起了一场湖州才子月夜啜茶会，参加茶会的分别为颜真卿、陆士修、张荐、李崿、崔万、僧皎然。才子、知交、清风、明月、佳茗、素瓷，不消多想，这夜必然宾主尽得清欢。于是，就有了这首六人联句的《五言月夜啜茶》。

泛花邀坐客，代饮引情言。（陆士修）
醒酒宜华席，留僧想独园。（张荐）
不须攀月桂，何假树庭萱。（李崿）
御史秋风劲，尚书北斗尊。（崔万）
流华净肌骨，疏瀹涤心原。（颜真卿）
不似春醪醉，何辞绿菽繁。（皎然）
素瓷传静夜，芳气满闲轩。（陆士修）

这是一场无须事先张扬却必将流芳百世的啜茶会。

颜真卿，时任吏部尚书，是后世人人皆晓的大书法家。其他几人，陆士修时任嘉兴县尉；张荐是史官修撰；李崿，庐州刺史；崔万，即崔石，湖州刺史；僧皎然，俗姓谢，是“山水诗鼻祖”谢灵运的十世孙，也是中唐时著名的诗僧。

六位大才子，有京官，有地方官吏，有书法家，有诗人，又甚相契。人们几可得见，中唐时某个静谧秋夜，月华皎皎，庭前桂下，置一茶席，有六文士席地而坐。茶铛旋煮，素瓷静递，六人时而沉思啜茶，时而吟哦联句，月光如水，茶气似烟，诗意杂糅其间，有清风忽至，且从容，且怡悦，且骀荡。

联句由士修始，又由士修终。“泛花邀坐客，代饮引情言”，直入正题，茶泛起乳花浮沫，客团团而坐，我们便以茶代酒叙叙友情聊聊闲话。“泛花”即“浮沫”，唐人将茶研末烹煮，倒入杯中时泛起沫饽，茶圣陆羽谓之“汤之华”。华薄为“沫”，厚名“饽”，细且轻盈的叫“花”，似枣花飘飘然落于池上。

张荐次句语承士修，醒酒须茶，留僧须寺院。“华席”便是茶席，“独园”是“给孤独园”的略称，泛指寺庙。“留僧想独园”有调侃诗僧皎然之意，可见他与皎然亲近。

李崿接着以“不须攀月桂，何假树庭萱”，写好友间啜茶联句的逸兴，全无须借月华之清辉，假萱草以忘忧。崔万则大大奉承了一把颜真卿，评价他任御史时如“秋风劲”，做尚书时比“北斗尊”。本地父母官如此敬重自己，颜真卿该如何接呢？他并不承崔万诗意，而又转至啜茶，以一句“流华净肌骨，疏瀹涤心原”，道出茶中深意，啜茶以净肌骨、涤心原。“流华”“疏瀹”都指代茶。

全诗里我最爱皎然两句：“不似春醪醉，何辞绿菽繁。”可算得一缕春风，将前面的正经端庄或强作风雅拂开了一道缝隙，于是，风便灌入，疏朗又清爽。士修末了的收束也自然而来。

月朗风清、器洁茶香、联句成章、宾主偕欢，这一场关于茶的雅集可谓完满了。我只是更爱颜真卿书帖，楷、行、草都爱，《麻姑仙坛记》《与澄师帖》《广平帖》……颜真卿书帖比他的诗好许多，干脆爽利，譬如《鹿脯帖》：“病妻服药，要少鹿肉，干脯有新好者，望惠少许。”一帖直入正题，讨鹿脯。堪比老苏“断屠”，多好。

捌 茶瓯歇

黄鸟啼春春昼长。
纸屏矮几竹匡床。
薰炉香烬茶瓯歇。
挂起南窗纳晚凉。

——（明）文彭《书诗二首（其一）》

“茅台酒已上桌，速来。”年杪，聂鑫森与叶之蓁两位先生约了给我团年，电话催时，直有古人招酒之风。一瓶茅台，我们三人分了，两位师母不擅酒，略饮一些。便聊生活、文学，也谈人事。临走时，脚下已虚浮，笑却掩不住了，冲谁都笑。

李易安只饮“三杯两盏淡酒”，我却三两茅台已落肚。呀，这酒得赶上武松那十八碗了吧？不过，为何今人饮酒都得用玻璃杯？像古人推杯换盏才好，最不济也得使碗。如武松提了哨棒大步流星进店，冲柜上喊一句：“主人家，快拿酒来吃！”

就着熟牛肉可饮十八碗酒。他那十八碗也是淡酒。

回家路过一树蜡梅，平素一直想偷一枝，不敢。今夜趁酒兴也折了，扛着，仰头一笑，回家。

插了梅花便饮茶。并非酒渴，隔天就回老家过年了，总得再喝两杯茶才歇。茶是友人给的二十世纪九十年代的熟普，寒夜饮过茅台，再就着蜡梅喝普洱，简直如种了新苗得雨润，有一种天遂人愿的快意。我使一个柴烧祭红杯，祭红深沉而温润，最宜熟普和冬夜。喝得茶也残了，夜也尽了，收了茶壶茶杯就可过年了。

古人管茶杯叫“盏”叫“瓯”，大约玻璃与陶瓷的区别，直白与蕴藉。喝酒可使杯，羹残酒尽方停杯投箸。把盏捧瓯且饮茶，薰炉香烬茶瓯歇。茶瓯歇，多好，若改成“茶杯歇”，就有如东施效颦了，是泥脚汉洗了脚穿了鞋硬充读书人。

“茶瓯歇”三字还得以闲笔来写，拙的，或逸的，都可。譬如，文彭的诗帖，文彭是文徵明的儿子。文彭这帧诗帖有两首，我犹爱“茶瓯歇”这首，诗好字更佳。

且来读诗。

黄鸟啼春春昼长。
纸屏矮几竹匡床。
熏炉香烬茶瓯歇。
挂起南窗纳晚凉。

毋庸置疑，作为文徵明的大公子，文彭少承家学，书画自然不在话下。这会儿一读诗句，竟清净无尘，便是咀嚼起来也全无渣滓。

春居。春昼渐长，院中有黄鸟“交交”啼春。黄鸟大约就是《诗经》中的“交交黄鸟”，如今叫黄雀。只《诗经》里黄鸟的鸣叫声声哀，而文彭的小黄雀叫得轻盈又清脆，正该是春声泠泠。无限春声春情里，文彭只选一声黄鸟啼，却能让我们由这黄鸟交交中领得整个春天。诗句文章亦如书画，愈留白愈见丰神，风流自现。

听罢院外黄鸟啼，再将视线挪至屋内。屋里陈设亦清简，纸屏一架，矮几一张，竹床一架，而已。这样清雅素净的屋子，其主人必是一位泊如文士。记得早前读过清人郑日奎的《醉书斋记》，也是这等样貌。“于堂左洁一室，为书斋，明窗素壁，泊如也。设几二，一陈笔墨，一置香炉茗碗之属。竹床一，坐以之；木榻一，卧以之。书架书筒各四，古今籍在焉。琴磬尘尾诸什物，亦杂置左右。”或说，郑日奎的“醉书斋”是大多淡泊文士理想中书斋的样子。文彭的书斋较之郑氏而言，多了一道纸屏风，少了一几一榻。屏风用以遮蔽，几可陈笔墨，亦可置香炉茶瓯，竹床可坐可卧。他并不写书架，写架上古籍经史几何，想来亦是留白。只粗略一数即可，嗯，纸屏、矮几、竹匡床。

春昼再长，总长不过夜将至。几上熏炉里，午后才篆的香只余了灰烬。茶炉收，茶壶凉，水冷，茶残，茶瓯歇。已是夜晚纳凉时分，且将南窗挂起，恰月上柳梢，晚风清漪。再晚些呢？文彭也不写，你我亦能得见。晒月光沐清风，一枕黑甜梦。

再来看窗前，几上茶瓯歇、熏香烬。“歇”得实在极好。

诗帖末页有题“予隆池尊兄”，可知是送给彭年之作。彭年，字孔嘉，号隆池山樵，书法家、诗人，是文彭父子的友人，亦是一位高人。

说起他父子，老子文徵明作诗也爱用“茶瓯歇”，如“客去茶瓯歇，闲愁总上眉”。大约也是血脉相连，不将老子的诗书画皆承袭了，便算不得父子。不过，在“茶瓯歇”上，老子不如儿子，老子欲作新诗偏说愁，儿子自在多了，歇便歇了，何须愁？

如此，再看此诗帖书法。文彭素来各书体都擅长，但诗帖是以草书写就，大约不草不足以写出闲逸。结构也闲散，欹斜顾盼间又错落有致，笔底又知白守黑，亦奔放亦自在。也是一个“好”！

我是庸妇，只会吆喝一声“好”罢了。茶倒是真爱。我也有霁蓝、青花、汝窑、定白、青瓷、粗陶、釉上粉彩、银鱼建盏等多个茶瓯茶盏，使哪个得看喝什么茶，偶尔也看心情。

我喝茶好使素盏，无矫饰，总觉得盏太精美恐怕夺了茶香。金盏、玉盏、琉璃盏什么的是断不可用来喝茶的，过于富贵逼人。《红楼梦》里妙玉常日吃茶使的就是绿玉斗，宝玉为讨她欢喜，说，到了栊翠庵，“自然把那金玉珠宝一概贬为俗器了”。妙玉身在槛外仍旧尘根未去，从绿玉斗便可循。金盏更俗，简直可以将茶掐死在盏里，清气也泯灭。琉璃盏怕只适宜古人饮葡萄美酒，映着橙红的琼浆作华丽的清赏。银和铜倒也素净，也宜盏，却不合茶的碱性，可做灯盏和冰盏，是人世的烟火。清夜在秋蛩声里守一盏银灯，可如范仲淹看《蜀志》偏要共刘伶一醉，成就一阕《剔银灯》，一切铁马冰河虚名浮利都葬入关山一梦。

最宜饮茶的还是陶瓷，各样盏配各种茶。

青瓷温润通透，宜明前龙井。去岁春暮到杭州狮峰山，正好明前春茶初采，新茶还带新绿。钻进一个茶社，以青瓷试茶。茶是典型旗枪，一叶一芽，青绿挺直。洗茶一遍，第一泡汤色清淡略显寡，置入青瓷盏中就别有丰赡了，浑如一个素服木讷的少女一遇见心仪男子，眉眼里盈满娇羞，霎时生动了。第二、三泡就出香、色了，清明的绿，郁香若兰。青瓷的水头与茶汤的明绿相得益彰，连那瓷里的纹理都生出香来。执青瓷饮龙井，日子也与茶香弥沦了。

普洱当以粗瓷粗陶啜饮，建盏与我的柴烧祭红亦相宜，浓重的色与朴拙的质料方可令普洱不失其稳重。尤其土陶盏的质感，简直可赋予普洱一重沧桑，在甘甜与陈香共存喉间之际，生出些遇见落拓文士的钦慕。若以素常白瓷盏喝也未尝不可，但总觉得白盏轻浮了，承受不起普洱的厚重。

汝窑盏，天青色，拿它好喝六安茶，如自家人待自家人。六安瓜片茶气至纯，甫一入口，就似遇见一位书香门第的青衫男子。而天青色的汝窑盏亦是一袭青衫布衣，低调的质朴，以自家人的包容来与瓜片相适，几乎完满得没了间隙。置于内敛的汝窑器中，瓜片的香似乎益发幽渺无序而又缠绵不去。瓜片借了天青色汝窑盏的气质，可以睥睨绿茶界了。有一阵我也爱使汝窑盏喝白牡丹，天青色与白牡丹的灰绿银毫浑如前生有了情谊，此生便成了知己。白牡丹明亮杏黄汤色如女子秋水横欲流，天青色的汝窑瓷正是可兜得住她温柔的青衫客，他温和笑笑，她羞赧酡颜。

定窑白一定得与色泽美艳的金骏眉、滇红或单枞配，可喝出丰腴女人香。

铁观音倒不挑盏，因为它的奇香。黄山毛峰、太平猴魁也不挑，只需慢慢享受那悠长的韵便好。君山银针倒不宜茶盏，它娇柔得吹弹可破，只可堪以玻璃杯来雅赏。

宋人好建盏，因为古时茶色尚鲜白，老苏谓之“雪沫乳花浮午盏”。乳白茶青黑盏，正是好茶配好盏。建盏最上乘的要数“兔毫盏”。此盏釉色呈绀黑，釉质刚润，釉面呈现明显兔毫纹，纹理清晰，细腻流畅。又因敞口，浅圈足，胎体厚重，茶置其中不易冷却，正适宜品茗。如今的茶汤色各异，使建盏倒不能凸显其色，我也一直不怎么爱这粗笨的大家伙。前日竟也收了一个李甲栈银鱼建盏，为着青黑盏底卧着的精工银鱼，茶汤一置入，鱼登时活了，翻出涟漪，汤色也潋滟得有光了。建盏有棱棱金石气，笃定的稳重。我时常携它上路，谁舍一碗茶就用它饮，仿佛做了托钵僧行脚走红尘。

关于茶瓯，陆游两句诗我也喜欢，“更作茶瓯清绝梦，小窗横幅画江南”。茶瓯清绝，可携它上路作自在游。

㊈ 茶灶对谁烹

萧散嵇康辈，难教缚宦情。
识高浑脱略，意广惜沈婴。
老面烟霞古，醉衣苔藓生。
西峰难独往，茶灶对谁烹。

——（宋）释永颐《悼周晋仙》

唐代有一个著名的隐士，名唤“陆龟蒙”。他嗜茶，就在湖州顾渚山下置了一个茶园子。又不喜与流俗交接，就在苏州甫里（今甪直镇）置下宅院田产。于是乎，在室则置一几，焚香，挥尘，读书，作诗。小倦便暂休竹榻，晌午起来一杯苦茶。晚来风清月白，于花香树影间畅然纵酒，待得月移中天，披了一身花影颓然睡去。在外则挥汗如雨躬耕南亩，也中耕锄草，也刈麦放牛，也采茶制茶。闲了则棹一乌篷船，舱间铺一席置一几，可坐可卧，带一捆书，携了茶灶、笔床、钓具。或读书吟诗，或烹茶煮酒，或理钓筒钓鲈鱼。同嵇康阮籍一样散发啸吟，悠游江湖。

如此生活，直堪钦羡，便只听闻，也觉洒然灵空。若能得享，面上俗尘亦当扑去三寸，恨不能明朝就散发弄扁舟。自然，真正羡人的并非清斋雅室笔床茶灶，而是隐在其间的闲散。

自陆龟蒙后，“笔床茶灶”成了“闲隐”的代名词。

“笔床”是搁毛笔的物件，古代文人往往文房不离手，笔墨纸砚自是不在话下，连砚盒笔床这类都是终日随身无时离手。“茶灶”是烹茶的小炉灶，亦是可随身携带的器具。陆龟蒙就这么携了笔床茶灶书卷钓具在山水间漫散。

为何在顾渚置下茶园子？顾渚山有紫笋茶啊。

我去湖州，尽腻在那水畔人家、湖鲜佳馔里了，竟不曾领略过紫笋滋味。

湖州最佳属南浔，一镇之地而拥有五园，且皆为巨构，又有书卷气。浙地多佳处，若将绍兴比作新醺未妆的姑娘，杭州就是雍容的大家闺秀，还略有沉入恋情的丰神，眼角都流风。而南浔是家学渊源的公子，虽没落了，书香气韵却犹在，古镇居民也有这样气质。他们在这里居住、上班、钓鱼、做饭、剥红菱、听评弹，也坐在家门口、平桥上看我们这些外来客，谈南浔往事。对于游客，他们有见多识广的淡然，如南浔这些曾商贾云集的河埠头，哪种人未识过？我就坐在南浔的书卷与繁华里，吃着醉白虾千张包，看他们哼评弹、钓小鱼、剥红菱，水道里有我和他们的影子，也有小镇的过往。

距南浔不过百余里地，就是顾渚山。若南浔是人间俗世，那么顾渚山便属上方仙家。否则怎能产出紫笋茶这般的仙品？何以证明是“仙品”？当年，陆羽与皎然、朱放等论茶，以顾渚为第一。顾渚紫笋一度被列为唐代上品贡茶，顾渚山还修建了贡茶院。有时任湖州刺史张文规的诗句为证：“凤辇寻春半醉回，仙娥进水御帘开。牡丹花笑金钿动，传奏吴兴紫笋来。”吴兴就是湖州。这日，外出寻春妃子的凤辇返回了，御帘开合仙娥送水入来，牡丹花笑了，女子亦喜得金钿摇曳生姿。几样意象铺陈，都为末了这句“吴兴紫笋来”，原来这一日湖州紫笋茶上贡恰到。人人皆喜的好茶，不是“仙品”是什么？

只诗中仙娥送来的水也不知是否金沙泉水？金沙泉也在顾渚山下，泉内水不盈瓯，而四时不竭。历来在文人墨客笔下，紫笋茶与金沙泉就如知交，茶不离泉，泉不离茶。紫笋茶须金沙泉水蒸后捣烂，茶的芳香才特别到位。又须以金沙泉水冲泡方得“全功”，外地水泡紫笋茶只“半功”。如此想，就好比在顾渚山下置了茶园的陆龟蒙与他的好友皮日休，两个茶痴，亦是诗酒好友。

陆龟蒙皮日休二人，一字“鲁望”，一字“袭美”，便“寄鲁望”“和袭美”如此这般地茶来酒往诗酒酬和。他俩还写了茶坞、茶人、茶笋、茶籝、茶舍、茶灶、茶焙、茶鼎、茶瓯、煮茶十题茶诗，几乎涵盖了茶叶制造和品饮的全部。

回到“茶灶”话题，来读一回他二人的《茶灶》——

南山茶事动，灶起岩根傍。水煮石发气，薪然杉脂香。青

琼蒸后凝，绿髓炊来光。如何重辛苦，一一输膏粱。（皮日休）

无突抱轻岚，有烟映初旭。盈锅玉泉沸，满甑云芽熟。奇香袭春桂，嫩色凌秋菊。炀者若吾徒，年年看不足。（陆龟蒙）

皮日休大约是直脾气，写茶灶也直入正题。茶事动了，茶灶起了，水汽沸腾了，用作柴薪的杉木焚炙得异香扑鼻了。“青琼”与“绿髓”都是茶。皮日休的茶灶并不写烹茶，而写制茶的“蒸”与“炊”，写茶人辛苦皆付与富贵人家。可以说，袭美有现实之眼。

陆龟蒙呢？诗里无“茶灶”，而无一字不写茶与茶灶。烟为轻岚，火是初旭，水是玉泉沸，茶是云芽熟，茶香赛过春桂，茶汤好比秋菊。尤其那灶下烧火小童，年年岁岁春来烧火烹茶犹自看不足。恐怕，真看不足的不是那童子，而是陆龟蒙自己吧。

两诗一比，皮有奇句，而陆有逸气。皮于奇朴中洞察世间疾苦，陆则于散淡处愈见性灵。陆的散淡是骨子里的，“散人”也是他的自称，是心散、意散、形散、神散，无羁限无束缚礼乐之外的怪人。你若回到唐朝，见得这么一个蓬头披发光脚，手执竹竿钓丝，时而烹茶聊作闲渔父，时而酌酒吟诵沧浪词的怪人，别忘了看看茶灶对座，一定还坐着一个皮日休。性情不相类的二人志趣却出奇的一致，才得了那些诗酒茶渔连篇累牍的酬和。隔着千年光景，仍可见他二人茶灶相对、醇醨同酌，哈哈一笑后，辰光跌宕而去。如此，似乎茶灶亦深蕴友情意味。

比如这一位——

清康熙年间。身为皇亲贵胄的纳兰性德给好友严绳孙写了一封短笺，笺纸上一阙《浣溪沙》，上阕三句是“藕荡桥边理钓筒，苎萝西去五湖东。笔床茶灶太从容”。

严绳孙，字荪友，号藕荡渔人，是康熙时期的一个大才子，也是纳兰的好朋友之一，琴棋书画诗词文章，样样精通。严荪友以布衣身份被康熙皇帝授为翰林院检讨，为四布衣之一。只是，他对功名视若浮云，不久便辞官归隐故里。

这首《浣溪沙》就是对友人归隐生活的描摹。在纳兰的笔端，严荪友俨然是闲逸隐于江渚藕荡的渔樵耕读，有姜太公之乐，陶渊明之逸。或许，严荪友比姜子牙更为熏然陶然，比陶渊明更为悠闲自得。

“藕荡桥边理钓筒，苎萝西去五湖东。”光是荪友归隐之所就足以让人歆羡了。苎萝，乃苎萝山，是西施的故里；五湖则是太湖的别称。揽满怀闲逸，坐在藕荡桥边自在垂钓，左倚苎萝山，右临太湖水。被美景环抱，这位垂钓之人志趣该不在鱼上，而是如欧阳修般在乎山水之间了吧？他的这份高逸超脱，堪比陶渊明“采菊东篱下，悠然见南山”，都是一样的陶然忘形。在依山傍水垂钓之余，荪友的日常生活更淡定从容。执毫管，或点染一轴山水、描画花鸟尺幅，或临半卷书，写两篇骈文。再不就捧了茶灶，点了火，静静地烹茶品茗，看炉上霜之华如碧浪翻滚，而后，将那露之液轻轻啜饮入喉，“两腋习习清风生”。读书、喝茶、写字、作画、垂钓，荪友，你的“笔床茶灶”人生何其从容！

这是严荪友的生活，还是纳兰的一个归隐之梦？纳兰终究过不了严荪友的日子，数年后，纳兰容若病逝。时年三十岁。

严荪友为纳兰《成容若遗稿》作序曰：“余与成子周旋久……其能不泫然而废读乎！”以荪友纳兰笃深情谊，知己早夭，捧着他的遗作，如何不泫然而泣不忍卒读？

从此，天地皇皇，再不见他。寻山水，赏风月，吟诗篇，理钓筒，谁与共？携笔床，抱茶灶，对谁烹？

“茶灶对谁烹”是宋代永颐和尚悼好友周晋仙的诗句。这永颐和尚是南宋时杭州唐栖寺的僧人，而周晋仙便是写“还了酒家钱，便好安眠”的那位周文璞。

各典籍里关于这两位诗人的记述少之又少，唯有诗里一窥。由《浪淘沙》此两句可知周晋仙好酒，由释永颐《悼周晋仙》又晓两人嗜茶。长年茶灶相对，一朝相离，如何不念？

皮日休陆龟蒙，严绳孙纳兰性德，周晋仙永颐和尚，皆为契阔离别犹有执酒可酹对茶可念之人。亦是幸事。

武夷山五曲溪中有“茶灶石”，是一块天然岩石，石上有洞穴数处，置炽炭于其中，并将茶壶安放穴上，可以煮茶会客。朱熹在隐屏峰麓武夷精舍讲学时，常偕学友、生徒乘坐渔舟到石上煮茶论学，还作《茶灶》诗：“仙翁遗石灶，宛在水中央。饮罢方舟去，茶烟袅细香。”朱老夫子论学自然是集大成者，作诗嘛，不说也罢。

明　刘俊　《周敦颐赏莲图》

宋　夏圭　《雪堂客话图》

宋　刘松年　《秋窗读书图》

明　周臣　《春泉小隐图》

㊹ 竹林茶隐

万竿修竹一茶炉，试写深林小隐图。
岂得常闲如圃老，偶然兼住亦庐吾。
传神入画青垂眼，揽镜开奁自满须。
二十余年持使节，谁知披卷是迂儒。

——（清）阮元《画竹林茶隐图小照自题一律》

与朋友在衡山广济寺小住，饮食起居都随寺里的师傅和义工，傍晚与住持宗显法师一道在山谷里散步，晚上在佛堂里喝茶聊天，很是自在。离寺不远的山谷里有一片茶园，便是陆羽《茶经》里衡州茶产地之一。《茶经》原注云：“生衡山、茶陵二县山谷。”谷中产出衡山云雾茶，白毫披纷，冲泡开来青绿甘香，涤昏最好，正宜寺中默坐读书时。

时值夏秋之交，茶园青黛色，在山谷间纵横有致。与山外浓稠炽热的繁华相比，这里一切都是清淡的，正是除去浮尘后的安吉。那夜有月未满，山石卓然，树影憧憧。茶园就如有人擎了巨笔拖出来的斜行，可供人矮纸作草书，月就是为他书写点的一碗灯。如此，我已然心生淹留数日的念头。朋友笑说，若是春上，烟云蒸起，空空蒙蒙，真是可以当个神仙了。我却想着书里那些借住寺庙的书生，白日悠闲读书，夜里茗炉相对，在这样的仙境之中，怕会有狐妖鬼魅前来红袖添香。就算末了，不落姓氏洒然而别，也是一段仙缘。

茶园周边散着几户人家，我倒羡慕起来，这样的深山茶苑住着，吃斋，吃茶，读书，清谈，看月，是古时隐者才能得享的闲适啊。古代有“茶隐”一说，即隐之于茶，借茶障世，譬如茶圣陆羽。《新唐书》就将陆羽归入隐逸传。袁宏道《瓶史》里有言：“嵇康之锻也，武子之马也，陆羽之茶也，米颠之石也，倪云林之洁也，皆以癖而寄其磊块俊逸之气者也。”意思是，嵇康爱打铁，王济爱马，陆羽爱茶，米芾爱石头，倪瓒有洁癖，都是借癖好寄寓胸中块垒，将自己隐于其间。

俗世淹蹇无从脱身，做个茶隐也好。白居易《中隐》诗云：“大隐住朝市，小隐入丘樊……不如作中隐，隐在留司官。”他是主张中隐的，在穷通与丰约之间，身吉且安。

如乐天一般留司官而能得享闲隐的还有时任嘉庆两广总督的阮元。阮元是积极入世的能吏，历经清三代帝王，建海塘、修水利、灭海盗、安地方、赈灾民、禁鸦片、办教育……所治之地官声民声皆不俗。他又在经史、数学、天算、舆地、编纂、金石、校勘等方面都有着非常高的造诣，被尊为三朝阁老、九省疆臣、一代文宗。就是这样一位经世官员，竟也借茶为隐，到寺庙、山中、竹林、雪舟之中远避尘嚣，寻得一夕安宁。实属难得。

阮元曾绘《竹林茶隐图》，题一律并序。序云："时督两广，兼摄巡抚印。抚署东园，竹树茂密，虚无人迹。避客竹中，煮茶竟日，即昔在广西作一日隐诗意也。画竹林茶隐图小照，自题一律。"诗曰："万竿修竹一茶炉，试写深林小隐图。岂得常闲如圃老，偶然兼住亦庐吾。传神入画青垂眼，揽镜开奁自满须。二十余年持使节，谁知披卷是迂儒。"

这一日正是他六十大寿。担着两广总督要职还兼任广东巡抚的阮元，竟然在生日当天，跑出总督衙门，带着一家老小来到抚院东园湛清堂后空无人迹的竹园中烹茶写诗作画，直至天晚秉烛时才返回家中。如今阮元《竹林茶隐图》已杳无踪迹，便是如此，我们犹能从诗与序中窥得他一日茶隐的惬意。

茂林修竹虚无人迹，就一家子在竹林里起风炉设茶灶，仆人执蒲扇儿孙来奉茶，阮元自将茶隐图慢慢作来。日影上了篁尾，绿阳泻下一地清阴。风过了，疏竹飒飒作响，亦是风的清音。鸟雀才刚刚飞过，竹叶落了一片，又落一片，也不知哪一个是这竹林中的主人或过客。无怪乎嵇康阮籍们要隐于竹林，不是修竹清气，怎配得魏晋风流？

阮元的君子之风自然也配得竹林清气，如他那句"岂得常闲如圃老，偶然兼住亦庐吾"。无法常得侍弄园圃老者一般的闲暇，偶尔来住一住，这东园也可算自己的庐舍。这两句简直有陶渊明"吾亦爱吾庐"的欣然。

继续作画，为画作更传神，他便开奁揽镜自照，镜中映出一位须发皆白的老者。虽历经仕途廿余年，其实仍旧是一个钻进书里做蠹鱼的迂腐儒士。末一联看似自嘲，实则为自己数十载的坚守得意着。正是这种身在官场心有所持的坚守，让阮元屹立不倒成为三朝元老。也唯其“有所持”，方能与林下清气相合。

阮元茶隐可不止六十岁这一次。道光二十五年（1845），时年八十二岁的阮元写下了这么一段话：“至臣四十岁时浙江巡抚任内，凡寿日皆茶隐于外。五十隐于漕舟，六十隐于兼粤抚之竹林，七十在黔溪雪舟中，终身避此哗嚣之境。及今八十二岁，茶隐于长芦庵。”可见阮元每逢生日，就避客茶隐于竹林山寺。在入世与出世之间游刃有余，更早些只有白居易，而阮元“生辰恰并白香山”，他与白居易同天生日。

可以想见，深篁中乐天与阮元隔着时空铺毡对坐，旁边煮茶炉正沸，竹下风过，茶烟轻扬。

此情此景可参看李商隐《即目》。

小鼎煎茶面曲池，白须道士竹间棋。
何人书破蒲葵扇，记著南塘移树时。

我们大约知道，李义山平素作诗秀织丽字，用典繁复且索解无端。此诗却从小处着墨，清浅几笔而已。标题就小，一目之间脱然成笔，随性而别有逸气。从写法来看，它又类似于《夜雨寄北》，皆由当前之景设想将来之情。《夜雨寄北》更深情，《即目》更俊逸。

竹林，小池，茶炉，二人，对坐，茶叙，弈棋。不写竹间清逸而足见清逸，不写小池秀雅而足见秀雅。煎茶用小鼎，而几可见小鼎下新火灼灼，小鼎中松风鼓荡。弈棋也不写自己只写对面友人，白须足显道骨仙风隐逸之范，一坐下来，竹林清风飒然。这是当下。

后两句写将来。待来日，谁来在蒲葵扇上题诗赋文记下今日南塘移栽种树的情景呢？李义山总仍旧是李义山，再简的笔触，总得用一二典故。这里的“蒲葵扇”就是用典。昔日谢安有朋友还乡，来向他告辞。谢安问及回家的旅费，友人说只有蒲葵扇五万柄。谢安于是行动处都携一把蒲葵扇，手谈清议间，风流自现。一时，执蒲葵扇成了潮流，友人的归资自然有了着落。另一则与王羲之相关。一日，王羲之见一老媪卖扇，就拿过扇子在上面题了字。老媪不识王右军，一度面有难色。王羲之告诉她，你就跟人说，这是王右军书法，可卖百金。结果也是不言而喻。如今看来，李义山的“蒲葵扇”亦如谢安王羲之的蒲葵扇一般，成了典故。

继王羲之、李商隐之后，仍有蒲葵扇的题诗。与阮元同时期的书画家熊景星就曾作《蒲葵扇诗》赠阮元，诗已不可考。我们又不妨将阮元与李商隐拉到一个时空来。或者白居易、李商隐、阮元几位拽袖牵袍，由繁华处遁入竹林，烹茶啸聚，拨弄丝竹，诗文酬和。隐得几日后，又各自归于日常，做官的照例做官，修行的仍旧修行，在纷乱时局里借古讽今的，又继续搬出各样典故来让后世人猜。

如此甚好。

㊷㊸ 托钵讨茶吃

车马长安道，谁知大隐心。
蛮僧留古镜，蜀客寄新琴。
晒药竹斋暖，捣茶松院深。
思君一相访，残雪似山阴。
——（唐）皇甫冉《寻戴处士》

我爱上茶，同一个人有关。

在人生最颓靡的时候，他拯救了我，将我拽出深渊，让我找回自己。他嗜茶。我们约定，将来在一个种满芭蕉的山涧旁筑一间茶寮，闲来便读书喝茶下棋，也作诗写文章，也在山间逗小鸟兽玩儿，枕一夜水声，梦满目蕉绿。

后来，我们走散了。我走后，他也筑了一间“茶寮”，不在种满芭蕉的山涧旁，在市中心。门口的对联是我拟的，“绿烟红泥常为乐，乌龙玉芽好熏衣”。我偶尔回家会去坐坐，跟他从下午聊到晚上，什么都聊，茶酒诗文小说历史，乃至他前一晚看的一场斯诺克，几个朋友一起去了某处露营，唯独不聊我们。他爱喝生普，我便陪着，易武、昔归、刮风寨、南糯山、攸乐山，各个“山头”一一喝遍。他再把我送回家，道别后，也不知哪天再见。往往一年半载，甚至，更久。

我曾立心，每年无论去哪儿，都为他寻一寻当地好茶。

第一次为他寻来的是安化黑茶。那个深山里的小县城有一条茶马古道，端头在一个名叫洞市老街的小镇。老街上的老屋昏黑，阳光从明瓦里扯出三道光柱，光柱里浮动着不知哪年哪月的尘灰。巷口有老人拿着蒲扇坐在竹椅上乘凉，男子在簸箕前剪红辣椒，光着小脚丫的孩子见我们来，羞怯地将小脑袋深深地埋下去。这家人灶屋的房梁上悬着一溜覆满尘灰蛛丝的十两茶，问老人时，他说是留着自家喝的，不卖。那茶显然比街头老茶庄里的要更拙一些，手编的竹外壳，里面包裹的茶也必是老人亲手制成，采茶、蒸制、渥堆、压紧、裹牢、晾晒，再在这灶上梁下覆上岁月的浮尘。我央了许久，老人方肯转卖我一点，我将茶连同尘灰蛛丝一起纳入背包。

或说，寻茶亦如寻人。茶为隐者，譬如洞市老街老人手制的安化十两茶，譬如隐于深山吸天地精华吮山岚雾霭的茶树们。只一隐于市井，一隐于世外。

古来关于隐者、寻隐者的诗文有许多。老子曾经说过，小隐于野，中隐于市，大隐于朝。后人便将隐士分此三类。

张籍有首《隐者》，写市井之隐；皇甫冉的《寻戴处士》，则写世外之隐。

一曰："先生已得道，市井亦容身。救病自行药，得钱多与人。问年长不定，传法又非真。每见邻家说，时闻使鬼神。"

一曰："车马长安道，谁知大隐心。蛮僧留古镜，蜀客寄新琴。晒药竹斋暖，捣茶松院深。思君一相访，残雪似山阴。"

张籍诗太直白，正合市井。这位隐士先生就如我们身边的好人，无私、良善，治病救人，金钱散尽。

相比较而言，皇甫冉诗似乎有些隔膜了，隔膜得近乎道，有着疏离而惹人歆羡之美感。隐士如仙山升烟霭，一程青山一程烟，禅院古塔影影绰绰。楼阁中似有人又还无人，待得日出风来烟岚尽，只余一天清明。

直白的便不再看，来"寻"戴处士。由诗中看，戴处士并无名号，不知哪里人士，亦不知何许人，应该是隐身世外之人。

俗人自然寻不见隐士，譬如世人如何上得仙山？皇甫冉必非俗人，性情虽不晓，单从诗句里就能见清逸不俗。大约也唯有不俗之人，方可在车马往来熙熙的长安道上，念及一颗大隐之心吧？此大隐便是戴处士。他也并不写戴处士模样性情风度，只写他隐居之处。也不写处所环境，不写是茅屋抑或亭台，不写所在是竹林或涧泉还是梅林，只取其中一二，而能见隐逸之风。且这一二正如烟霭仙山间影影绰绰的所在，让你相信，仙人就在其间。

且来寻"仙迹"。"蛮僧留古镜，蜀客寄新琴"，蛮僧、蜀客飘杳无踪，古镜新琴皆为雅物。或可见蛮僧身着破烂溜丢一口钟前来寻戴处士，住得一二日后，便行告辞。行前，由怀中摸出一枚古铜镜以赠，便飘飘然而去。而蜀中来客则一袭青衫，独抱绿绮，穿青山淌涧壑施施然而来，二人饮酒作诗抚琴啸吟，清风明月皆在襟怀。处士亦该有李白洒然，道一句：“我醉欲眠卿且去，明朝有意抱琴来。”来客更率性，干脆将琴赠处士，又捋袂仙游去了。都是仙人一般。戴处士能得此等高士赠古镜新琴，已足见高逸了。

琴且不细论，蜀声历来慷慨激昂。古镜则是一直被附着了一层神秘色。唐代有传奇《古镜记》，此古镜为一位奇士所赠，是一件灵物，能辟邪镇妖消除疫病。古镜外饰精美，叩击清音徐引。涂过金膏，再用珍珠粉擦拭后，举起对日，光影照彻墙壁。这样一件奇物，便是能看一眼也可算高人了，何况能日日怀揣。佛经里更有关于古镜的偈语，有僧人问：“古镜未磨时如何？”师尊回答：“火不待日而热。”僧人再问：“磨后如何？”回：“风不待月而凉。”一样物件，若不待日月而凉热自属，怎不是隐了仙气在里面？

居处在世外，与之交游者若仙，戴处士似乎有了一层同古镜一般的神秘。那么，这位神秘的隐者素常都干什么？“晒药竹斋暖，捣茶松院深。”戴处士日子也近道似仙，竹斋日暖便晒药，松院春深则捣茶。此两句，既写日子，又写居处。松竹为伍，药香茶气做伴，浅淡又疏隽。无怪乎古代文人多慕隐士，这样的自在，谁不愿？

唯这份浅淡与疏隽，最惹人羡。皇甫冉就这么走过熙熙攘攘的长安道，走过山林涧泉，一访戴处士。将至时，竟然见山中犹有残雪，浑似山北背阳积雪终年未消融一般。“残雪似山阴”一句，看似平平无奇，实则意味深长。长安道上车马喧，而这山中竟似另一个世界，居然还有残雪未消，可知戴处士避世之远。隐于人迹了无处，自做他的仙人。

为着一个人，山长水阔去寻他，皇甫冉自不仅为“歆羡”二字，读毕此诗，你也该明了了。

你要问了，你山长水阔去寻茶呢？我冲你笑笑，不回答。

前两年为写张岱，我背了《陶庵梦忆》《西湖梦寻》《夜航船》《快园道古》去寻张岱的履迹。往灵隐，往韬光寺，往虎跑、龙井，也往快园、龙山、兰亭、会稽山、曹山、吼山……背上书，带上茶钵，一路走一路读一路吃茶。行走在张宗子的文字里，不同于原先单单读文字。以往只会讲他的文字性灵清好，到得这些地方后，才知原来远非这四字可囊括。或可说，往日里书中所见之处，终得印证，如见了熟识之人。一朝遭逢，道一句：“呀，是你呀，原来你还在这里。”

龙井和日铸茶亦是一种遭逢。曾四度往杭州，各色龙井茶吃过不少，却总不见得有多好，知道这些年龙井泛滥得几乎没有了“代表作”。此番特往龙井走了一遭，寻了风篁岭、方圆庵、龙井寺。风篁岭尚有书中模样，林壑深沉，迥出尘表。苏东坡题名的“过溪”也照旧流淙活活，龙井的水却业已死气浑浊。便改道狮峰，试了数种龙井茶，选得最佳一样。

又背了书携了茶与钵往灵隐。灵隐照旧人头攒动，读《冷泉亭》《灵隐寺》几篇。冷泉亭是新修复，一泉泠然，只人众簇拥，谁也无法清寂幽赏，更无从枕石漱流、卧醒花影，那是林和靖苏东坡们才能干的事儿。便倚着药师殿围栏听僧人念半天《华严经》，又撞见僧舍，沙弥老僧大剌剌走路。香积厨是进不去的，和尚们有红尘貌具槛外态，与俗尘亲近又疏离，问句话都爱搭不理，只好作罢。直爬至半山，到了韬光寺才得了清净。在烹茗井旁向小店老板索了热水，就坐在石阶上饮龙井。

烹茗井相传是白乐天与韬光禅师烹茗处。我坐在石阶上，身侧是幽篁，头顶是芭蕉叶，举目处为观海亭。烹茗井水清冽甘甜，狮峰龙井在水中起舞，啜一口便清风徐来，也不知是茶气还是林下之风。简直坐下不愿动弹了，若能如白乐天一般小住一阵才好，夏月乘凉，就能移了枕簟在亭中卧月了。对了，井畔亭名“一瓯茶”，就取自白乐天《招韬光禅师》里的那句“斋罢一瓯茶”。可惜，韬光寺不但没了韬光禅师，连一个酒肉和尚的面也不曾见着。不过，单守着白乐天烹茗井饮茶也不错。

次日又上虎跑泉。想着就虎跑水来泡龙井茶，该更胜过烹茗井水。一试之下，大跌眼镜，全然没有虎跑的清渫甘寒，甚至一股子死气。问茶社老板，是否隔夜？果然，他们头天取了水未煮完，就用塑料壶封存，今日再煮，真真是坏了好水。宗子这篇《虎跑泉》里有老苏“调水符”的典，我喝着“死了”的虎跑水，见这三字哑然失笑了，只有老苏能想出这好玩有趣的物件而来行正经之事吧？这会儿，可能借他这“调水符”一用？哈哈！

这回走读完结后，我将狮峰龙井寄了些给那人，包裹里并未留话，他自会知道是我。日铸茶也辗转寻得了，却未寄出，张宗子手制的兰雪茶早已失传，日铸茶更不复张宗子时的光景。

我还曾往徽地寻瓜片、毛峰、松萝，滇西南寻普洱，川西寻蒙顶，武夷山寻建茶……身披一肩月，托钵讨茶吃。自在无比。

㊈㊁ 斋罢一瓯茶

白屋炊香饭，荤膻不入家。
滤泉澄葛粉，洗手摘藤花。
青芥除黄叶，红姜带紫芽。
命师相伴食，斋罢一瓯茶。
——（唐）白居易《招韬光禅师》

前两年背着《西湖梦寻》《陶庵梦忆》，去西湖、龙井、风篁岭、六和塔、虎跑泉，往灵隐寺、韬光寺、天竺三寺、宝成寺、净慈寺、慧因寺、绍兴会稽山炉峰禅寺……竟多半走的是寺庙。并非居士，亦未持斋，只喜欢寺庙的清净。譬如吴山上的宝成寺，靠近尘世又远离尘嚣，一转角就到了，偏没几个人想得起。我若哪天想出家了，就去这类与尘世毗邻而又隔膜的寺庙。当然，我终究是槛内一俗人，脱不开芸芸众生。

更早些时候，欲在南岳寻个寺庙住两天，当地同学推荐广济禅寺。他说，广济寺最适合你，条件最好，住持宗显法师你会喜欢。我笑，还有适合我的寺庙？他总觉得我被娇惯了，且离烟火气甚远。实则我镇日在俗世操俗务，才更须近佛趋善。

在寺里都得早起诵经，诵念毕，斋堂的僧人打板了才吃饭或吃粥。那两日适逢寺里诵《地藏菩萨本愿经》，都随住持晨诵。经文讲诸般皆罪孽，又亟写被打入地狱的诸样残酷刑罚。我空着肚子，益发读得头皮发麻，竟生出疑惑。佛法本劝人良善，却为何还写出这如许酷刑？且动辄得咎便入了地狱。我悄悄合了经书去问同伴，她并不懂，道可潜心诵读。我只好仍旧敛了容继续持诵，念着那些众生造业因果报应，连头也晕了胃也痛了，以为凛然至此。待得伏下身去拜，听见肚脏声声叫唤时，才知是饿症犯了。可知我没有佛缘，更无慧根。

山中日子，清寂中亦得许多意趣。宗显法师不比我们日常见的肥头大耳和尚，他眉目清和，擅书法会古琴，与人闲谈时熟知尘世之事又能以槛外之言解之。他嗓音好，诵经时声音圆润又悠长，众弟子应答之下浑如绝妙和声。

每日傍晚法师会领着我们散步，法师走头里，素白僧袍的襟裾走一步曳一下，道旁初泛白的茅草花也微微曳一下。竟让人生出一些恍惚感，人间何处有神仙？大道尽头谒祝融峰，小道之间，清风自有神仙骨，那么，风里徐行的我们也约等于神仙了。再往深里走时，遇见黄牛一家三口，上前去同它们说一番话，便辞行。又遇见一只迷糊的小螃蟹，大约寻不见往溪边的路径，慌慌张张横行。我们一堆人围上去，前后左右瞎指一通。小螃蟹必是不懂的，仍旧慌慌张张横行，任我们怎么撵也不往小溪方向去。法师捋了阔袖，拈了蟹盖，它兀自在半空里张牙舞爪。终是将它送归来处。

再有斋堂吃斋，茶堂吃茶。水煮萝卜、豆瓣酱拌嫩豆腐、清炒豆芽，诸样都清爽。茶也好，一置口，嗯，易武古树，得有些年头了吧。我知道了，我喜欢的是这清净的素常。

后来再往各处去，还是会去寺庙走走，吃吃斋喝喝茶，也听听经。走得多了，才发现，经文如何不好？《华严经》宝相庄严，《心经》如日当空，《金刚经》如露如电……除却偶见和尚肥头大耳，再无不是之处。只我终究了无佛缘，访寺时，斋、茶、僧、经能得其一都难，凡遇见便引为幸事，不遇也不以为憾。因为世间不独我一人，连白居易尚且不能得，何况我这样的俗人。

就讲讲乐天这一次的“不能得”。

乐天为杭州刺史时，与灵隐后山北高峰下韬光庵的韬光禅师交游笃甚，时常搁下公文往韬光庵与禅师一叙，吃斋吃茶赏莲论道。一日，乐天大约欲回请禅师，便备了净馔佳茗，还特地作诗一首，邀韬光禅师来吃饭。白诗如下：

白屋炊香饭，荤膻不入家。
滤泉澄葛粉，洗手摘藤花。
青芥除黄叶，红姜带紫芽。
命师相伴食，斋罢一瓯茶。

除末了两句约客，诗的前三联都一再铺陈食材的筹备，可知乐天邀客心之诚恳。白屋为寒士居所，并非高宅府邸，不致唐突禅师这世外之人。饭是香饭，亦非普通糙米。既邀禅师来做客，荤膻之类自然连门都不能入。用来熬羹的葛粉是一再以清泉滤净澄清的，煮汤的藤花则是洗手之后亲自摘下的。青芥菜一点点择去黄叶，红姜鲜嫩得还带着紫芽。白屋香饭，滤泉葛粉，藤花青菜，红姜紫芽，再加上最后情切切的“相伴食”，还有斋后的一瓯茶，都是清嘉。哎呀，直好得人也饿了。

不能不说，白乐天实在擅长约客啊！前有这首《招韬光禅师》，后有《问刘十九》，虽说一是吃斋吃茶，一是雪夜饮酒。前写各样蔬食青黄红紫，后有红泥小火炉绿蚁新醅酒，光看颜色就喜气，更何况香饭葛粉藤花芥菜姜以及小火炉新醅酒里鲜活的滋味呢？韬光禅师必然跟刘十九一样，便是顶着朔风夜雪，也欣然领命而来吧？

禅师偏不！收到乐天诗笺后，韬光禅师回了一诗：

山僧野性好林泉，每向岩阿倚石眠。
不解栽松陪玉勒，唯能引水种金莲。
白云乍可来青嶂，明月难教下碧天。
城市不能飞锡去，恐妨莺啭翠楼前。

禅师说，我就是一山野僧人，喜欢在林间泉边悠游，困了就向岩壁倚石而眠，哪里懂得栽了青松伴良驹？倒是在我的破庙里引了一池水种了一些莲花。刺史您可偶来山寺走走，就如白云乍隐山间，几时曾见天上月华下到凡间？我怕我执锡杖飞到您的城市，惊扰了那翠楼前的莺啼婉转。所以呀，他拒绝了刺史白居易和诗人白居易，他居然拒绝了白居易！

如此高致又率直的僧人，简直让人爱煞了！想来，无论是刺史白居易还是诗人白居易，便是遭拒也仍旧忍不住爱他吧？

据张宗子《韬光庵》里写，韬光禅师留在杭州建韬光庵与乐天不无关系。当初禅师拜别师父之时，师父曾交代“遇天可留，逢巢即止”。禅师一日游灵隐，在北高峰巢沟坞恰遇见了白乐天，想起正应验了师父的交代，便在此处住锡，渐渐与乐天相交相知。

韬光庵如今叫韬光寺，因在北高峰的山坞里，人迹甚少，比之灵隐寺的拥塞，简直可算幽处了。沿小石径曲折蛇行数里，就见韬光寺朴拙的寺门，白墙黑瓦，既拙又小，初见以为不过一个只可打尖的小寺，进去之后才发现别有丘壑。不愧是白乐天、骆宾王、苏东坡、宋之问造访过的名刹，果然窈然深秀。日光由枝叶间漏出，不知名的小鸟“唧——”一声长鸣，飞向更幽深的山林里去了。举目就是观海亭，在亭上望见西湖湛然在城下。

寺中仍有金莲池、烹茗井，烹茗井便是相传白乐天与韬光禅师烹茗处。我向井边小店老板讨了些热水，就坐在石阶上缓缓啜茶。彼时，身侧是幽篁，头顶芭蕉叶，风一掠而过。

傍晚又往法喜寺，也适意。一家人请了阖寺僧侣做法事，诵念良久，其间有妇人号啕大哭奔出。又一俊逸僧人出来，坐在我身后的桌前。身边正有蒲团，我拉了来坐下，又有粗使的老和尚拿竹扫帚，一下一下扫着。他一直埋头扫，偶一抬眼，眉目间比那年轻俊逸的多了许多慈悲。

此时，有鸽子扑棱棱扑打檐铃，半天里一串清音似在吟风，可涤心上尘色。

㊹㊀ 煮茶如药

销金帐底烛花偏。低唱拥婵娟。遥夜酒杯传。几沉醉、琼林洞天。梅花如旧，竹窗犹在，留得煮茶烟。独欠钓鱼船。待归问、羊裘故川。

——（元）邵亨贞《太常引·次韵伯阳雪中》

关于煮茶，我总觉得该与小时候在外祖母家吃的胡椒茶煮法无甚区别。无非是一砂罐水一把茶一撮胡椒，灶膛里柴火烧旺，酽酽地熬了。等茶味浓了胡椒味辛辣了，再搁一小匙盐，胡椒茶就煮好了。那时，每年正月，夜里在外祖母家的灶火旁坐着，就着红活的火，喝着胡椒茶，吃着米做的螃蟹脚和根子，就是我们一年的盼望。像患了一种叫“茶慌”的病，得正月里的胡椒茶来治。

冬夜里几碗胡椒茶喝下去，汗珠也沁出来了，暖暖的，浑身通泰。后来，外祖母过世后我好多年不喝了。去年回家，念起外祖母的胡椒茶，母亲便煮给我吃。不知是哪个程序不对，还是茶与胡椒的问题，全然不是那个味道。或者，我只是念那些坐在灶边煮茶的夜晚吧。外祖母走了，茶慌病总不得根治。

煮茶如熬药，是一种清修。一炉火，一个罐，一些子茶，一两个人。

一次在长沙博物馆看元明清画作展，走到一幅山水立轴前，只觉得层峦叠嶂、长松茂树，一派郁然深秀。画作题识："煮茶图。黄鹤山中人王蒙为惟允画。"原来是元人王蒙。我只没觉悟，明明是山水，却为何偏题为《煮茶图》？细看，山中倒的确有茅棚隐于涧边，有两人对坐，还有一童子端坐煮茶。必是临涧取水，赏景啜茶，久而忘归。大天地大自然，小人物小事情，果然禅气深蕴！一时间，愈发喜欢其间画韵，看久了，竟似所有的山水草木，各种皴、点、勾、染，都单单是为着这茅亭里煮茶的人而设。原本的小我与大境相融了，山水都染了茶香。

画端宇文公谅、杨慎等题跋也萧散冲淡，最爱里面一个名"黄岳"的句子："良宵汲涧煮砂铛，不觉梅梢月痕直。"选一个良辰吉日，去到山里，汲清涧，生炉火，煮一砂铛好茶，就这样一直坐下去，熬得那一弯月牙都坠到梅树梢上时，仍然不知该不该归。情与境都美至如此，不是良宵是什么？

我浅陋，不知这位黄岳为何人，但读过这几首题跋茶诗，几乎对坊间"元代无诗"这种说法极度怀疑了。有诗若此，怎会无诗？

元散曲俚俗却清好，元代诗词必定也还差强人意，绝不至于全无好诗词。那一阵陡然起了"索隐癖"，非得找元代好诗来读。

父亲有一本《元明清诗一百首》，是二十世纪八十年代上海古籍出版社版本，还有一整套的古诗词读本。翻出便读，越读越惊心，简直觉得元明清几朝诗几乎可以完胜宋诗，词也不俗。如赵孟頫《岳鄂王墓》里“莫向西湖歌此曲，水光山色不胜悲”，杨维桢《庐山瀑布谣》里“便欲手把并州剪，剪取一幅玻璃烟”，还有元好问、李军民等，都是“好诗主义”，连契丹人耶律楚材、回族人萨都剌都诗词亦超拔不落俗套。谁说元代无诗？

后来，还读到一个名不见经传，据说足迹不曾出乡里的邵亨贞的诗词，也一度引为摩诘、浩然。

既然说茶，且录一首他煮茶的诗——

销金帐底烛花偏。低唱拥婵娟。遥夜酒杯传。几沉醉、琼林洞天。梅花如旧，竹窗犹在，留得煮茶烟。独欠钓鱼船。待归问、羊裘故川。

《太常引》词牌还有一个名字：太清引。词格多婉约，略有幽怨，偶有波澜。我一直疑惑着，“太清引”似乎更切合此风，一副天地空明逍遥自适的气度。而“太常引”就别有些阴阳八卦道貌岸然的味道了，像古代官员里非设一个太常寺卿、太常少卿，其实不过是阴阳道师、风水先生罢了。如邵亨贞这阕，若换成《太清引》，词牌与题旨都圆和了，相得益彰，不比那“太常”来得更好？

纠结如我，总愿意把文字如药一样地熬着。那就熬一碗名唤“太清引”的药，治一治茶的慌。

词上阕写饮酒写完满，下阕写煮茶写缺憾。大概酒合奢靡，茶该清寂吧？

写酒的半阕，文字都华丽。销金帐、烛花偏、低唱、传杯、拥婵娟、琼林洞天，哪一个都富丽堂皇，半夜里仍旧透出漫天喧声。像织金的云锦，团花、满花、缠枝、折枝，各种设色冲撞堆叠，连缎子做的底子都能晃了你的眼。可是，隔了半阕后，就浑如隔了经年。年深月久，云锦旧了，织金黯淡了，大朵的团花霉了，那些枝枝蔓蔓都给虫蛀得凄惶了。仿佛久远的热闹，噎在半空里，唯余了回忆的寂寞。或者是一瓯茶，喝残了，寡淡得只剩了水味，只好靠着这些水味去追索茶香。

富贵气有富贵气的好，是浮世的热闹繁华。那夜，就如此。

“销金帐底”就是一番良辰美景。床帐是华丽丽嵌了金线的帏纱，想来比起这销金帐，《红楼梦》里的软罗烟、霞影纱都嫌素净了。不但素了，还少了许多情致，只好给林黛玉那样清洁至雅的女子糊窗纱制纱帐。销金帐可不行，销金帐是俗的富贵。清中叶有部俗曲集子《白雪遗音》，里面有首《马头调·深深月儿》就写了销金帐的用途——“夜深沉，携手同入宵（同“销”）金帐，一对美鸳鸯。”风月无边呢！

烛花偏斜，夜深了，犹在销金帐里坐拥婵娟浅斟低唱。整个夜都在传杯递盏里迷醉着，香艳而璀璨，如漫天腾起的烟花，竟有了些虚妄的幻象。所以，他说，琼林洞天。琼林本就是仙界的幻景，洞天是那地上仙山，都是镜花水月，美则美矣，却姹紫嫣红刹那芳华。愈声色浓重，愈无可挽留。

世界喧闹了又宁静了。

梅花如旧，竹窗犹在。如读书，一页翻过去了，下阕便将酒换作茶，开始了一个人的修行。

与销金帐里的旖旎相比，独坐竹窗对梅煮茶的光景显得清幽而真切。煮茶烟，仅需要这三个字，就自有了一股风流超然，可将浮生也换得了。

竹窗下煮茶，赏梅花，时光清隽可喜。风炉里炭火正炽，炉上砂铛里的茶汤翻出鱼目了，泛出蟹眼了，呼呼的松风也起了，烟气漫散。度日清浅若此，像冬日里养一盆水仙，你供它水就够了，某一天它还你一晨的香。不似那琼林洞天，得如牡丹般侍弄着，底肥少了花也不给你开，即便开了，也恹恹的，是病美人自多愁。

这刻，除了茶烟，时间也凝固了吧？只寒凉的空气一寸寸暖起来，是炉火，也是茶烟，暖香浮动。再好的日子，总还欠点什么吧？欠什么呢？

欠一棹钓鱼船。若得了，便可悠游故里，披着羊裘在清江垂钓了。垂钓，羊裘，都是隐士蛰居生活。昔日严子陵五月披羊裘钓泽中，归隐富春山不肯出，邵亨贞这是欲效仿严子陵了。有句话说，酒类侠，茶类隐。是煮茶烟的日子让他起了归隐心吗？或者，抱炉煮茶竹窗赏梅，本就已经是一种隐，在茶烟里蛰伏着、贪享着。于是，心心念念地更欲彻底脱身，便可每个日子都清浅，日日在竹窗下点燃炭火，烹煮茶烟。

多大的诱惑！这才是真真患了茶慌的病，需要隐居专事煮茶垂钓才可治。顿时，我也生了蛰隐心，宁肯患了茶慌。

煮茶的日子，和暖简单，缓慢悠长，如那茶烟。

我素来独自吃茶，也偶与人进茶馆喧嚷坐喝，闲扯瞎聊，却总觉得无法解心中病渴，甚至愈吃愈渴愈慌。这会儿才知道，不是茶不解渴，是没有了煮茶时那份慢煎缓炙的温暖，心无从熨帖了。

与我喝过的种种好茶比起来，胡椒茶简直算不得茶，我的肚肠里却仍旧存有那茶香和辛辣交融的记忆。我要的只是偎在外祖母柴火灶前等胡椒茶煮得的慵懒心吧？甜宁、温暖，一旁有外祖母慈祥的笑。

找一个午后，坐在温暖而斑驳的阳光下，也煮一罐茶吧。懒懒的，看茶汤翻出鱼目连珠。茶烟在日头底下袅起又被风儿拂散，再袅起，再拂散。然后就可以喝茶了。拿粗陶杯捧着，轻啜一口，让口喉舌鼻畅享清香，而后旋即入肚，如醍醐由百会灌至丹田，神清气爽。茶魂水魄在身体里宁和地待着，肚肠也换了一挂似的，还有何事不释然？

这样的日子或许会如多年前守在灶旁煮胡椒茶一样住进心底，解了我的茶慌。

拾肆 小饮碧螺春盌

镇日莺愁燕懒，遍地落红谁管？

睡起爇沉香，小饮碧螺春盌。

帘卷，帘卷，一任柳丝风软。

——（清）吴伟业《如梦令》

饮碧螺春时有两样做伴最相宜，一样是昆曲，一样是吴梅村这首《如梦令》。若非得讲因由，大约可以说，都是苏州“出产”。碧螺春产自苏州洞庭山，昆曲产地在昆山，吴梅村出生地亦是昆山，这首《如梦令》写的便是碧螺春。

三者之间的牵系自然全不是这等的牵强。昆曲是水磨腔，一句念白一个唱腔都有水的姿媚。花旦的声腔更在水韵中流出风来，风又曳起一折柔柳，于春水面上轻轻一掠，皴皱了一些涟漪，渐次荡开。你听呵，听呵，就也跟着那风那柳那涟漪荡着，心被揉搓得软软糯糯，忍不住也要叹一声“呀——”吴梅村这首小令怕也只愿给昆山的小旦们来唱，执红牙一拍，悠悠缓缓唱来，那声腔徐徐捻至最细微处，又略略开启，惊喜又收敛着，直听得春色合了水韵，铺面便至。碧螺春呢？碧螺春就是那水纹，那风，那开启又收敛的唱，是铺面而来的春色，春色里又有一股子暖香，熏得人融融软软，正是“莺愁燕懒，遍地落红谁管？”你也悠悠缓缓饮着，它撩拨挼搓你的肠胃，又渐次荡开，直至五脏六腑渐渐妥帖。

因了这牵系，我竟一时分不清昆曲、碧螺春、梅村小令三者相异处了，只一味品咂着，韵脚也有了，格律也有了，回甘也起了，齿颊也生香了。浑身懒懒得通泰了。

就着昆曲就着碧螺春再来品梅村词。

起首便写春懒，慵倦至镇日思睡昏昏。春情难遣处看莺也愁燕也懒，落红遍地也无人理会。其实，燕照旧喃喃软甜，莺也呖呖脆圆，蝴蝶儿飞舞，蜜蜂们逐趁，红桃呈艳，绿柳垂线，分明是姹紫嫣红开遍，奈何他只见得“莺愁燕懒”。

慵睡半日，起来且焚一炉香。香是沉香，“爇”为点燃。混沌间点一篆沉香，是古代文人雅士的日常。一炉沉香屑燃起，香气幽微，烟气翛然有致，日子也迟迟缓缓地挪移了。沉香是常客，时常能于诗文画轴里得见。李易安钟爱焚香，瑞脑、沉香，一直在闺阁、枕边焚炙，不但闻香还用以熏衣。晏殊也熏衣，无奈“水沉香冷懒熏衣”。苏轼苏辙两兄弟夜烧水沉香，还和陶渊明拟古诗。世人皆以火焚香，董小宛偏不。她觉得将沉香焚炙，烟扑油腻，顷刻而灭，香的性情都没显现出来，且闻一闻襟怀衣袖，尽是焦腥味。她拨一些活火灰来放在香炉中，上置砂片，将沉香片搁在砂片上。如此以些微暗火使得沉香氤氲，既得了和缓香气，又无焦烟逸出，竟至有了奇香。冒辟疆描述如在“蕊珠众香深处”，想必此香与董小宛肌肤之香亦纠合，渗透到冒氏的魂梦之中了吧？沈三白的芸娘也得了真味，她的方法似乎更家常些。芸娘将沉香放在饭锅里蒸透，然后在炉上设一铜丝架，离火半寸许，徐徐来烘，香气幽韵而无烟。

只是从董小宛的香学修为来看，吴梅村的焚香怕也是俗人方式了。再回头看吴梅村。香既燃起,还得来一盏碧螺春才好。“小饮碧螺春盌”，“盌”即小茶碗，敞口小腹浅盏。那么便斟一盌来，小口徐徐啜饮。啜一口莺啼，再饮一口燕歌。哎呀，赶紧起身卷帘，柳丝风软软暖暖地袭来，柳丝一拂水面，水光和着春光暗自流转。这次第，不是一折昆曲模样又是什么？都是碧螺春之功。

“小饮碧螺春盌”，还有一处地方最宜，洞庭山上的陆巷古村。我这就引你去一遭。

洞庭山分东西两岛，一曰东洞庭山，一曰西洞庭山。陆巷古村就在东山半岛，太湖之滨。袁中郎曾写《东洞庭》，言主峰莫厘山“缥缈差卑”，竟直欲“抛牛马”“友麋鹿”，做一个山居之人。我往东山时，放眼一望，不禁哑然失笑，又赶紧敛了。以我湘南山野客来看，整个东山不过是伸入太湖的小山包而已，中郎久居江南陡然见一山，自然惊奇些，不足为怪。

我不爱看山，就看陆巷。一进村，劈面是一条小河，沿河走几步，有小津渡，上书牌匾“寒谷渡”，一副联曰“落霞渔浦晚，斜日橘林秋”。联中所书应该是陆巷特色之景，只我去的时节是暮春的上午，落日橘秋两样美景皆不可得。陆巷就在寒谷渡的前景中缓缓呈现，清净又古朴。

陆巷大约以巷得名，行来果然一条条深长的小巷，粉墙黛瓦，石雕木镂。越往深里走，几乎以为走回到某段旧光阴里，扑面而来的日光晃得人更有些恍惚了。

老屋院墙内探出半树枇杷，嫩鹅黄的果实在宽大密实的叶底簇拥着，偶有一两个早熟的已经橙黄，引得鸟儿雀跃不已。对面院墙满壁爬山虎，绿得虎虎墩墩。我曾一度觉得绿是风姿绰约的尤物，有盈碧的眸子和笑窝，这刻看满绿的爬山虎，一丝妩媚也不得见。倒是墙杪飞出去的翘檐，竟在风中有了摇曳感，一直曳到半天，在檐下仰着看时，云从翘角梢掠过。

村里巷陌交通，屋舍错落，每一道屋檐下都住着一样俗世里的绝俗人生。老媪坐在竹椅子上晒太阳打盹，几个孩子从巷头窜到巷尾。这家正拿了木柴一点点往煤炉子里塞，眼见着烟火就起了。那户门口老头儿正拎了半导体听《荆钗记》，随了王十朋一声声哼着，另一只手还拽了学步的小孙子，一老一小均怡然自得。我正疑心是否误入"桃花源"时，迎面又见裹了花头巾的采茶妇人背了满满当当一竹篓新采鲜叶由后山返来。另一家院落里则已经大炒锅架上，一双手叉开了翻炒新茶，鲜馥味飘了大半个巷子。这便是洞庭山碧螺春了。

陆巷正宜饮碧螺。就找一家院落坐着，问主人买半斤新茶，一边看他炒茶，一边坐着喝。他那手张开似笊篱，探入锅底，再翻出来，鲜茶叶又从指缝间落至锅底，便再探再翻再落。他说，这叫"杀青"。青杀完了，便是揉捻，炒一回再贴了锅底揉一回，还得双手搓揉，揉得久了才能揉出碧螺的模样。

新炒制的碧螺春果真如一颗颗蜷着的小田螺，还银毫披纷，茸茸嫩嫩的。未经水的碧螺春并非一袭春色，而是银白里隐了一些些翠，浑似欲将美好的内质都敛了。一旦遇见水，它们便一叶叶舒开来，舒展成翠色可人的小兰花，还一并“开”出了香气。大约东山满山花果，碧螺春茶香里也洇了花香果味，实在是古人说的“吓煞人香”。

碧螺春的形制、茶香与龙井、黄山毛峰种种均不相类，大约都与它们的生长地相关吧。龙井在西湖周遭的山间见惯了书生小姐的爱情，有老老实实的书生气，模样俊俏，香也端丽。黄山高旷秀颀，黄山毛峰则略高古，香韵绵长悠缓。碧螺春在这一半湖光一半山色里，有花香果树间杂，又有曲巷幽人宅，便生性内敛。你以为它就是那实诚的村姑了，待得泡上一杯，全然换了模样，婷婷袅袅间，连腰肢连裙裾都婉婉然。再举杯至唇边，一股甘香直灌入鼻翼，丰腴而又清爽，香气极微妙独特，不知名的花香未曾识的果味与茶气杂着，让你依稀莫辨。赶紧深啜一口，那股鲜味更要使得唇齿舌头暗自惊呼了，顿时由心的缝隙里飘飘悠悠渗出一种自足。仿佛是憋闷了好些日子后突然来了一阵新雨，万丈红尘千种俗事都在里面涤净了拭干了擦亮了。

这时节，足可以曼声一叹，再击节哼着熟知的昆曲，混过一日了。

我坐的小巷对过有一座尚未修缮的院落，一树蔷薇从门旁蔓延到了门头，粉红的小蔷薇花闹喳喳开满了，精雕石刻的门洞前两个残缺不全的抱鼓石各自杵着，那黑漆斑驳紧闭的大门后，不知保存着怎样的过去。

歇好了再往深里走，愈见高堂巨宅鳞次栉比。此地是明代宰相王鏊故里，与此时陆巷的清静相比，几乎可见彼时车水马龙之势。王鏊晚年辞官返乡，居陆巷十六载，用他自己的话说，“不治生产，唯看书著作为娱，旁无所好，兴致古澹，有悠然物外之趣”。我们如今来看，陆巷的街巷牌坊、故居宅邸、亭台楼阁，小巷里提着菜篮的老媪，以及对面太湖的波痕里，都有王鏊的悠游光影。

王鏊弟子唐寅曾以“海内文章第一、山中宰相无双”，评价这位解元、会元、探花于一身的天下奇士。这刻站在陆巷的光影里来看，似乎并非过誉之言。

㊹㊄ 半盏松萝

不风不雨正晴和，
翠竹亭亭好节柯。
最爱晚凉佳客至，
一壶新茗泡松萝。
——（清）郑燮《清明连谷雨》

春天去徽州，一路吃茶。

往东到了婺源，就开始馋。粉墙黛瓦屋子里坐着，捧一杯婺源绿茶，徽州梦开始了。人说“无梦到徽州”，而我做了一路梦，碧绿的，晨起犹泛出茶香。

粉墙黛瓦间油菜花的鹅黄，对联、灯笼的大红，雕梁窗棂的描金彩绘，每一个小天井下大水缸旁还有各色鲜花。颜色种种，仍旧被徽茶的青绿过滤了。如同给梦蒙上了一层绿色磨砂玻璃，玻璃上的雨滴，玻璃外的雨幕及雨幕里的所有都成了绿色。一茶障目。

婺绿条索纤细婀娜，以汉时对女子的审美，它算赵飞燕，腰肢连裙裾婉婉然。冲泡开来，莹莹的翠绿，兰香清幽。

婺绿香气还在唇齿间游离，又在黄山同时遇见黄山毛峰和太平猴魁了。比起婺绿的清丽，黄山毛峰更高古，太平猴魁更苍润，它们是男子。虽亦是兰香，毛峰韵长，猴魁悠缓。大概也像它们的产地，婺源总在隔水的那端袅袅婷婷，而黄山高旷秀颀，仙姿窅然。

再往黟县，过休宁，城市规整而雅致，有广告牌写着“中国第一状元县”，难怪透着一股清气。正遇中午，找个农家小院吃饭歇息。院子自然也是典型的徽派风格，小青瓦、马头墙，白粉斑驳就是光阴。绕了照壁进去，有厅有堂有天井，天井一侧的小盆景花圃旁还有一个茶台，穿了素麻衫子的老板自顾自冲泡啜饮，使的是青花釉里红盖碗。一眼瞟去，茶是绿茶，叶底明绿，汤色清亮。

我径直过去坐下，要讨一杯茶。

老板也不作声，将碗底残茶倒掉，洗过烫过，开始换茶。茶的条索紧凑略微蜷曲，白毫明晰，与黄山毛峰相似，色绿润，落进碗底，脆生生连珠响。冲泡，出茶，他给我浅浅斟了半盏，汤色清凌凌的。举杯至唇边，一股甘香直灌入鼻翼，丰腴而清爽，又别于其他绿茶的板栗香、豆香或兰香，香气极微妙独特，似乎拈了一枚鲜橄榄凑在鼻尖，橄榄的鲜香幽然沁出。赶紧深啜一口，再吞落肚，一挂肚肠换了，周身通泰鲜活。

几泡过后，该吃饭了。我起身向老板微微颔首，谢过了便走。

他在身后说了句，这是休宁本地的茶，有机缘多尝尝。

饭后即又登程，车上高速，远远地见一座茶山，立有一块牌匾，写的是“休宁松萝茶”。我后悔不迭，恨不得掉转头去连喝带买，将这松萝茶请回家，继续安然坐喝。对此茶，在不知名时就原本存了些敬畏，此刻更生了相思在心里。只不知下一次的机缘在何时？

老板只道“本地茶”而不说茶名，大约是怕遇到俗人，听见“松萝”二字浑然茫然吧？那便果真是怠慢且亵渎它了。

大概世人也都不知松萝茶了，连休宁本邑的宣传都只推“状元县”。如今，人们只知龙井、碧螺春，哪里还知道明清两朝位列群茶之冠的“松萝”？“今茶之上者，松萝也，虎丘也，罗岕也，龙井也，阳羡也，天池也。”只可惜，这几种名茶如今除了龙井还为人们熟知，其余都知者寥寥了。我又何尝不是俗人？如遇高人，虽早知名号，仍见面不识，也是罪过。

松萝茶的名号，我是从郑板桥的一首题画诗里知道的。

不风不雨正晴和，
翠竹亭亭好节柯。
最爱晚凉佳客至，
一壶新茗泡松萝。

诗只录得半首，因为更多写竹，而这半首情境尤佳。

郑板桥这半首诗几乎是赵师秀《约客》的另一个版本。老赵约客时是“黄梅时节家家雨”，老郑是“不风不雨正晴和”。

老赵约的时序不对，讨厌的梅雨季本身就招人烦，客人来或不来就更有变数了。老郑则不一样，这天无风无雨晴明和暖，恰适宜访友闲谈。

两人笔下凑兴的事物也不一样。老赵迎来一池青蛙，雨也连绵，蛙也聒噪，几乎可以看得见他心中的焦灼。老郑爱竹更擅画竹，几竿翠竹亭亭落墨，卓然挺立。居处有竹，便一室疏朗清澹，主人更受了清气，雅致脱俗了。室清主雅，客自会上赶着来。

佳客当然饮佳茗——一壶新茗泡松萝。今春才出的松萝新茶奉上，赍持一盏清欢，缓缓消磨这一夜的好时光。

松萝是好茶，足堪待佳客。

郑板桥是品茶雅士，似他这般的清简生活，晚来的客也必定是知茶的高人，才消受得起时下最好的松萝茶。一方清净地，一盏松萝茶，两个会饮之人。清福得享。

好茶松萝在更多文人雅士口耳笔底传开。袁宏道曾得徽州人送的松萝茶，饮过之后赞“味在龙井之上”。冒辟疆有本《岕茶汇抄》，本是专为写罗岕茶，却道：“计可与罗岕敌者，唯松萝耳。”

似乎松萝茶还是一味药。《秋灯丛话》里写了一个关于松萝茶消食治腻的有趣故事。说的是一个在江南做生意的北方商人每餐都吃猪头肉，一顿就要吃好些人的分量，已经连续吃了十几年。一个医生说这个商人将要发病，且无法治愈。可是，过了很久，商人仍旧安然无恙。医生奇怪了，便去问商人的仆人，仆人说：“主人食后，必满饮松萝数瓯。”医生这才放心，言：

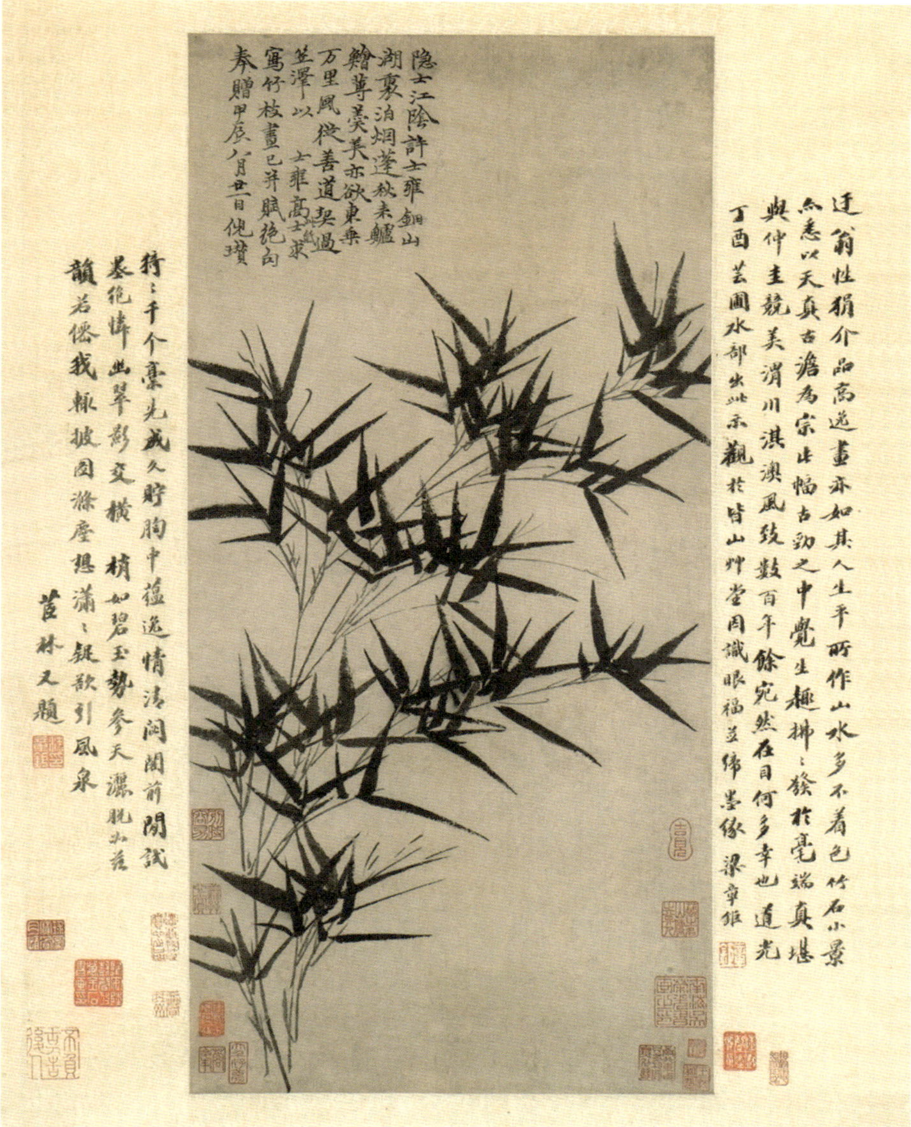

元　倪瓒　《墨竹图》

蓮花冠子道人衣日侍君王宴
紫微花柳不知人已去年年鬭綠
與爭緋
蜀後主每於宮中裹小巾命宮妓
衣道衣冠蓮花冠日尋花柳以
侍酣宴蜀之謠已溢耳矣而主之
不挹注之竟至濫觴俾後想搖
頭之令不無扼腕唐寅

明　唐寅　《王蜀宫妓图》

明　沈贞　《竹炉山房图》

㊍㊖ 七碗清风

七碗清风自六安，每随佳兴入诗坛。
纤芽出土春雷动，活火当炉夜雪残。
陆羽旧经遗上品，高阳醉客避清欢。
何时一酌中泠水？重试君谟小凤团。
——（明）李东阳、萧显、李士实等《咏六安茶》

去徽州，走一程便是一座茶山。远远地看去，似乎老天贪玩，随手在山坡地头画了成片青绿青绿的五线谱，穿花衣裳裹头巾的采茶女就是长长短短的音符，从 A 调到 G 调，任意标注。

徽茶里最爱六安茶，六安的“六”读“陆”音。儿时习字，祖父在教我认识“六”这个汉字时，告诉我有一个地方叫六安，六安的“六”字和我们当地的方言一样读“陆”，而且，六安茶是十大名茶之一，又随口念出李东阳这句“七碗清风自六安”，

明　沈贞　《竹炉山房图》

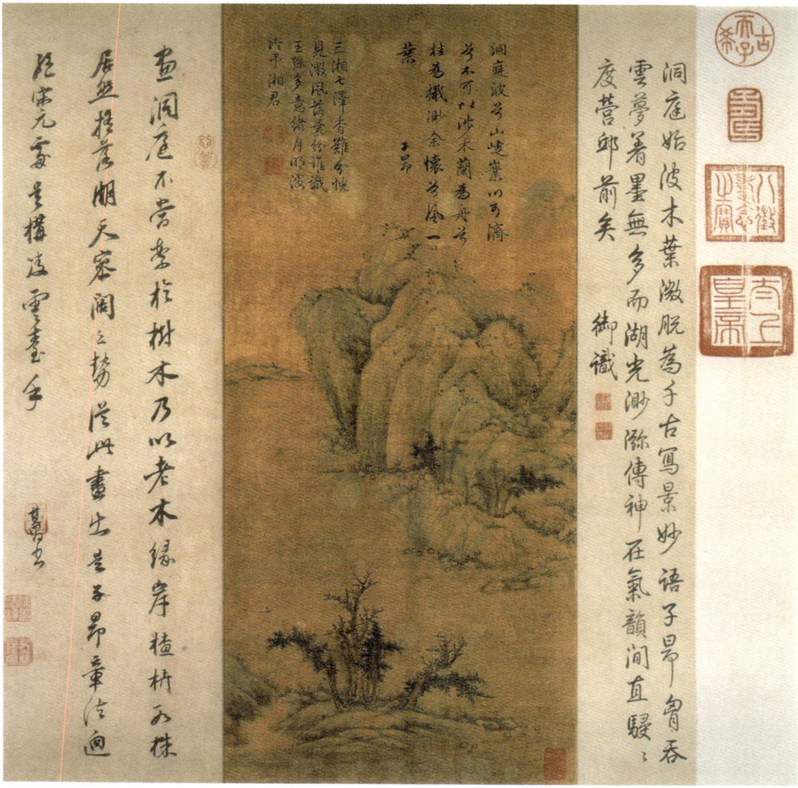

元　赵孟頫　《洞庭东山图》

"此毒唯松萝可解。"

松萝茶倒不一定真有解毒功效，消食却是一定的。有古医书《本经蓬源》为证："徽州松萝，专于化食。"

据说，在松萝茶出现之前，日铸茶为"江南第一"。松萝力拔头筹，全在炒青技艺上。明时茶痴张宗子为使家乡的日铸茶再度兴盛，于是引入松萝茶的制法，并在茶里加入茉莉花，制成了兰雪茶。兰雪茶"色如竹箨方解，绿粉初匀；又如山窗初曙，透纸黎光"。松萝一出，日铸茶便落寞了，日铸兰雪茶再度兴起，松萝茶也渐渐冷寂了。张岱之后，兰雪茶制法竟也失传。松萝茶，兰雪茶，此消彼长，一如时序。

无论郑板桥或是张宗子，饮的是松萝茶还是兰雪茶，能得一佳客来访，在修竹静室，生一个暖炉，煮一壶好茶，守着昼夜消长，便是一宵清梦。

文写至此，对松萝茶的相思总算略微减了一些。那个春天，一路吃了徽州这几种好茶，也得知足了，总该留些遗憾，好去继续做那个绿色的徽州梦。

梦里，我仍旧坐在一个徽派老宅子的天井下，静穆地饮着那有橄榄鲜香的松萝茶。还有那个儒雅的男子，也仍旧为我浅浅地斟了半盏，说："你终究还是有机缘来尝松萝茶了。"

㊆㊅ 七碗清风

七碗清风自六安，每随佳兴入诗坛。

纤芽出土春雷动，活火当炉夜雪残。

陆羽旧经遗上品，高阳醉客避清欢。

何时一酌中泠水？重试君谟小凤团。

——（明）李东阳、萧显、李士实等《咏六安茶》

去徽州，走一程便是一座茶山。远远地看去，似乎老天贪玩，随手在山坡地头画了成片青绿青绿的五线谱，穿花衣裳裹头巾的采茶女就是长长短短的音符，从A调到G调，任意标注。

徽茶里最爱六安茶，六安的“六”读“陆”音。儿时习字，祖父在教我认识“六”这个汉字时，告诉我有一个地方叫六安，六安的“六”字和我们当地的方言一样读“陆”，而且，六安茶是十大名茶之一，又随口念出李东阳这句“七碗清风自六安”，告诉我李东阳的“茶陵诗派”。那时，我懵懵懂懂，哪管什么李东阳什么茶陵诗派，也觉得六安茶与我隔着时空一般，遥不可及。

后来读《红楼梦》至四十一回栊翠庵品茶，妙玉亲自捧了一个海棠花式雕漆填金云龙献寿的小茶盘，里面放一个成窑五彩小盖钟，捧与贾母。贾母道：“我不吃六安茶。”我异常惊诧，这么好的茶，贾母居然不吃？大觉她暴殄天物，从此更不喜欢这个看上去慈眉善目的老太君。再大点的时候读《金瓶梅》，又再“见”六安茶。第二十三回里，吴月娘吩咐宋惠莲：“上房拣妆里有六安茶，顿（炖）一壶来俺每（们）吃。”顿时觉得西门庆这个持重寡言的正房老婆也可爱一些了。

因着这些，总是对六安茶存了念想。

在遇到六安瓜片之前，我喝茶虽不至形同牛饮，却也逮着什么喝什么，并没觉得差别有多大。

一日，与朋友一同造访一位好茶之人。闲闲地坐饮，听他们胡扯海侃。普洱、铁观音、大红袍，醇厚滑软的、高香四溢的、岩韵逼人的，从傍晚喝到子夜。唇舌也费了不少，青花、紫砂、陶艺三式器具都使尽了，我们还不肯走。

主人无奈，只好再捧出珍存。

似乎是绿茶，像龙井一片片的，偏又蓬蓬松松没有那么齐整，倒像一颗颗肥大的葵瓜子，无芽无梗，色泽青绿，又似朴朴素素一袭布衫子。

这回使的茶具也不一样，是一套汝窑盖碗，天青，与茶色相适。

一直爱汝窑瓷，有着低调的精致，开片纹理丝丝缕缕，釉色素净细腻，没有一般瓷器的贼光。当代汝窑器虽远不如宋时珍如拱璧，毕竟系出名门，仍具了书香气质。以汝窑配这看上去再朴素不过的绿茶，算高端配置了吧？

烫杯，置茶，冲茶，刮沫，分杯，天青色六棱杯里茶汤清莹莹的，登时给杯增了几许水韵，果然不俗。杯还未送至唇边，一股绵柔幽香缥缈而来，如夏夜里的豆麦香气，却又没有那份腥膻味，像秋天里新煮的栗子，而比栗香更清雅。轻啜一口，回甘随之而至。再饮，甘甜与香气在舌面逸散，似有清风游于口腔鼻翼，贯入血管渗入肌理，绵绵不绝。

有回甘香气若此，绝非俗品。主人这才开口说，是六安瓜片。

我实有醍醐灌顶之感，见了自小膜拜的偶像一般，肠胃心间都欢欣雀跃起来。好盏，好茶，我们终究浅见了，居然没看出来是这等名茶。再续杯时，竟怀着敬意了，仿佛果真对着一位名士，飘逸神韵浑然天成。

干脆端起盖碗细细端详，这时叶片开汤已经舒展，原本的瓜子形状还原成叶片状，片片叠加，宛如青莲由水中生发，一瓣瓣都沁出幽芬。香气也确实不俗，无法以某一种自然香来比拟，幽眇无序而又缠绵不绝。一口茶入口，一度春风也落入肠胃肚腩，我们这一副皮囊仿佛被扒开来，曝于春天的清新里俯仰回转，身心也润泽了，便又记起祖父吟出的李东阳“七碗清风自六安”的句子。

当晚回家，便翻出这首《咏六安茶》，就着嘴里尚余的回甘细细品咂，浑然见到李东阳、萧显、李士实这些名士在玉堂联诗的情状，与茶味一齐清芬氤氲。

得一种好茶，唤几个好友，雪夜里置炉生火，围炉而坐，活火烹茶，联诗笑谈。有多少夜晚可得此清欢？难怪后来的知堂也说："同二三人共饮，得半日之闲，可抵十年的尘梦。"

玉堂联诗三人，李东阳自然不必说，诗文典雅流丽，从明弘治时起就柄国十八载。萧显是书法大家，山海关"天下第一关"的牌匾就是他的手迹。李士实也是诗书画名噪一时。三大才子聚首，又有六安茶助兴，怎会不出好诗句？

卢仝曾作《七碗茶歌》曰："七碗吃不得也，唯觉两腋习习清风生"。李东阳借来此句，开篇便赞六安茶——"七碗清风自六安"。

以我喝瓜片的切身感受，自然是不虚此言，几泡茶后，给个神仙也不做了。

初读这首诗时，一看李东阳首联就突兀借来好句，很有些为萧显、李士实担心，似乎接下来的几联要想续得顺畅都难。第二句不知是谁联的，"每随佳兴入诗坛"，直接将西涯的突兀与当下衔承了，好茶催生好诗兴，这是再自然不过的事儿了。我实在是伏在书里白白替古人担忧了一番。

颔联起句"纤芽出土春雷动"只怕是全诗最弱的，写茶叶却牵强，一般春茶固然纤嫩，六安茶却是剔去了嫩芽的片茶，以"春雷动"写春天更是滥俗。又幸好下句"活火当炉夜雪残"，将颓弱局势扳回来了。活火与夜残雪，实在相得益彰，一生动一残缺，于寒冷中顿生温暖。

于是，再度回到六安好茶——"陆羽旧经遗上品，高阳醉客避清欢。”是茶圣陆羽《茶经》中遗留的上品，使得一帮高阳醉客都无法抵抗六安茶的诱惑，畅享这清欢滋味。高阳在古燕赵之地，燕赵自古多慷慨悲歌之士，大多爱豪饮杜康。连这等醉客都舍酒而饮茶了，可知六安茶的好，比酒的醉而忘忧，不更得意？

六安瓜片一般的“七碗吃不得也”，早已两腋习习清风生。

尾联更是赞不歇，茶诗尚未联完，又欲再定约期——“重试君谟小凤团”。君谟是北宋名臣蔡襄的字，宋时名噪一时的龙凤团茶就是他所创制，也就是诗尾所说“小凤团”。君谟小凤团似乎俨然已成为佳茗的代名词，在此处用以指代六安茶。

饮六安茶时，就着李东阳他们的这首诗，必不错。

又想起贾母不吃六安茶的典故了，如此神饮，怎会不吃？想来并非不吃，而是不到吃的时辰。吃了酒肉之后倒确实不适宜喝绿茶，容易停了食在肠胃里，老君眉该属半发酵茶，解腻养胃最宜。

自第一次喝六安瓜片之后，我几乎起了相思，念念不忘那唇齿胃肠里一度春风的一贯而入，而偏生我所在的城市居然找不到一处售卖的。就这样相思病犯了经年，终于在某个春天得一个六安的朋友寄来一斤明前瓜片。一拿到邮包，便赶紧烧水泡茶，一慰相思。

这回方得细细端详六安茶。茶形并不甚好看，片片肥厚而略显粗陋，不像一般绿茶只取芽头嫩叶。冲泡时也不像待嫩芽儿银针儿那么娇惯，你平素如何对待极普通的绿茶，就如何待它。外表这般至朴，茶气则至纯。甫一入口，清香在唇齿间流离，竟似遇见一位书香门第的青衫男子。一见而钟情，一盏一盏饮不停口。

有了如此好茶，我又忍不住显摆了几次。特地跑到一处名泉汲来活水，备了茶点几种，招呼三五好友，煮出蟹目沸水，喝瓜片，扯闲天儿，混得几个天光。

祖父在我心中种下的夙愿终于得偿——“七碗清风自六安”。他说李东阳和茶陵诗派时的神情犹在眼前，手里端的茶缸里却只是普通绿茶。

他大概终生未曾喝过六安茶吧?

他不知道六安茶就像他年轻时的一张照片，一袭长衫，素净儒雅。

那年清明，我用棉纸包了一小包六安瓜片埋在了祖父的坟前。

㊺拾㊼染 持一盏建茶

已过几番雨，前夜一声雷。旗枪争战，建溪春色占先魁。采取枝头雀舌，带露和烟捣碎，结就紫云堆。轻动黄金碾，飞起绿尘埃。

老龙团，真凤髓，点将来。兔毫盏里，霎时滋味舌头回。唤醒青州从事，战退睡魔百万，梦不到阳台。两腋清风起，我欲上蓬莱。

——（宋）苏轼《水调歌头·尝问大冶乞桃花茶》

老苏这阕《水调歌头》真真是写了一场建茶茶事，采摘、制作、点茶、品茗，甚至各种茶器，都是泠泠的建溪风。

建溪由古至今都出好茶，陆羽在《茶经》中就说建州之茶“往往得之，其味极佳”。建茶先是制作研膏茶，后为蜡面茶，唐末已成贡品。至北宋，由于皇帝老子爱茶，茶事兴盛，顾渚紫笋、阳羡茶、日铸茶都名噪一时，建溪龙凤团茶更是享誉于世，为宋室贡茶。

龙凤团茶是一种蒸青团饼茶，样子该与现在的普洱茶类似，只是茶饼上压制了龙凤纹饰。龙凤团茶成名，得益于时任福建漕运使的丁谓，他监制的团茶八饼重一斤，茶上纹饰龙腾凤翔，栩栩如生。据《画墁录》所记，“不过四十饼，专拟上供，虽近臣之家，徒闻之而未尝见”。

后来，蔡襄任福建转运使，在丁谓的基础上，进一步造出小龙凤团茶。小团茶更是品质精绝了，大约二十饼重一斤，小小一饼却值二两黄金，可谓奇货可居。宋仁宗每次到南郊祭拜天地之时，才赐中书省和枢密院各一饼，两府各四人，共分一饼。欧阳修在朝为官二十多年也仅得赐茶一饼。就这样，他们还“以为奇玩，不敢自试，有嘉客，出而传玩”，可知贵重精妙之程度。连宋徽宗都在他自己的《大观茶论》里骄傲地说：“采择之精，制作之工，品第之胜，烹点之妙，莫不盛造其极。”

小小团茶，怕也只适宜大宋前期的奢华精致，用玉水注、黄金碾、细绢筛、兔毫盏细细来品，一盏建溪春徐徐贯入，几阕诗词缓缓吟来。

可惜的是，这样精致婉约的好茶，于明代停造，工艺制法都已失传，只在苏轼、陆游、李清照的诗词里聊慰我们的恨憾，读一阕词，念一样茶。

想着建茶时，还是老苏的这阕最堪读，上阕着眼于茶，下阕专门来品，既识了茶又回了味。

“已过几番雨，前夜一声雷。”是时令，春雨几番、春雷几度之后，茶树们便开始抻出嫩芽。“旗枪”为茶芽，“争战”

是长势，仿佛前面的春雨春雷就是沙场点兵前擂响的战鼓吹响的号角，这会儿，早已旌旗招展战马嘶鸣，独有一骑剽悍冲出——建溪茶独领春色。

读这两句，我想起某年春天在武夷山所见。

那日，我们夤夜抵达住下，梦里隐约听见风雷滚滚，雨似乎下了半宵。早起时，仍恹恹的，推开窗，竟惊得一夜疲倦都遁去了。

眼前就是一片茶园，依山势蜿蜒铺展，经雨的绿从眼底漫出，一直漫到不远处的山脚。而山则被浅浅的雾霭轻轻围了一道绫纱，将山湿湿的铁灰色“脖颈”遮住，山尖倒也顶着一大丛绿色，只是映着犹湿润的蓝天和白云，反显得癞痢头一样，绿得斑驳。还是那一片茶园好，厚实的一道一道，却又嫩嫩的，油油的，不淡不浓，不晦暗也不过分明丽，是一种极鲜极润，有着活泼泼生机的绿。有了这绿，心里种种晦涩也会倏然逃逸，映亮了眼眸，更通透了心窍。来不及洗漱，光脚趿了酒店房间的拖鞋便奔下去，拖鞋太大在石板路上踢踏出清脆的声响，茶株间杂草上的露水在我鲁莽的赤脚上轻轻献吻无数。终于浸到这绿色里，绿意漫过了我全身。

这便是建溪春色，淋漓尽致地蓬勃着。

待得雨露暂歇，就可开始采茶了。

雀舌，是最嫩的茶芽，也就是宋徽宗所说“采择之精”，只取芽头。采摘的时候，必须用指甲迅速掐，不能用手扯断，因为一旦手指触碰到茶芽，便会对其有所损伤。且茶芽须肥腴些，不要瘦短的，瘦短茶芽必茶下土壤贫瘠。连留的茶梗也有讲究，须留有一半长，不能太短，“叶梗半则受水鲜白，叶梗短则色黄而泛”，“梗谓芽之身……茶之色味俱在梗中”。写了这么些，也只是采摘这第一步骤，这可比《红楼梦》里最烦琐的菜肴茄鲞精细了十倍也不止。我都想像刘姥姥似的，念一声“我的佛祖”了。

“带露和烟捣碎，结就紫云堆。”写的是龙凤团茶制法里的研碾一步。其实，在这一步之前还有拣芽、濯芽、蒸青，老苏毕竟是作词而不是写制作说明书，仅择要处叙来。不过，也不愧为老苏，研碾一步在他写来，明明是人间茶事，却似乎全然没了烟火气，而宛如月宫嫦娥将尚带露的茶芽以玉杵捣碎，层层叠叠结成紫云般的茶堆。

碾碎渥堆之后，就该压制成饼了。银制的模具，压出精美的龙凤纹，经烘焙后，茶才成。

这种种制法，如东坡词等一些文字的零散记载，虽然仍只是管中窥豹，总算让我们不至于空念着“龙凤团茶”这富丽的几个字，毫无索引。

制茶已美，饮茶更好。仍是那股富贵气——“轻动黄金碾，飞起绿尘埃。”黄金碾，绿尘埃，多好的字眼。碾茶使的真是黄金做的碾吧？价值二两黄金的茶，也得金玉的器具才配得上呀！茶饼碾碎成末，可不是绿尘埃！色泽也如此搭，像金笺的底子上轻轻地浮了一抹绿尘，手指一捻，华贵而轻薄浮腻。

当炉上活水翻出蟹目，便可点茶了，执茶筅不停击拂，点出雪白汤花，才分别置入杯盏中。建茶茶色素来尚白，因此须建窑所制的黑釉盏来配，乳白茶青黑盏，正是好茶配好盏。

建盏最上乘的要数老苏说的这兔毫盏。此盏釉色呈绀黑，釉质刚润，釉面呈现明显兔毫纹，纹理清晰，细腻流畅。敞口，浅圈足，胎体厚重，茶置其中不易冷却，正适宜品茗。

手持兔毫盏，盏中龙凤茶，人生至极的享乐莫过于此！一盏茶汤入口，百般滋味在舌面一霎儿回旋开来。龙凤团茶入口之后，该是何种回甘与性情？老苏并未具体描摹，但从最初春雷春雨的前奏，独占春绿的勃发，到只取雀舌芽头，细细捣碎堆积的紫云，再到品饮时的黄金碾、绿尘埃、兔毫盏，何须还来多缀几笔写茶味？

老苏还是知心人，即使不写茶味，也断不会令我们怀一种怅然，只消最后几句点睛笔，便可安抚所有念想——“唤醒青州从事，战退睡魔百万，梦不到阳台。两腋清风起，我欲上蓬莱。”

多好！读至此，我也醉了，只会用一个“好”字来赞。

这几句用了几个典。“青州从事”语出刘义庆《世说新语·术解》，说的是魏晋时桓温的幕僚里有个主簿善于辨别酒，把好酒称为“青州从事”，差些的称为“平原督邮”。“阳台”可不是我们现在用作晾晒的地方，也是一个典故，原指男女欢会之所，而后来又有了“阳台梦”这样春光漪漪的词牌。“两腋清风”自然出自卢仝的《七碗茶歌》，是极写饮茶妙境的句子，生了清风通了仙灵，还有多少妙不可言？

龙凤团茶虽已失传，那份华美总是如饮茶一般，一杯杯续下来了。建茶也依旧抚慰着嗜茶人的肚肠，如铁观音、大红袍，少了宋时的皇家气质，而添了谦和清气。大约还是有所承袭吧？

而今建茶的汤色都很瑰丽，铁观音清明，大红袍澄黄，是骨子里仍旧散发出贵族气质的男子，都有着干净的香，岑寂隐忍，饱含深情，让人入了心，动了容。

光阴流得到处都是，龙凤团茶走得不见踪影了，铁观音、大红袍总是还在的，毕竟那份贵气也终究不属于我们。

若仍念着，饮不着了就读苏词吧，回到那个精致的年代，在金玉交织的华贵里，持建盏品建茶，缓缓度日。

拾捌 煎一碗豆蔻，莫分茶

世味年来薄似纱，谁令骑马客京华？
小楼一夜听春雨，深巷明朝卖杏花。
矮纸斜行闲作草，晴窗细乳戏分茶。
素衣莫起风尘叹，犹及清明可到家。
——（宋）陆游《临安春雨初霁》

自古以来茶艺的至极该算分茶。如今茶馆里盛行的那些“孟臣沐霖”“佛祖拈花”等听似玄虚高深的所谓茶艺，在宋时的分茶面前，简直就是暴发户与真正贵族之间的距离。分茶才是茶道艺术，而茶馆里那些花里胡哨的手法，充其量只能算技术，空空的花架子，没有内蕴。

记得前几年，偶有机缘得见日本茶道里的点茶（又名抹茶）技艺，瞬间为我们茶艺的“聒噪”汗颜。

日式的点茶完全不聒噪。

茶室就只是方方正正一间，除却中间铺就一方榻榻米，角落立一小木柜，再无其他家什。不似我们的茶馆，壅壅塞塞挤了一堂，即使是家中茶室，也是各式器具展览式地陈设着，恨不得别人不知道自己是个茶人。其实是附庸风雅。

第二个不聒噪的是茶器。仅仅榻榻米上一溜摆开，几乎清一色的黑。黑色风炉，黑色铸铁水壶，黑色茶碗、茶罐、水罐，一旁的香炉也是黑色。也尚有几样竹制品，竹筅、竹水舀、竹茶勺，一样的清雅。

日式茶亦不聒噪，只有一样抹茶粉，从我们的唐朝传过去，成了他们的传统。写《七碗茶歌》的卢仝就曾有“碧云引风吹不断，白花浮光凝碗面”的句子，抹茶茶色与汤色的美尽在其间。

开始点茶了。烫杯、拭干、取茶、取水、调膏，手势极缓极简。又再添水，执了竹筅不停击拂，这回手上力道速度都大了，大概是为使“白花浮光凝碗面”吧？

茶奉到我的手边时，黑色茶盏里乳花浮动。果然仍是唐宋风韵。

苏轼《浣溪沙·细雨斜风作晓寒》里有“雪沫乳花浮午盏，蓼茸蒿笋试新盘。人间有味是清欢”的句子。试想，春天的午后，一盏好茶雪沫轻浮，几样蓼茸蒿笋等应时鲜蔬置于新盘，虽看似简朴，可不是人间至味清欢吗？人生意趣，但在一饮一食之中。

陆游也得了这清欢，只因为时事际遇不同，他的清欢里多少有了些郁悒的注脚。

那年春天，在家乡赋闲逾五年的陆游终于被起用为严州知府。赴任之前，他先到临安（今浙江杭州）去觐见皇帝，住在西湖边上的客栈里听候召见，作了此诗：

世味年来薄似纱，谁令骑马客京华？
小楼一夜听春雨，深巷明朝卖杏花。
矮纸斜行闲作草，晴窗细乳戏分茶。
素衣莫起风尘叹，犹及清明可到家。

按理说，久而复用该有欣喜若狂之态，可陆游整个都淡淡的，不仅淡，似乎还有了嫌恶一般。

“世味年来薄似纱”，就已有倦怠。这句平平而起，倒似有几分俗，如“世事如棋，人情似纸”之类的大俗话。但细细想来，于已六十二岁的陆游而言，这份俗经验是经由半生的坎坷沉浮演化而来，此刻方能脱口而出，落纸为诗。

世味如纱薄的此际，陆游打马走进世情更纷繁的京城。“谁令骑马客京华”，该是一个问句，明明是皇帝之令，却仍有此一问，不免让人又生疑惑。他一生浮沉宦海，似乎都沦于报国无门、壮志未酬的矛盾与苦闷中，此时，年虽老迈，意兴阑珊，但爱国之情想必老而弥坚。就如他临终时作的《示儿》一样，悲凉而慷慨。因之，即使已逾花甲，即使认清世事，他仍旧来了。

急急打马进京，却只能缓缓候着皇帝的召见，百无聊赖在西湖边住下。

“小楼一夜听春雨，深巷明朝卖杏花”，听着夜雨淅沥，而想着杏花夜放，明朝深巷里必然传来阵阵卖花女脆生生的叫卖声——“卖杏花，卖杏花嘞……”

这两句看似清隽，仿佛春雨无声莹润，春声渐次勃发，甚至次日必将春光淡荡，春意无边。再一品咂，却恁地翻出诸多苦涩。

独卧小楼一夜听春雨，可知彻夜无眠，并非寻常闲适心。无眠却又想起明朝小巷卖杏花的情形，恐怕也不是遐思里美好的早春细节吧？换言之，该是一种颓老困兽般，徒然有一颗不安分的雄心，却也只能聊作喟叹。墨黑的夜里，陆游心里该对自己哂笑一下了吧？徒有报国情，却听卖花声。明朝早起后，那一声声“卖杏花”定会声声刺耳，与杜牧诗里那唱着《玉树后庭花》的商女一样，卖花女亦不知亡国之音。唯知之人心中悲苦。

细雨愔愔，一夜不寐。

徒劳。闲来做甚？矮纸作草，晴窗分茶。这两句似乎更显得闲适了。

矮纸，就是短纸、小纸张，大概就如后来的小笺。如汪曾祺先生的《矮纸集》，多闲适小篇幅，就取自这句“矮纸斜行闲作草”，那份闲情逸致在书里漫盈。不过，记得里面也有一篇《受戒》，读得人心惊肉跳。

春雨初霁，闲来无事，陆游随手拈过几张短纸，信笔涂抹时，会不会也有一种心惊肉跳呢？倚着晴窗，闲坐分茶，眼看着似乎一片宁静悦然，胸膈里却洪波涌起。

末了两句是从陆机的《为顾彦先赠妇》“京洛多风尘，素衣化为缁”翻用的，陆机极写羁旅风霜之苦，京中恶浊，久居其间素衣也会沦为缁衣，近墨者黑。陆游则道：“素衣莫起风尘叹，犹及清明可到家。”

在此多事之秋，闲憋着熬春情。不如归去！

终于，三月，陆游由临安返回故乡山阴。这才是真实的陆放翁。

陆游并非怠慢茶的人，他出生茶乡，做过茶官，常司茗事，茶诗写了三百余首，算历来作茶诗最多的诗人。他的茶诗有更多对茶的嗜与爱，是真的自适与惬意，如《或以予辞酒为过复作长句》中“解衣摩腹午窗明，茶硙无声看霏雪”，一样的晴窗，一样的茶，有了解衣摩腹的动作，品茶品得也有了生气。又有“雪液清甘涨井泉，自携茶灶就烹煎”，雪后煎茶的清欢莫过于此。只是陆游总归仍是那个忧思难释之人，本该闲适的咏茶诗里，也总不轻松，一股悲怆云山雾罩，深沉而又不曾说破，一味地含蓄、沉寂着。

如“矮纸斜行闲作草，晴窗细乳戏分茶”，如“寒涧挹泉供试墨，堕巢篝火唤煎茶”（《秋思》），若不是细究，岂可看出端倪？

再来说诗里的分茶。

苏轼、陆游时的分茶，跟如今的日本点茶大致相似，只是分茶更高了一筹，有了绘画般的美。

点茶、分茶和斗茶三者都是盛行于宋代的经典文化。点茶算分茶的基础，就是将茶汤冲点搅拌形成泡沫。分茶（也叫茶百戏）即以冲、点、搅、拌等形式，令乳白茶汤再形成图案。点茶、分茶都是斗茶中的技法，用以评比茶叶品质和比试品饮技艺。

细乳浮沫，算是点茶分茶时最要讲究的。这盏上乳花，更有颇多雅称，如“云”，如“云脚”。有了这云，才能分画成图。将云作的图画啜进口腹，得多美！

相较而言，日本人的点茶与我们老祖宗的宋人仍是没法比的。宋人的精致闲适，足以令你瞠目结舌。

设若穿越回宋，仅完整的点茶过程，就有炙茶、碾茶、罗茶、烘盏、候汤、击拂、烹试等一整套程序。烦琐无比，而又不厌其烦。

小龙团茶拿出一饼，必得置于小火烘烤，烤去陈气，还有以青竹剖开夹住茶饼来烤的，为使竹的清香渗入茶香中，这是炙茶。

炙好的茶饼还得以干净的纸包好，锤碎，再细细碾碎，用茶箩细细筛过，再取水煎水。水必用活水，甚至必得惠山、虎跑、南零等好泉好水。水也不可烧得太沸，缓火炙，活火煎，翻出鱼目为第一沸，绿边泉涌为第二沸，奔腾溅沫为第三沸，就可以了，断不可以老了。

茶盏涤过后，也得置于小火上烘干，使其温热。

所有都停停当当后，才可以开始点茶，也就是日式抹茶的步骤。

这时，一盏泛着“雪沫乳花”的茶算是得了，却仍不喝，继续在小小茶盏上翻新出奇，绘出茶上丹青色。

小小茶瓯里，浑似笔墨丹青幻出万般变化。这虽说只是以茶筅、茶匙击拂，或以水分注所致，其实手上功夫实在了得。

陶穀的《清异录》中有对分茶的描述："茶至唐始盛，近世有下汤运匕，别施妙诀，使汤纹水脉成物象者。禽兽虫鱼花草之属，纤巧如画，但须臾即就散灭。此茶之变也，时人谓茶百戏。"

这才是分茶。

那个春天的陆游，恐怕无此闲情。

写到此处，我想起李清照的"莫分茶"了，她言"豆蔻连梢煎熟水，莫分茶"。

豆蔻性温，连梢煎水，可去湿寒，在一钩残月、病起萧萧、两鬓霜华之际，更能多一些温暖吧?

放翁，若无分茶心绪，不如煎一碗豆蔻水吧，莫分茶。

㊹ 活水活火好烹茶

活水还须活火烹，自临钓石取深清。
大瓢贮月归春瓮，小杓分江入夜瓶。
雪乳已翻煎处脚，松风忽作泻时声。
枯肠未易禁三碗，坐听荒城长短更。
——（宋）苏轼《汲江煎茶》

某年春天，得了些好茶，朋友从六安寄过来的明前瓜片。自己在家里美美受用了好些天之后，开始巴巴地琢磨着请三五好友来尝，算一试新茶。为示审慎，也为着不糟污了好茶，早早就筹备上了。

先取水。家乡的城边有座山，长年飞瀑流泉，水好。于是，一个人拿了好几个空饮料瓶，一壁儿看山一壁儿取水。水背回家后，本欲召集人，临时被唤去做另一件事，竟全然忘了。两天后，仍旧召人喝山泉水茶。烧了水泡了茶，茶一置口，就觉得水不滑软，上好的六安瓜片味道全然不醇了，赶紧打住，朋友还讶异。

我满怀歉意，说换水后你们再试吧。换了纯净水，大家对比之下才觉出确乎有些不同。山泉水被我背回来后，一直在密闭的饮料瓶里无法呼吸，而且窒息了好几天，活生生封闭成死水，自然坏了。泡茶，清洁活水总是必要的，否则纵有好茶也枉然。

泡茶用水最妙似乎是梅花上的雪水，印象深刻的是《红楼梦》中栊翠庵品茶一幕。

栊翠庵里喝的茶是老君眉，水是旧年蠲的雨水，已算不俗。

耳房吃的梯己茶更脱俗，宝玉一饮就觉得“轻浮无比”，黛玉也问：“这也是旧年的雨水？”却不料得了妙玉一顿冷笑，一顿讥讽，全不留半点余地。我倒记住了梅花雪水的无比轻浮。

关于雪水，谢在杭有句话说：“唯雪水冬月藏之，入夏用乃绝佳。”想来，梅花本就高洁，雪亦洁净，梅花上的雪收着，必是好水。梅花雪经冬储藏后，是不是更脱了人烟气，才轻浮如此呢？我不得而知。只是，想着那年只藏了两天便“死了”的山泉水，不得不对妙玉这藏了五年的雪水，存了诸般疑窦。也想唇舌如剑反驳她一番，又怕唐突了曹雪芹老先生写书时的呕心沥血，还是莫要吹毛求疵的好。我倒宁肯如贾宝玉《冬夜即事》里的“扫将新雪及时烹”一样，新雪活火及时煎茶，吟诗咏曲，更唱迭和。

至少，雪水煎茶总算得一件雅事。

好水沏好茶，到底怎样才能算好水呢？

陆羽《茶经》“五之煮”里说“山水上，江水中，井水下”。而且，就算是上好的山水也有讲究，要取钟乳石滴下或山崖中缓缓流下的泉水，不能用瀑布激流，也不能用流到山潭洼地的死水。江河中的水，要到人烟少的地方取，井水则须取用的人多的，才算活水。古人还将好水排名了，扬子江的中泠水及惠山的惠泉水位列榜首。

相比起这些看似高妙的理论，我倒赞同宋徽宗的说法："水以轻清甘洁为美。"你想，他一个皇帝老儿，喝个茶要什么水没有，可他却说，中泠、惠山水即使好，也太远了，还是取山泉水和常用井水为好。

也有比皇帝还讲究的，相比之下，妙玉的那一瓮梅花雪就简直小儿科了。此人是明代的闵汶水。

某次，张宗子造访金陵闵宅，好不容易讨得一杯茶喝，只觉得香气逼人。这张岱本就是个茶痴，各种好茶都难过他口，这日竟也边喝着边不住叫绝。又问用的什么水，闵老子说是惠泉水。这就更奇了，惠泉在无锡，距南京好几百里，在那个年代迢迢运输本就是一桩难事，更何况还得保了水不变质。

闵老子说出的运水技巧简直让人瞠目结舌了——汲水前先洗淘泉井，然后在静夜里等候泉水新出。运水用的是瓮，大概取陶器有气孔，不致密闭，瓮里还得铺满石子。无风时坚决不行船，因为人力晃动水远不如风力来得自然。闵老子简直就是将物理学运用到取水中了，这样的汲取和运输，不但能令水质继续保持着活力，更让本就清甘的惠泉升华了，与一般水自是不可同日而语。这样也是水贵活。

老苏就说："活水还须活火烹。"他是自个儿直接站在江边钓石上取最清的江水来烹茶。

这夜风清月朗，正宜烹茶。于是，背上瓮负上瓢拿了勺拎了瓶，老苏月夜临江取水图就描画好了。即使取江水，也不能随便找一地儿，江边泥沙多人迹杂，水必不清洁。湍急处的水也不可取，动荡太甚，想来性躁。得选一处既清且深的，才能保持水的活泛清甘。这寂静避人处有一块钓叟垂钓的石头，正合立足，便开始汲水。

我简直要对老苏取水这一场景嫉妒了，不就是打点水嘛，干吗连月亮也来凑兴？“大瓢贮月归春瓮，小杓分江入夜瓶。”多好的句子！一瓢水一瓢月，春瓮里得贮了多少枚月儿呀？与月一齐归入瓮的江水，一定更染了月的灵性，清凌凌活泛泛，甘醇无比。瓮里水月贮满，又使小杓将江水舀了倒进瓶里，以备烹茶。大瓢贮了月儿，小杓分了江水，也就是老苏能将此等闲情小事写得如此阔大捭阖吧？李太白虽更浪漫夸张，但总缺了些生活情趣，在这点上不如老苏远矣。

水是江河活水，火也得活。所谓活火，是有焰方炽的炭火，火势不能太大，也不可用文火慢熬。

最难在一个“烹”字。

火得有新焰，活火烹煎，先盖上盖子，等到稍有水声，就揭开，才可以看出水的老嫩。第一沸称“蟹眼”，第二沸为“松风”，水沸微涛就可以了，也有说要三沸的，只是断不可嫩了或老了。如果壶釜才热、水只一滚，就倒出，这时水汽未消，是为“嫩”。若水过三沸甚至十沸，就又失了汤性，谓之“老”。

“雪乳已翻煎处脚，松风忽作泻时声。”茶泛雪乳，翻作松风，老苏的茶算是不老不嫩刚刚好，鲜馥适度。

古时茶色尚白，人们往往通过看茶汤的色泽是否鲜白，来辨别茶的优劣。纯白者最佳，青白、灰白、黄白下之。而老苏烹出的这种雪乳，就是极好的茶。雪乳恰浮上釜沿，松风忽作，茶便煎好了。

隔着时空，我浑然嗅到了老苏煎茶的甘香。且上茶！

这会儿该吟一首卢仝的《七碗茶歌》："一碗喉吻润，二碗破孤闷。三碗搜枯肠，唯有文字五千卷。四碗发轻汗，平生不平事，尽向毛孔散。五碗肌骨清，六碗通仙灵。七碗吃不得也，唯觉两腋习习清风生。"

可老苏却写枯肠、写听更，偏生不写如何饮茶。前面汲水、舀水、活水、活火、煎茶，铺陈得那样流丽闲逸，居然来个草草结尾？

再一回味，实在是我太拙了。

彼时，老苏被贬在儋州。

老苏有一首自题诗，里面有两句"问汝平生功业，黄州惠州儋州"，便是他一生贬谪的轨迹。临了甚至还被发配到了儋州，也就是现在的海南岛。那时的儋州，可不是旅游黄金岛，在有宋一朝不杀士大夫的政策下，谪居蛮荒之地的儋州恐怕是仅次于死刑的刑罚了。一样的际遇，换了旁人必成天愁思难抑。老苏不一样，他调笑着道："我本海南民，寄生西蜀州。忽然跨海去，譬如事远游。"

这才应该是老苏，拿谪迁当远游，居于荒城仍可以汲一江水贮一弯月笼一炉火，活水活火煎新茶，听更声。

㉒ 且将新火试新茶

春未老，风细柳斜斜。试上超然台上看，半壕春水一城花。烟雨暗千家。

寒食后，酒醒却咨嗟。休对故人思故国，且将新火试新茶。诗酒趁年华。

——（宋）苏轼《望江南·超然台作》

于茶人来说，春天简直可以算清欢季，因为出新茶。

我家乡有几个县市产茶，一名狗脑贡，一名玲珑茶，一个在水畔，一个在高山，都是好茶。每到春天，满大街就开始售卖新茶。

年年还在惊蛰就开始盼了，给有茶园的朋友打几通电话，问茶抽芽没。坐在家里也仿佛能看见山坡上那沉积了一冬的黛绿茶园，正噌噌地蹿出一层嫩绿。

到春分，知道可以采第一道茶，绝早就邀了一二好友跑到茶园，要和露采茶。

小山坡上层层蜿蜒着青绿，又投影在水里，将那青碧的水映得澄盈盈的，好像谁把最纯粹的绿染料扔进去了，霎时晕开，展开成丝丝缕缕深浅不一的绿纱，在水里浣洗着。

采第一道春分茶纯粹为了开茶，朋友并不格外请人，只自家人悠闲采摘。我们几个虽嬉笑打闹着，对待茶芽却仍百般呵护，轻轻掐了芽头往小竹篓里放。摘得一捧时，已是半个上午，忍不住捧起来嗅一嗅，鼻尖触到茶上露珠，凉凉的，带露的新茶气让毛孔都舒坦了。经过一下午和一晚的炒制烘焙后，第二天就可以试新茶了。

春分茶纯粹是新，茶味和汤色都寡，冲两泡后就茶味全无了。可就是这一点新，让人仿佛觉得，只有喝了这一泡春分新茶，才是春天到了。

真正好春茶是明前，那时，我们倒都不敢去捣乱了，生怕粗手笨脚高嗓门污遢坏了上好春茶。唯一的法门是坐等，待茶制好，巴巴地再上门，高价求得几两，一年的等待算是有了抚慰。

寒食过后，茶得了。

净手、理器、烧水、涤杯盏，切切的心几乎随着杯盏一齐碰得叮当响。盏以开水淋过，就可置茶了。新茶茸茸软软，才一投入茶盏，便被尚存的余温渥出了一丝缥缈无序的香。开水稍稍晾过，才小心地贴着盏沿注水，生怕水烫了或力道大了，将茶“砸”伤了。虽说新茶金贵，洗茶仍是必要的。第一泡算一声轻轻的唤，唤了这一声，茶才会醒。第二泡，茶醒了，在盏中慵慵地舒展成几指嫩绿的兰花，茶汤清澈悦目，举杯才到唇边，一股栗香浮动，如兰初坼。入口更甘醇，仿佛一季春风携了清甜香气，在唇齿喉际回转，只忍住别一口就吞落肚，让它在口腔停了好些转，才咕咚入胃。直听到它从喉头、食道骨碌碌滚落胃肠的声音，登时，这春风也灌进了每一个细胞，全身毛发都活脱脱舒张了。

春天，试一盏新茶，浣去隔冬的晦涩，吸一吸鼻子，醒一醒脑子，伸个懒腰，一年就算开始了。

如今，惊蛰过了，春分过了，寒食、清明也过了，已至初夏，还没有喝一口家乡的新茶，竟觉得似乎春天都没有经过，夏的淫威就直接压迫而来了。

我在夏天里想念春天的茶，如同隔着这个想念，看故乡。

念一盏新茶，念故乡——翻书时，我读到了苏东坡的乡愁，竟与我的如出一辙。

如果不是明明知道老苏生于蜀地，我甚至差点以为他用的词牌都是一种想念——《望江南》。

《望江南》词牌总是纤巧清丽而略带一些忧伤，大约是初创这个词牌时就奠下了这个调调，词牌最初的名字是“谢秋娘”，为逝去的名妓谢秋娘所作。

词是苏东坡两阕《望江南》的第二阕——

春未老，风细柳斜斜。试上超然台上看，半壕春水一城花。烟雨暗千家。

寒食后，酒醒却咨嗟。休对故人思故国，且将新火试新茶。诗酒趁年华。

茶烟起。

那年，苏轼在密州，城北有旧台，他命人修葺一新，苏辙为台命名“超然”，取《老子》“虽有荣观，燕处超然”之意。看来，子由深知子瞻，不愧为苏门兄弟，乃血脉相通的知音。有为兄长的超然物外，才有做弟弟的“超然”命名。至于由这超然台衍生的《超然台赋》《超然台记》，以及于超然台怀子由而作的《水调歌头·明月几时有》，都只是后话了。

这阕《望江南·超然台作》大概是对应老苏另一首《望江南·暮春》而来，“暮春”中开篇即言“春已老”，“超然台作”则偏说“春未老”。历来文人写暮春，总与愁做伴，风也飘飘，雨也潇潇，瘦损了海棠，折尽了梨花，哪怕看见樱桃红了，芭蕉绿了，也只觉得流光仍在把人抛。苏轼不悲戚，他说“春未老”。

是啊，春并未老去，东风依旧轻拂了柳条在眼前袅袅娜娜。再登上超然台，所见便阔大——“半壕春水一城花”。仔细端详一下，发现这两句与前面的“春未老，风细柳斜斜”简直可以算“并蒂”句。前句如一个腰肢纤细的女子，看不厌的温婉可人；后句似坦荡男子，迎风超然，眼见得春水汤汤绕了满城花。似乎昆曲行腔，典雅而婉转，这厢里柔曼缠绵，那厢里清洒飘逸，于声色不动中暗香浮动。又不尽似昆曲的颓靡奢华，没有姹紫嫣红的喧闹，也无看诸多赏心乐事的绸缪纠缠，让人溺死在其间而不自觉。该是什么呢？或许，只是《诗经·国风》里捡拾的歌谣，裹挟了春风清凌凌的唱和。

无论女子、男子、小生或旦角，那衣角裙裾都明明白白錾着几个字：春未老。这样的春天，不会老。即使远远望去，“烟雨暗千家”，那也是别一样的晕染，深深浅浅的墨韵，似浓还淡的朦胧，都是春犹在的良辰。

超然台上，人，与物，与景，低回的，明朗的，掩映的，一切都超然。

下阕回转，专写人情。

再超然的苏轼，终究也免不了触景生情，脱不开《望江南》淡淡忧伤的窠臼。

寒食，寒食。

这两个字眼本身就有些宿命式的清寂落寞，得从介子推说起。春秋时，介子推与晋文公重耳流亡列国，割股供重耳充饥，并助他复国。后来，介子推与母亲归隐绵山，晋文公烧山逼他出来，介子推宁可抱树而死，绝不出山。晋文公为寄哀思，下令在介子推忌日禁火寒食，以后便相沿成俗。

寒食过后，就是清明，人人都返乡祭扫，他却只能滞留密州。

这日颓醉醒来，空自嗟叹。看风景时仍可超然的苏轼，这会儿叹什么呢？“休对故人思故国”，这就看出端倪了，到此时已经是对自己加以劝慰，酒醉酒醒时，对故人，思故国，思念不绝如缕，欲归而归不得，颓然奈何。苏东坡总是善于宽解自己的，一个“休”字，万般乡愁便撇开了一样，休再暗自伤神念故人思故乡，休再为寒食、清明黯然独饮，宿醉难醒。休休！

且将新火试新茶，诗酒趁年华。

春仍然并未老，不但未老，尚翻出许多新来。

寒食过后，重新点火，称作“新火”。明前春茶初采，新茶还带新绿。何不点一炉新火烹一壶新茶，待那炉上青白釉似的茶汤浮起时，活火活水新盏新茶，再吟一首诗斟一盅酒，就着这些种种，试新茶。春未老，光景仍旧好，有微风疏柳，有半壕春水一城繁花，有烟雨掩映亭台楼榭，老苏，诗酒趁年华！

多好的句子，至此又与开头的“春未老”相应和，又是一副超然洒脱状。古来几人有老苏这等功力？乡愁也可点到为止，不渲染不浸淫，饮一盏新茶就可消万种愁。

记得一位老作家对我说过，乡愁是有距离的，越远离越想念。那时，我读所有乡愁的句子都刻意沉湎，其实只是在别人的故事里冷眼旁观却故作愁思罢了。直到某天，自己也离开了，便见到陌生之地的霓虹也染了忧伤。又以为，乡愁就该这样了，像打翻的砚台，重重地砸了脚趾，墨汁横飞，生痛，污糟。

此刻才知，乡愁也有苏式的——新火新茶，诗酒趁年华。一切曲调唱腔都得在这份风流洒脱里匿音了，这时，只适宜泡一盏新茶，将那未老的春天吞落肚肠，清风顿生之际，作一首诗，写一篇文。

还等什么？回乡，喝今春的狗脑贡、玲珑茶去。

贰拾壹　一碗读书灯

前世出家今在家，不将袍子换袈裟。
街头终日听谈鬼，窗下通年学画蛇。
老去无端玩骨董，闲来随分种胡麻。
旁人若问其中意，且到寒斋吃苦茶。
——周作人《五十自寿诗》

一首诗引发一个文化事件，这是知堂老人周作人的《五十自寿诗》。

知堂爱吃清茶，将自己的书斋命名为“苦茶庵”。一九三四年一月，他五十寿辰时，作了两首“吃茶”的打油诗发表在《人间世》。因诗中流露出一些士大夫闲适的生活态度，而招致当时许多激进青年的强烈批评，甚至闹出了一场轰动当时文坛的风波。

关于这个事件，知堂只在《关于苦茶》里轻描淡写地一带而过："去年春天偶然作了两首打油诗，不意在上海引起了一点风波，大约可以与今年所谓中国本位的文化宣言相比，不过有着差别，前者大家以为是亡国之音，后者则是国家将兴必有祯祥罢了。"

我无意也不敢妄自评价这个事件，只想说一句——孔子亦羡慕曾点"浴乎沂，风乎舞雩，咏而归"的闲适，庄子《逍遥游》可得千秋传诵，陶渊明"采菊东篱下"的隐逸是超凡脱俗，魏晋尚能容得竹林七贤，为何知堂吃苦茶就该受到责难？

真真是街头谈鬼，某些时日堪比聊斋奇谈。

谈及鬼，《笑林广记》里倒真有一则鬼吃苦茶的故事。说一鬼托生时，冥王判作富人。鬼曰："我不愿意。只求一生衣食不缺，无是无非，烧清香，吃苦茶，安闲过日子足矣。"冥王曰："要银子使，再给你几万也是有的，但这样的安闲清福，难给你享啊！"

鬼是参透了的高人，知道富贵薄暖浮名轻凉，虽绚烂却难长久，烧清香吃苦茶的清简平淡才是真正的日子，可谓无欲无求了。偏生富贵易得，这等朴素反成了清福，求不到。

鬼许的只是尘俗里最轻浅的一个愿望，每个凡人的心头好，如此而已。我们又有多少凡俗的念想能真正实现呢？

如知堂，不也同这个高明的鬼一样，只是在红尘乱世里存着一个安闲的愿望吗？

他谈喝茶，说"如在江村小屋里，靠着玻璃窗，烘着白炭火钵，喝清茶，同友人谈闲话，那是颇为愉快的事"。又说，"喝茶当于瓦屋纸窗之下，清泉绿茶，用素雅的陶瓷茶具，同二三人共饮，得半日之闲，可抵十年的尘梦”。吃苦茶，不过是凡俗尘梦。

明白了知堂饮茶清谈的尘梦，才好去读他这首自寿诗。

知堂该是钦羡李叔同式的出家方式，才自称“前世出家”吧？那一世，他或许果真是个出家人，只一心听钟磬，吃苦茶，参禅道，游于艺。这些修行深入神髓，于是在今生的肉体凡胎里也扎下了根。虽不曾将俗袍换作袈裟，这些禅境如谶语一般，已经烙在这一世。

乱世之中，出家在家都不得宁静。“街头终日听谈鬼”，是蒲松龄的日子，也是周作人的日子，或者说周的时代比蒲更不堪，蒲松龄孤愤而作《聊斋》，周作人知天命之年正遭遇战火纷飞、异象频生。

“手拿不动竹竿的文人只好避难到艺术世界里去，这原是无足怪的。”这是知堂自己的话，真实而无奈得像陶渊明借《桃花源记》而求一个理想的桃源。

他便在自己的苦茶庵里“出家”了，学学草书，玩玩古董，种一种胡麻，吃一杯苦茶。无非是另一种避世。

知堂躲进苦茶庵吃苦茶，只是如那个鬼一样，是欲求安宁而不得的苦。佛说，五蕴皆苦，世间有情皆是苦，有漏皆苦。苦得不堪了，躲进小楼成一统，管他春夏与秋冬。

更多的苦或尘梦得到他的书里去寻，他的文字没有一丝火气。读知堂，最宜普洱熟茶。

他在大乱中隐忍，于无奈中自娱，谈花鸟虫鱼，说鬼狐仙怪，故乡野菜的甘美，乘乌篷船的雅趣，就这么淡然和蔼地说着。

我们读的人，不自觉地被他的平和冲淡所牵引，才知道，原来淡然也是一种武器，于无形中便可让人缴械投降。

一杯熟普，一本知堂，缓缓地读着，就有了一种恍惚，觉得与他亲近又疏远。

我喝普洱，最初爱生茶，入口即醇香霸气，汤色金黄澄明，如横刀立马的将士，黄金铠甲上阳光的投影直射眩目，英气不俗。生茶是年轻人，从茶基到茶汤都是。

像攸乐山，像老班章，无论哪种生茶饼上的茶基都根根明晰，被压成饼了，还总在舒展筋骨，甚至肌理上的茸毛还仿佛一直在生长。即使存了五年十年，略有些转化了，它还是那个英俊青年，依旧莽撞，茶饼茶汤里都是勃发的生命气息。一口入喉，鲜活的茶气充盈于胸腹之间，有源于天地间的自然气，也有生命个体的生气，活泼泼，脆生生的。

那些年，我一直喝生茶，迷恋生茶般的青年，连读书都只读余华、王小波或韩寒。读着激烈的文字，喝着霸气的生茶，在人生的棋局里横冲直撞。

生茶入口茶气高昂，又回甘厚重，喝时甘之如饴，副作用就是失眠的时候，夜总是很长很长。还在怔忡间，白昼又来了，徒增了眼纹。以生茶的气质闯人生亦四处碰壁，每每头破血流。

于是，试着安静下来，喝熟茶，读知堂、汪曾祺、张宗子。

刚喝熟普那会儿，觉得它老朽不堪，与生茶的生命力实在无法相提并论，甚至行将就木，生机了无。茶汤的滑软温和与生茶的刚硬截然二致，倒不像同一个地域生出来的兄弟，是老而将死的爷爷和正当壮年的孙子。觉得知堂他们的俗世生活更全无生趣，就是一个垂暮老人的生平回忆，完全不激烈壮怀。

喝生茶时可以胡侃海说，喝熟茶就开始沉静了，渐渐地也察觉出一些它的好来。

熟普的茶气似乎颇合儒家的中庸，淡然、温和，没有了生茶的莽撞个性。可是，软软的更能入胃入心，将喝生茶时的浮躁一股脑清涤了，一种散淡气息由柔润的茶汤里弥散出来。

原来，每一饼熟茶都有生命，仿佛一位沉睡的老者，是水让它苏醒。它的灵魂高贵而沉郁，正是从心所欲不逾矩的古稀之年。从最初的采摘、杀青，到渥堆、发酵，最后压制成饼，裹一层绵软的外衣，每天沉睡静待老去。光阴一天天悄悄钻进棉纸里，剔除了它所有的圭角。因而，再度苏生的它，虽具了老树枯木之姿，却更为疏淡圆融，在舌尖上倏然逸出香霭。或者说，是书家笔底的碑帖，愈历练，媚态、锋芒、筋骨、剑拔弩张之势，种种都随年岁跌宕开去，剩下的是炉火纯青的朴拙老到，笔意磊落。亦是知堂等的文字，经了岁月，过了离乱，仍保有一种隽泠冲和，字字腴润又简素，行文清淡而不寡淡，正是绚烂之极归于平淡的大美，愈读愈品出无限滋味。

从此后，每每周末无事时，晨起后便煮一壶水，泡一盏熟普，点一撮沉香，执一本知堂、汪曾祺、木心，凡此种种，慢慢熬日子。每次从书里探出头来，啜一口茶，看香的烟气从铜香炉里徐徐飘出，巴不得每天就这样挥霍光阴。

有一些茶和一些文字是会让人岑寂的，愈品愈淡然。因了它们一种天性闲适的癖性，品得多了这癖性就一起融进了你的血脉里。

想起另一位了，他有词云：“寒窗里，扫雪烹茶，一碗读书灯。”无论贫穷离乱，心自平凡淡然，便可得享清福。这是郑板桥。

那么，好好读书，好好吃茶吧。借知堂的话告诉自己：“以后应当努力，用心写好文章，莫管人家鸟事，且谈草木虫鱼，要紧要紧。”（《苦茶随笔》）

㊁㊉㊁ 一个茶仙人

九日山僧院，
东篱菊也黄。
俗人多泛酒，
谁解助茶香。

——（唐）皎然《九日与陆处士羽饮茶》

皎然，是一个可供咀嚼的词，恍若冬夜里持素盏吃茶，几盏过后，由百会至丹田，益发清明皎皎。特意翻查字典，“皎然”有三种引申义：明亮洁白貌；高洁貌；清晰貌、分明貌。都明净得圆和，亦如暖室茶香。

在我看来，皎然总归与茶无间隙，无论是这个字眼，还是那位僧人。

皎然是僧人，俗姓谢，字清昼，自称谢灵运的十世孙，在唐代诗名盛极一时，被后世称为唐代诗僧之冠。宋代严羽曾说：

“释皎然之诗，在唐诸僧之上。”（《沧浪诗话·诗评》）

皎然诗里，我最爱一首禅诗《湖南兰若示大乘诸公》——

未到无为岸，空怜不系舟。
东山白云意，岁晚尚悠悠。

读此诗，纯属信手随翻，见“湖南”二字才看全诗，大抵是造访某寺庙时所作，从“兰若”（寺庙的梵文音译）而可知。细细品咂，方觉简淡空灵，而禅意盎然。“无为岸”即修佛参禅的彼岸吧？达不到便一生漂泊无着，如未系之舟。欲直抵至境，有时或许又并非难事。只消看看东山白云“岁晚尚悠悠”轻灵高致的意态，就明了了。孤云缥缈远引、安闲自在，不正昭示了静澄空澹、率性无机的禅意？

皎然借东山白云以观照己身，心上早已张挂了一枚铜鉴，映出白云的高洁。

此时，该言归正传了。

皎然与茶的干系，即使茶圣陆羽再生也须拜服。我们甚至无法说，是皎然成就了陆羽，还是陆羽影响了皎然。皎然爱茶入骨，制茶、识茶、品茶、得茶趣、作茶诗，禅道了然，茶道更甚。

佛教禅宗，素来以彻悟心性为本，茶道也暗合禅意，因之，僧人多推崇茶事，皎然更是个中高人与痴人。他在《饮茶歌送郑容》诗中写道：“丹丘羽人轻玉食，采茶饮之生羽翼。”一句而道出仙人道家轻饮食、重茶道的宗旨，吃食可不要，茶则不可不饮，饮而两腋习习生风。大道至简，烧水煎茶何尝不是自然道法？茶即道，道亦可化为茶。从心所欲，不拘泥于饮茶的各种程式，贵在朴素、简单，于品饮之中默得自然之法，妙合大道。这方是茶道。

皎然可算茶道祖宗。最早提出“茶道”一说的就是他，“孰知茶道全尔真，唯有丹丘得如此”（《饮茶歌诮崔石使君》）。窥得茶中真谛的，唯有道家仙人吗？若果真如此，那么皎然必已位列仙班。

这首诗写的是剡溪茶。剡溪是越地古邑剡县，也就是现在的绍兴嵊州。越地自古产好茶。陆羽《茶经·八之出》中写“浙东以越州上，明州、婺州次，台州下。”越州好茶中就包括日铸、剡溪这等名茶。

欲品剡溪好茶，先来读皎然茶歌——

越人遗我剡溪茗，采得金芽爨金鼎。素瓷雪色缥沫香，何似诸仙琼蕊浆。一饮涤昏寐，情思朗爽满天地。再饮清我神，忽如飞雨洒轻尘。三饮便得道，何须苦心破烦恼。此物清高世莫知，世人饮酒多自欺。愁看毕卓瓮间夜，笑向陶潜篱下时。崔侯啜之意不已，狂歌一曲惊人耳。孰知茶道全尔真，唯有丹丘得如此。

皎然的时代里，茶是要“煎”的，也就是在火上烹煮。他喻茶为“金芽”，烹茶器具是“金鼎”，虽然富贵气逼人，却也正是脱离凡间的仙家笔墨。饮茶以素瓷，茶色似香雪，这等美好，不是天庭仙人的琼蕊玉浆又是什么？只消读到这几句，就可引逗得人心里馋虫都要钻出来了。

待煎得茶烟袅袅，茶香馥郁，开始饮茶。

“一饮涤昏寐，情思爽朗满天地。”素盏在手，持至鼻息，一股幽香凛然袭人。轻轻啜饮，茶味清冽而甘鲜，茶水停于口中，香气益发在齿颊间弥漫，再轻轻吸气，茶气直灌肺腑。一口茶咽下时，回甘随之而来，在舌面逸散，似有清风游于口腔鼻翼，以至于贯入血管渗入肌理，习习不绝。一种太和之气在体内游移，混沌大开。

“再饮清我神，忽如飞雨洒轻尘。”鼎中雪色汤花沸腾如蟹目鱼鳞，香气幽眇无序而又缠绵不去。第二盏茶再度入口，一度春风也落入肠胃肚腩，一副臭皮囊仿佛被扒开来，曝于春天的清新里俯仰回转，身心润泽，灵魂也轻盈起来，飘飘悠悠若微雨泛起轻尘。

“三饮便得道，何须苦心破烦恼。”三盏茶后，便是得道羽化时，忘了自己还携着一具肉体凡胎，而早已涤清世间种种凡俗琐屑。

仅这三句，就是一种彻悟了。茶可道。饮了三盏茶，便可做得神仙了。世人如何呢？

以皎然看来，众人皆俗了。因为，世人多爱酒。可是，屈子陶公李杜，哪一个不是好酒之徒？那东晋才子毕卓更是嗜酒如命、盗酒而醉。

其实，毕卓是一个恣意旷达之人。毕卓任吏部郎时，一天夜里，他循着酒香闻到邻居家新酿酒熟，就偷偷跑去喝得不省人事，被邻居酿酒的仆人捆绑在酒瓮边躺了整整一夜。次日，主人见捆的竟是吏部郎，大惊，忙解缚谢罪，而毕卓却大笑说：“让我闻一夜的酒香，多谢了。”这如何是个俗人？皎然微诮毕卓，大约只是僧人不好酒吧。

全诗有对剡溪茶的褒扬，有对朋友啜饮剡溪茶后不羁高歌的哂笑，更多的是传递茶之道。

同样提倡以茶代酒茗饮风气的还有《九日与陆处士羽饮茶》：“九日山僧院，东篱菊也黄。俗人多泛酒，谁解助茶香。”

这首更直接讥讽尚酒的是俗人。与皎然这样脱离凡俗的僧人相比，又有几人不俗呢？那个重九，禅院钟磬音浑厚空旷，东篱下菊花开得正好，恰是赏菊好时日。换作陶渊明、李白、杜甫、陆游，甚至李清照，任何一位定会饮酒对菊，吟一觞风月。唯有皎然与陆处士以茶代酒，赏菊品茗。菊香更助茶香，而茶香也必不会污了菊香。一样地把盏赏菊，饮的却是茶，也只有他们吧？

陆处士就是鼎鼎大名的陆羽，他与皎然是“缁素忘年之交”，情谊甚笃。

陆羽是弃婴，不知姓甚名谁何许人，连名姓都是他自取的。有一日，他卜了个“渐”卦：“鸿渐于陆。其羽可用为仪。吉。”（鸿雁在高空飞翔，两羽翩翩而动，动作整齐有序，可供效法，为吉兆）于是，给自己拟姓为陆，名羽，字鸿渐。

皎然、陆羽，一个出世，一个入世，一个写茶诗，一个著《茶经》，是茶将他二人的情谊紧紧绾合。有知己如皎然，陆羽怎会不名动千古？

写到此处时，窗外北风昏天黑地地肆虐着，雪糁乱飞，突然，就想笼一炉火了，烹茶，或煮酒。又记起皎然这句“俗人多泛酒，谁解助茶香”，觉得有一些汗颜，还是捧出茶炉煮了一壶黑茶，看着飞雪，热热地喝，心里却仍想念煮酒时的馥郁甜香。

我仍不赞同皎然对酒的偏见，嗜酒如命好酒贪杯借酒逞强日日沉溺在酒池肉林的酒色之徒（信手打出来的这一连串“酒”字成语，果然都俗），固然是酒囊饭袋俗不可耐，但把酒持螯樽酒论文对酒当歌不也是另一番诗酒人生吗?

我终究是俗人，空读了皎然诗。只好借得赵朴初先生这句“空持百千偈，不如吃茶去”，聊慰我的凡俗心。吃茶去。

贰拾叁　赌书消得泼茶香

谁念西风独自凉，萧萧黄叶闭疏窗，沉思往事立残阳。
被酒莫惊春睡重，赌书消得泼茶香，当时只道是寻常。
——（清）纳兰性德《浣溪沙》

喝茶历来避使香，因为香气会夺了茶气，甚至有说烹茶也不插花，花香也会移了茶香。唯有书香可与茶香相合，尤其夜深人静，世间所有杂芜都睡去，以书佐茶，或借茶咽书，书香茶香氤氲，可消长夜。

若有共读书的人更好，不过也得各自一杯茶一本书，各自得了好字好句趣章节再来凑兴把玩。如杨绛先生写《我们仨》，钱先生、圆圆、她各自占据一间房读书，互不相扰。这些都是清好。也可如李易安、赵明诚，读得了来一段赌书饮茶的好光阴耍耍。没有可以共读的人便独自吧，夤夜读书，饮茶。

有时，赌书泼茶只是隔夜的梦，只剩一点回甘。如纳兰容若这阕《浣溪沙》，梦里茶喝得醉了一般，浑浑噩噩不得清醒，晨起口颊残余的茶香提醒着确乎有过这么个梦。品这个茶的梦，宜绿茶。

最爱这句“赌书消得泼茶香”，仿佛在眼前上演了半幕戏，咿咿呀呀的胡琴和铮铮的琵琶奏响了一曲慢板，他和她吟诗作对赌书消遣，打闹中，一不小心打了盏泼了茶湿了衫，茶香便浸润了整段回忆。如同我口中贯喉而入的清茶，幽幽的甘甜在唇齿喉间缭绕，甚至，胃肠里也蠕动着青绿色的香。

赌书泼茶源于李清照。她在《金石录后序》中录下了这段佳话：“余性偶强记，每饭罢，坐归来堂烹茶，指堆积书史，言某事在某书某卷第几页第几行，以中否角胜负，为饮茶先后。中即举杯大笑，至茶倾覆怀中，反不得饮而起。甘心老是乡矣！”

那年，他们在青州，一同读书，一起把玩金石书画，是她一生最幸福的时光。饭后烹茶时，清照忽发奇想，要与明诚互考书经典籍，说出某个典故出自哪本书哪一卷的第几页第几行，以赌书的方式来决定谁可饮茶。总是清照博闻强记，又才思敏捷，往往赢了夫君，却在得意大笑之余，一盏茶尽泼在怀里。

不但赌书泼茶的幸福令人艳羡，我还读到——“甘心老是乡矣！”这份甘心，亦是幸福。只是，太美好的幸福，总经不起光阴的折磨。时事遽变，丈夫罹难，李清照开始了半生飘零。

这会儿，读着清照的甘心，我真宁肯人生如她一样，以半生的凄凉来换得半生的相濡以沫。

南渡以后，李清照赌书泼茶的雅事渐渐传开，成了流行一时的茶令，或联句或说典，不一而足。

赌书泼茶的爱情该是每个多情文人的最美奢念吧？清照有过，纳兰有过。虽然到后来，都仅仅成了回忆。“当时只道是寻常”，读至纳兰这句，心底的忧伤仿佛被触动，也自失了，半天发着呆，回不过神来。杯中的茶也凉了。

回忆，在西风独自凉、秋叶萧萧黄的时节。

秋风渐凉，秋叶渐黄，萧瑟的气氛蔓延在眼际。谁念，于平淡的起笔中，添了如许的曲折，足可以供我们浮想联翩了。

这个西风正凉的秋天，一个孤独的灵魂在进行着孤独的寻找。做伴的只有西风，只有黄叶，只有渐次坠落的残阳。

那个秋的傍晚，纳兰独自立在残阳下，任西风拂动衣裾，灌入领口袖管。再没有谁会念他的寒凉，也再没有谁会令他怜惜瑟瑟风中纤瘦的影儿。西风寒，心也寒到凝滞。究竟是秋风更寒，还是心更冷呢？人孑然独立，回忆，如影随形。也唯有回忆可以慰藉了吧？如枯叶般的黄，渐渐侵入心髓，背后覆盖了一大片一大片的凄凉。

当时只道是寻常，仿佛轻描淡写，却怎么也掩不住销魂蚀骨的悔。

当时——被酒莫惊春睡重，赌书消得泼茶香。

这是纳兰和妻子卢氏的幸福。

那一年，春光熠熠，他们的日子也如春一般。兴之所至喝得醺然陶然，在卧榻之上，他醉眼迷离。恍恍惚惚间，看她踮着脚尖，袅娜而来，如花的笑靥，清丽的眉眼。近了，她将绣帕掖入衣襟，伸出纤纤玉腕把他伸在外面的手轻轻放入被底，为他掖好被角。而后，坐在榻沿冲他莞尔一笑，笑窝里满是怜爱。忽而，又不知念及什么，一低首一阵娇羞，一朵红云腾上双颊。

那时，他只觉得她美丽，又昏昏然一个侧转，睡过去了。

他们闲来也效仿李易安夫妇，烹茶赌书，她确乎不如易安博闻强记，俏皮却是一样的。至今，他还记得，她赖皮笑倒在他怀里的娇媚，茶水泼湿了衣裳也顾不得了，留得一身茶香。

他仍只觉得她娇俏罢了。

如今，这些点滴在他看来比那一身茶韵更悠长，入口的回甘更醇绵，丝丝缕缕，带着甜，也带着苦涩。

那些赌书泼茶的日子，他们日日两两相对，似乎如此寻常，而今看来，却有着弥足珍贵的温暖。

所有的所有，都与她眼角眉梢的嫣然一起遁逝了，留下的只是他心里压了巨石的悔。一切枝枝蔓蔓都在时间的长河里一闪而过，却又在他脑海里印下了明晰的影，纤毫毕现，一览无余。只是，中间隔着一条生死的河，他们再也回不去了。

当时只道是寻常。

就着这句词，我吞下了一口茶，却觉得喉咙梗着了。

有多少寻常微小事，我们都是浑浑噩噩地等到最后才觉得痛?

幸福总是相似的，李清照赵明诚，纳兰卢氏，还有沈复陈芸。沈三白《浮生六记》里记爱情更堪人羡。

芸，沈三白“舅氏心余先生女”，字淑珍，与沈同年生，娴女红，会作诗，十八岁于归，二十三年后客死扬州，育有一女一子。

二十三年里，无论贫穷富贵，他们都一同课书论古，品月评花，喝酒行令，畅谈诗词。

芸会联句，不过，两韵之后，便笑倒在沈三白怀里，不能成声，三白只觉得芸鬓边的茉莉浓香扑鼻。

芸会窨茶：“夏月荷花初开时，晚含而晓放。芸用小纱囊撮茶叶少许，置花心。明早取出，烹天泉水（雨水）泡之，香韵尤绝。”

芸还善烹庖，瓜蔬鱼虾，一经芸手，便有意外味。

林语堂说：“芸，我想，是中国文学史上一个最可爱的女人。”

李清照赵明诚、纳兰容若卢氏，他们的爱情大概仍少了些烟火气吧？或者，才情太高了，爱情便只能浅尝辄止，爱到赌书泼茶就是至高境界了，便如纸鸢般，线断了，杳杳无踪。而陈芸，仅有些小聪慧罢了，她的茶也清香爱也清好。

过后才知，幸福愈平凡才愈好。当时，清照和纳兰都不知道，陈芸知道。芸说：“布衣饭菜，可乐终身。”

沈三白曾刻印章两枚，上书“愿生生世世为夫妇”，他执朱文，她执白文。她终是先离他而去了，如赵明诚之于李清照，卢氏之于纳兰容若。

又想起杨绛和钱锺书先生了，他们似乎也曾效仿清照的赌书泼茶，不论谁输谁赢，每斗罢一局，彼此相视，捧腹大笑。钱先生的《槐聚诗存》便写道：“翻书赌茗相随老，安稳坚牢祝此身。”他们算是相随到老了，他在八十多高龄时也先走了，留下她做着万里的长梦，一个人思念“我们仨”，直至期颐。

难道，只有这些赌书泼茶的爱情，才可留作半生回望吗？可我的茶喝了续，续了喝，早已寡淡如我的人生。

贰拾肆　茶中故旧

白乐天有茶中故旧“蒙山”。于茶而言，自然各人有各人的故旧。蒙顶、紫笋、日铸、松萝、浮梁、歙州……都曾叱咤茶江湖。

蒙顶茶

煮水，泡蒙顶茶。

等水凉时，下了趟楼顺了点桂花，与蒙顶甘露一起泡，权当试着简单窨了回茶，清凉的香似一庭风里看中天月，正宜中秋。

这点我们实在比不了古人，昔日张岱制兰雪茶用茉莉花窨数次，沈三白夫人芸娘更奇巧，拿纱布包了茶置于荷花花心，窨出的茶荷韵绝妙。蒙山茶如今也有一样窨了茉莉花的，有一个好听的名字：碧潭飘雪。大约与张岱兰雪茶命名相似，取茶青花白之色。

碧潭飘雪与以往喝过的茉莉花茶确乎有些不同。普通茉莉花茶茉莉与绿茶各不相干似的，只是被需要了，勉强凑合一回。且茉莉香得发苦，绿茶又苦出涩味，便是勉强凑合也各自苦着，浑不亲近。是市井寻常人家一辈子较着劲的夫妻，龃龉难合。碧潭飘雪一股子清气，是茉莉与蒙顶茶的自然绾和，花香夹缠了茶气。若非眼前花白茶青，必分不出哪是花香哪是茶气。啜一口茶汤，如清晨入山间，空气新且鲜，嗅一鼻子也罢了，连毛孔都张大了口来“吃鲜”。若多在舌面停一小忽儿，鲜味儿仿佛从口腔入胃后渗入肌理再由肌肤发散，自毛孔一点点沁出，便皮肤上的细绒都有了被晨雾濡湿之感，是清晨和了露的茉莉和兰花香。

碧潭飘雪得算蒙山茶中的新人，蒙顶茶才是故旧。如今知道蒙顶茶的人大约少了，其实自古它便堪称第一茶，被誉为“仙茶”，元人曾作“扬子江中水，蒙山顶上茶”。古人喝茶远比今人讲究，水也分上中下，“扬子江南零水”为第一，而能与这扬子江水比肩的唯有蒙顶茶。如今南零水是不值得饮了，蒙顶茶这位“故旧”倒仍有些仙气。

“故旧”亦非我的话，是白居易。老白说“琴里知闻唯渌水，茶中故旧是蒙山”。琴曲最爱《渌水》，饮茶最喜蒙山，都是旧时相识，长做伴。

老白爱《渌水》也有一诗为证：“闻君古渌水，使我心和平。欲识慢流意，为听疏泛声。西窗竹阴下，竟日有余清。”《渌水》大约有《流水》意，冷清缠绵，潺潺切切，而无《流水》跌宕时的浩荡铿然。清澈泛音亦是淙淙铮铮，有溪水流过的清凉，听来就有了“竹阴”，有了“余清”。

如今《渌水》已失传，我只好伴着《碣石调·幽兰》饮蒙顶。《幽兰》简静而缓，声微而远，正宜缓缓啜蒙顶。蒙顶茶与一般索条饱满的绿茶不一样，它一副纤细伶仃模样。色泽亦不比其他绿茶的莹绿，是浅绿而油润的，汤色则绿里带些杏黄，鲜亮的，银毫在茶汤中浮浮沉沉若隐若现。听《幽兰》喝蒙顶，看秀细的芽叶在水里怯生生羞答答抻成兰花模样，曲亦入来，委婉迂回，时连时间。便啜一口，难得有绿茶如此清甜而全无涩感。未窨茉莉的蒙顶茶香茶气自然与碧潭飘雪不同，它如林下清风，纯净而性灵。若冲泡之前，它的种种妙处都被憋在那样纤细的芽叶里，遇水后，鲜味、灵气乃至仙气都舒展了、释出了，又聚成风。那“风”是鲜活的，啜一口茶如撩拨起一声泛音，风声细细。这是《幽兰》与蒙顶茶的好，听之饮之，渐入无人之境，便物与我两忘。

似乎老白也爱《幽兰》，却不愿自个儿弹，他曾作诗说，“自弹不及听人弹”，听得身心俱静好。

蒙顶山在雅安。相传西汉年间，甘露道人吴理真在蒙顶山上清峰甘露寺手植仙茶七株，饮之可成地仙。蒙顶茶的仙气即由此而来吧。

紫笋茶

茶中故旧里不能不提“紫笋”，也是那些年月里名动茶江湖的“老人”。

那时节里，蒙顶是高士，紫笋是明星。何以见得？且看时任湖州刺史张文规那首《湖州贡焙新茶》——

凤辇寻春半醉回，
仙娥进水御帘开。
牡丹花笑金钿动，
传奏吴兴紫笋来。

妃子凤辇回了，宫娥抬水来了，牡丹花笑了，金钿摇曳了，皆因“吴兴紫笋来”了。三句喜不自禁的铺陈后，方才将缘故和盘托出。湖州紫笋茶上贡到，于宫廷中人而言，简直如见心心念念的人一般，有一种无可比拟的欣悦。或者说，如同孩子们盼过年，爆竹噼里啪啦响了，年终于到了。如此待遇，不是“明星”又是什么？

紫笋茶在湖州长兴顾渚山，因鲜茶芽叶微紫，如笋壳，而称“紫笋”，陆羽赞“茶中第一”。唐时曾在顾渚山建造贡茶院，年年谷雨前，顾渚山立旗张幕，龙袱包茶，银瓶盛水。进贡朝廷的紫笋茶须赶在清明之前送到长安祭祀使用，又叫“急程茶”。“十日王程路四千，到时须及清明宴”，便写此“急”。自唐始，及明末，从蒸青团茶演变为炒青散茶，紫笋一直为贡茶。

这等茶界“明星”而今如何？嘿嘿，也与蒙顶茶一样，连名头都叫不响了。

我曾往湖州，却未能造访顾渚山，更不得一尝紫笋滋味。久之，便成了心中执念。就如好吃之人日日听人提及某美味，却总不得试味，堪为世间一大憾事。紫笋于我，就是憾事。

前些日子，一位江浙友人寄了些顾渚紫笋来，又有两片蒸青小饼。终于得偿所愿，我笑言，得净手侍弄才行。炒青的紫笋青绿，颀长，并非微紫，大约现今已难寻紫茶。蒸青小饼则呈黛青色，圆圆扁扁一小片，既素又拙，很是好看。

在等水时，仍旧净了手。淋过盖碗后，拿茶则取了少许炒青的紫笋搁入，烫过的碗底氲出来一股子温香。我笑了，不愧是紫笋。第一泡的香气更惊人，饱满的豆麦香袭人，足可以替代苏州人常赞碧螺春的“吓煞人香”了。若要真将紫笋与碧螺春茶香比较，恐怕紫笋还略胜一筹。我喜滋滋地啜一口，以为将遇见更大的惊喜。茶一置口，我几乎以为自己拿错杯，把旁边的白开水给递到嘴边了。嘴里的吓煞人香告诉我，并未拿错。与茶香相比，这泡紫笋的茶味几乎寡淡到滋味了无。汤色倒好，澄亮青绿。大约初泡都如此，便再试。第二泡汤色更足了，惹煞人爱，香气仍旧，恒定的袭人。来试味，总算在第一泡的寡淡中多了些层次，温吞吞的，需要吧咂一会儿才觉出些回味。第三、四泡好些了，还是温吞，像将老未老的儒生，心气已减，精神头便少了。再往后走，色香味都薄了，不值得喝了。便安慰自己，大约没有尝到紫笋的“代表作”。

喝过一次后，我将这两样紫笋茶随手往柜子里一扔，转头便忘记了。这几天须出门，拾掇了外出用的随身套杯后，再寻几样茶带上。无意翻到日前扔进柜里的紫笋，想着那两片蒸青的紫笋尚未吃，也一并扫进行李箱。

出门待的地方很清净，友人在此地有一住处，提前便将房门钥匙寄我，还留了一辆车。我便早晚去海边玩会儿，附近菜市场和渔家码头走走，其余便读书写字喝茶做饭饮酒，正经混起辰光来。

这日饱食后，看着窗外明晃晃的天，想喝泡茶涤烦，就拿出蒸青的紫笋。蒸青小饼亦有儒生气，模样便像，着一袭皂青袍子似的。未泡前的气息也像，不是新鲜绿茶的甘爽香，似乎有一股子海的味道，又有绿豆味，还略带烘焙气。古人制蒸青绿茶，“蒸之，捣之，拍之，焙之，穿之，封之”，蒸青紫笋的独特气味大约也因这制法吧。

将小饼掰开，滚水冲泡，茶香很快激出来。香味与炒青的紫笋全然不一样，显得老成持重得多。开汤后，汤色浅黄绿，茶味层次比炒青紫笋丰富许多，一层豆香一层橄榄味，还有那么一丝丝海风的味道。海风味是我坐着的空气里的，还是茶里携的，我也不知道。茶味也还是持重的，饮后回甜却好，仍旧觉得与那时名动江湖的紫笋差别不止毫厘。

如同断了文脉，紫笋一支在三百余年前将茶脉给断了，如今再想捡拾起，比农夫洗了泥脚来做读书人恐还难上数倍。因为人尚有精气神在，气脉总有贯通一日，茶脉如何通?

宜兴也有紫笋茶，便是唐时所说阳羡紫笋茶。顾渚紫笋已没落，阳羡紫笋如何呢?大约也难逃此劫。

日铸、罗岕、浮梁、歙州们

茶中故旧里没落的何止紫笋?

有一年我去寻张岱，循着他的游踪而行。湖心亭、孤山、虎跑、灵隐、韬光庵、寻快园、龙山、兰亭、曹山、会稽山，一一行遍。

也租车往寻徐渭墓、王阳明墓、张岱墓，前两位自然寻得。王阳明墓尚曾有过祭拜者。徐渭墓在山间，车到一处田埂旁便无路了，须独自走山径一公里。山径杂草丛生，顶着大太阳快步走，终于远远见到芭蕉，知道是了。墓园终究荒败了，据说有一守墓人，也不见踪影。张岱墓更是踪迹了无。据他的《自为墓志铭》里“曾营生圹于项王里之鸡头山”一句，我寻到项里村鸡头山。问遍妇人老者村官，何曾有人知道张岱？鸡头山就在村子对面不远，亦荒败，眼见风水倒好，青山绿树一水环绕。有老农在山边水侧营造了篱笆，里面养了数百只鸭子，十数头山羊，还有一只老黄狗。不知张岱是否介意身后地沦为如此，大约也不介意吧，就如同他在地底下并不会在意是否有人读他的文章。

寻张岱时，也不免如张岱一般，眈眈逐逐，为口腹谋，吃些浙地方物。寻龙井，尚得饮龙井。我去寻兰雪茶时，绍兴人竟都不知了，好不容易得知还有茶，又租了车往寻，仍是寻而不得。只好在街头找家茶馆，买了些日铸茶回来。

日铸茶得算最早的炒青绿茶，张岱说“茶味棱棱，有金石之气”。欧阳修也曾赞：“两浙之品，日铸第一。”两浙第一的日铸茶，名头在张岱时便已经被徽地松萝茶压下去了，人们只知有松萝，而不知日铸。张岱这才与三叔张炳芳研制兰雪茶，将日铸雪芽窨了茉莉花，因冲泡时“如百茎素兰同雪涛并泻”，张岱戏称为“兰雪”。兰雪茶研制成功后，人们又只吃兰雪，而不食松萝了。由兰雪茶汤色可见日铸茶之美好，“色如竹箨方解，绿粉初匀；又如山窗初曙，透纸黎光”，你几时见茶色有光啊！

这样的清嘉，而今如何？回酒店我便泡了一杯。日铸茶条索细而略蜷曲，与常见的云雾绿茶相似，亦银毫显露。遇水后，茶汤明黄，银毫浮动，板栗香也随之浮动。我几乎觉得它仍将沿袭张岱时候的风致，不曾想，入口竟有些涩味。我以为是冲泡原因，倒了再来，依旧有涩感。昔时“第一”的日铸茶，早已泯然众茶矣。

阳羡茶、罗岕茶、浮梁茶、歙州茶呢？

阳羡茶里除了一样紫笋，还有另一样名动江湖的茶，叫“岕茶”，也叫“罗岕茶”。明清时，论述岕茶的书竟有六部。“茶之为类不一，岕茶为最。”冒辟疆《岕茶汇抄》第一句就这么写。江南四大才子之一的沈周题《岕茶别论》：“闽之清源、武夷，吴郡之天池、虎丘，武林之龙井，新安之松萝，匡庐之云雾，其名虽大噪，不能与岕茶相较也。”

按书中描述，岕茶也是蒸青绿茶。岕茶不炒制，而以甑蒸熟，然后烘焙。以蒸制茶，是因为岕茶都摘得晚，枝叶微老，炒不能使茶叶软化，徒然枯了碎了。

然岕茶明初著称于世，清乾隆年间失传。

唐人有“浮梁歙州，万国来求”之句，可见浮梁茶歙州茶也是一时风头无两。如今都只徒有名称，全无名头。浮梁即现在的景德镇浮梁县，歙州茶是如今的婺源绿茶，也只剩了一个茶样子。

茶中故旧们，或“老去”，或“故去”，都成了传奇。

管閒事

念楼

目录

画里影

纸上音

诗中酒

画—里—影

㊀ 一枝瘦竹

乌纱掷去不为官，
囊橐萧萧两袖寒。
写取一枝清瘦竹，
秋风江上作渔竿。

——（清）郑燮《予告归里，画竹别潍县绅士民》

没有人比郑板桥更像一枝瘦竹了，从外在到神髓，都像。竹形竹身竹魂魄。

写下这么一句话，一时凛然。仿佛遇见花妖树精，心里又喜又惊，有风凉飕飕地从头皮掠过。

小时候，总不信神话故事里的神怪会害人，恨吴承恩这个老头把杏仙写成春心难抑的女妖，几番想与唐僧“倚玉偎香，耍子去来”，如同卖笑的勾栏女子。又将名叫拂云叟的竹子精等几个写得酸不溜丢，原本的诗酒酬酢生生变成一场拉郎配。

倒不如《聊斋》，婴宁、小倩、香玉、荷花三娘子，狐仙花妖都美丽善良，让那些个书生爱得神魂颠倒，又常常能为书生解除困厄。这才是精怪们应该的样子，远离尘世，清丽不俗，烟一阵来烟一阵去，不羁而侠义。

郑板桥当然不是树精，只是有了竹的精魂，让人见而欢喜，却又畏着，只好远远地看。

初时的郑板桥其实是叫人亲近的，像新竹，脆生生的枝，绿莹莹的叶，飒飒地带出风响。板桥只是他的号，他的名字叫郑燮，江苏兴化人。他出生于日渐破落的书香门第，在扬州十年卖画为生，四十岁中举，五十岁当县令，十余年后辞官还家，继续卖画为生。

几十年的鬻画生涯里，他画的最多的是竹，岁月也渐渐将竹刻进了他的生命。

板桥曾在《墨竹图》中题记："凡吾画竹，无所师承，多得于纸窗、粉壁、日光、月影中耳。"

那纸窗、粉壁、日光、月影中的竹影，莫不就是竹的魂魄？亲近得久了，眼中竹入心，胸中竹再返诸腕底，竹魂在血脉里融贯一气。于是，眼中无竹，胸中无竹，手起腕移间，竹就有了，板桥的精魄也修炼成功，得道了。如金庸大侠小说里独孤求败的剑术境界，及至最上乘便无剑无招。

日日在竹影里逡巡，板桥的竹便都有了精气神，枯竹新篁，丛竹单枝，都峭拔而秀美。即使风雨飘摇含霜吐露，也于高低错落、浓淡枯荣间，劲瘦孤高，一股淋漓清气溢于纸外。

他曾作《仿文同竹石图》并题记，将自己画竹与北宋墨竹代言人文同比较，说：“文与可画竹，胸有成竹；郑板桥画竹，胸无成竹。与可之有成竹，所谓渭川千亩在胸中也；板桥之无成竹，如雷霆霹雳，草木怒生，有莫如其然而然者，盖大化之流行，其道如是。与可之有，板桥之无，是一是二，解人会之。”

对比二人竹石，笔墨和构图都截然二致。

文同的竹是“纡竹”，屈伏中有劲拔，借竹的荣枯丰瘠，写人的悲欢穷达。他的竹画，竹竿蜷曲，用笔凝重浑圆。竹节间似断而意连，竹枝左右顾盼，竹叶则八面出锋，挥洒自如，聚散无定，疏密有致。

而板桥的竹必得瘦颀挺直，有劲节凌云之志。竿、枝、节、叶，都露出凛凛生气，笔意又简，冗繁削尽留清瘦。竿劲瘦，枝遒健，嫩枝小而柔顺，叶生意盎然。一侧的山石嶙峋怪异，别有一种强悍与不羁。更出人不意的是他的题记，分三处，竟都在石上，偏又丝毫不影响结构，反更增添了画面的疏密错落。果然如他自己所称，“雷霆霹雳，草木怒生”。胸中无竹，而竹精竹魂震慑风雷。

以我看来，文同的胸有成竹是一种隐忍，而板桥的胸中无竹是竹意早已在血脉，恣意勃发。文同的竹有的是韧性，板桥的竹自有淋漓天趣与生机。形更有别，一个圆腴，一个清瘦。

板桥的诗也瘦。“淡烟古墨纵横，写出此君半面。”“写来竹柏无颜色，卖与东风不合时。”“衙斋卧听萧萧竹，疑是民间疾苦声。”都清瘦如竹。夜听竹响，尽是民间疾苦，这是七品县令的郑板桥。

他的县令，从范县做到潍县，总没能走出山东，一个七品芝麻官整整做了十二年。如他诗里所言，听萧萧竹响都是民间疾苦。

那年，恰逢荒年，老百姓饿得几乎到了人吃人的地步。板桥开仓发粮赈济灾民，有人劝阻说须先向上禀报。他回一句："此何时，若辗转申报，民岂得活乎？上有谴，我任之。"毅然开仓放粮，潍县数万百姓得以活命。

此一举得罪了上吏，板桥决定辞官归里。

离潍县时，他画了一幅竹题了一首诗。

乌纱掷去不为官，
囊橐萧萧两袖寒。
写取一枝清瘦竹，
秋风江上作渔竿。

板桥的诗不忸怩不牵强不故作高深，明白如话，嚼来如吃豆子一般哔哔剥剥脆响。也正像他的竹，干脆挺直，不旁枝斜逸，毫无媚态。

官场真的不适合他，做了十余年官仍旧是七品县令，还被迫辞官。旁人是"三年清知府，十万雪花银"，他的县令虽级别低了些，也做了十二年，到头来却只是囊橐萧瑟两袖清风。不如归去！

回到兴化回到扬州，依旧画他的瘦竹，做他的钓叟，撇去俗务，来去自如。板桥终于回归到一种理想的生活状态："茅屋一间，新篁数竿，雪白纸窗，微浸绿色。此时独坐其中，一盏雨前茶，一方端砚石，一张宣州纸，几笔折枝花，朋友来至，风声竹响，愈喧愈静。”

竹畔抱炉烹茶，展卷读书，铺纸作画，邀友清谈。无官一身轻，日子清且简，那纸窗竹影直映入纸上。这时开始，正是他诗中说的，“我有胸中十万竿，一时飞作淋漓墨”。

板桥的墨竹不断飞上纸端，于后世的我们而言，何其有福。

读他的墨竹，连印刷品都可生出清气来。曾收了一本名家画册，中有板桥几幅，兰石、墨竹都有。记得有一幅，嫩竹老竹，寥寥十余竿，便使人如撞进一片青郁葱翠的竹林。每棵竹都瘦颀，长短参差，竹节上下相承，形若半环，墨浓淡有别。又依节画枝，行笔迅速，遒健圆劲。枝又有老嫩，老枝挺拔，嫩枝柔顺，都生意盎然。竹叶墨色各有浓淡，也是老嫩分明，下笔势如破竹。

另有一幅，仅有墨竹三竿，淡墨绘竹竿。又由竹根部以浓墨添新篁两枝，新枝细柔尽显弹性，都是从笔势便可感知。竹叶浓淡相间，似有远近。

这幅最妙的是画幅左边长长的题记：“余家有茅屋二间，南面种竹。夏日新篁初放，绿荫照人，置一小榻其中，甚凉适也。秋冬之际，取围屏骨子，断去两头，横安以为窗棂，用匀薄洁白之纸糊之。风和日暖，冻蝇触窗纸上，冬冬作小鼓声。于时一片竹影凌乱，岂非天然图画乎！”真真就是一篇简静的绝妙小品文。

与板桥画里的题诗相比，我更爱他这长题的小品，作得满纸烟霞。这样的墨竹与小文最宜在溽暑寻味品咂，“如啖冰瓜雪藕，心肺生凉”。借的这句还是板桥的话，以他的话来评他的文，简直清妙，“瓜与藕”都带着当季的新鲜和香甜。那滋味犹在嘴里绵延数日，张翕间仿佛还留着一股清新。

偏偏他的字又乖张，乍一看去，就是乱石铺就，疏疏密密，歪歪斜斜，不圆不棱，不隶不草。再来细看，才觉出它的活泼，甚至愈看愈爱。穿插排列气势一贯，笔意古秀而妙趣横生。这字，他戏称为“六分半书”，至于哪六分，哪半分，已经无须拘泥细究。只知道，读他的画时，连同那些字都是画了。

他将生命四分之三的时间都用作画竹，那些竹自是注入了画魂，板桥何尝不是也生了竹筋竹骨竹魂魄？他与素窗上的竹影一齐化作了纸上墨魂。

再看那竹那石那六分半的字，都凛凛的，只觉得天地清旷，它也傲然看你，清瘦而倔强。最后，纸也陈旧了，它还傲然。

这到底是郑板桥，还是竹呢？

㊃ 雪个的生魂

石迸竹生根，

中有雪个魂。

江头无杜甫，

谁赋哀王孙。

——吴昌硕《题八大山人竹石图轴》

我要去青云谱。青云谱是道观，里面曾经住着两个道士。

青云谱很好找，看到高高的复古门楼，看到清水环绕，就到了。

青云谱很新，隔着一座小桥，可见一座小岛上修筑的仿古建筑，青的瓦白的墙。顶着南昌极热情的日头，我站在门口不愿意进去了。故居走了很多，真的看过不后悔的却很少。

出示身份证领了门票——居然不用掏钱，心里更失落了，必定是顾者寥寥。

青云谱的门与平常人家的门没有什么两样，小门拱顶，上书“青云谱”三字，如此而已。这会儿看来倒真有点道观的朴素模样了。

进得门来，才是另一片天地。八大山人的铜像在老庭院里伫立，院内四处老树寡绿，屋子有斑驳旧颜色。游人不多，院子不大，却几进几重，极幽深悄怆。道人八大居此，可堪清静无为，离境坐忘。

各屋张挂的都是八大画作的复制品，纸张簇新。真正老旧的只有那些残余的古树、老墙、青石门槛和门墩吧？连门楹、窗棂、桌椅都是崭新做旧的。

画的复制品比复古门窗好，仍可见八大遗风。

一幅画是一幕悲剧，鱼、鸟、竹、石、枝叶、花卉，全部沦陷。寂寥空阔的画面，枯枝败叶，怪石嶙峋，鱼、鸟、鸭、鹿都孤孑畏缩地待着，垂头丧气且目光死寂，笔法也都颓丧，显出天地凄凉。猛地，还遇到一条鱼或一只水鸟冲你翻一个白眼，心一惊，后脊梁骨凉飕飕的，以为来了一阵穿堂风。回头，门外的阳光依旧张牙舞爪，树叶都肃穆持重。

一处天井里的罗汉松足有五六百年，亦是长得怪异乖张，树瘤重重叠叠，枝叶却青绿得似乎要渗出油来。

几进院子走出，行了百来米的样子，竟遇到了八大山人墓，隐在丛林杂树间，落寞的一冢。我拖了小朋友过去，领她一起拜谒八大，告诉她这是多么天才的一位画家。孩子似懂非懂，也顺从地鞠躬。

离开时，才看到墓前台阶下一棵古苦槠树虬枝倾侧，歪歪扭扭如八大的画，树干处还坏了一个大洞，枝丫仍旧从坏了的树干上盘根错节胡乱地伸出。一块小木牌上写着它的树龄，它如仆人一样守在八大墓前已有三百余年，将自己长成了八大的一轴画。

我们已经开始觉得顶着烈日进青云谱这件事太值了。

继续随性地逛，万历古井、羲之墨池、竹径通幽，居然个个都走了两遍。看到一座簇新的现代建筑，本打算不进的，偏又走错小径，一直通到门前——“八大山人真迹馆”，青云谱真是有神力一般。

馆里布展的八大真迹仅有三幅，一幅《墨荷图》，一幅《寿鹿图》，还有一幅《鸟石图》，另有牛石慧、吴昌硕等人的真迹，但仅这些已经是极奢侈的展览了。

“八大山人的画真丑！”孩子趴在那幅《鸟石图》的玻璃柜前，嘟囔了一句。

我一怔，可不是丑吗？这些鱼鸟竹石几乎都脱略形骸，与我们素常说的美全不搭界，丑得孤高傲气，睥睨着这个世界，让你在它的丑面前无所遁形。

这就是八大山人。我对自己，也对孩子说。

在馆里我买了一本新近出版的八大书画集，沉沉的一个大部头，提在手里，心满满的。

临出门时，再在八大铜像前停留了一阵，他一副弱不胜衣的样子，清瘦得如他画里的水鸟。嘴角似笑又非笑，似哭又非哭，浑然就是他“八大山人”题款的样子。而那一双眼睛，如画里鱼鸟一般睥睨着这个世界。青云谱终究不是他灵魂的寄处，他的灵魂早已经没有了归所。

吴昌硕说，雪个的魂寄寓在竹石间。

吴先生在八大的《竹石图》上题跋：

石迸竹生根，
中有雪个魂。
江头无杜甫，
谁赋哀王孙。

雪个、个山、驴、驴屋、刃庵……都是八大，而人们知道最多的就是“八大山人”这一个名号。八大本名朱由桵，又名朱耷，是朱元璋第十七子宁王朱权九世孙。

八大还叫朱耷的时候，明朝便灭亡了，那一年他十九岁。五年后，妻子去世，朱耷奉母命带着弟弟朱道明至江西奉新县耕香寺出家避祸，法名传綮。一代王孙从此流落村野山寺，出家，还俗，生狂疾，又入道家，在人生天地间施施然走过，躯壳落脚在青云谱，魂却寄在画中。

打开从青云谱带回的最新版八大书画集，翻到这幅《竹石图》。

算起来，这幅竹石还算是八大画作里比较正常的画法，除了构图依旧怪诞。

右边的巨石不但占据了半壁江山，且从左上角一直拉至右下角，若以西画构图论，这样的构图明显会让人有头重脚轻的感觉。更甚的是，八大还在这半壁巨石上勾勒皴擦，将石的肌理嶙峋耸出，直将要触及那些凹凸粗砺似的。枯笔之余又淡墨阔笔提晕，便青苔苍润了，再外沿淡淡勾勒，是山石轮廓。

在画的中下部，三棵新笋阶梯错落，再点出些许竹斑，山石的重浑然立解。石巨大坚韧，而笋纤小柔嫩，连形态都婉丽，两三逸笔而已。结构已经呼应，或许就如此吧？偏偏他还于石后伸出几笔浓墨的竹叶，恣意地探头四下张望。

数笔浓墨竹叶并未令已经平衡的画面再度显得沉重而倾斜，竟反倒醒了画目，多了一双睥睨人世的眼一般，神韵立马有了。又是睥睨？是我的眼力出了问题，还是端的有画骨画魂透出？我愿意信后一种。

吴昌硕先生亦说，石迸竹生根，中有雪个魂。

那墨竹果然是雪个的生魂，孤独而艰难地在石缝里生根，并立于石后冷冷地看这个世界。吴先生是知他的那个人，在八大离世两百年后，有这么个知己能从画眼里读出他的眼、他的魂，看到他的艰难与坚毅，八大该安然了。

吴先生感叹，江头无杜甫，谁赋哀王孙。不仅知音懂画，更惜八大。

唐时，渔阳鼙鼓响，安禄山起兵叛乱，玄宗连夜奔蜀，仅仅带了杨贵妃等，其他一干妃子、王孙被陷长安，死的死，逃的逃。杜甫一首《哀王孙》，将幸存王孙的潦倒淋漓道出，满篇哀痛怜惜。

其实他们迥乎不同。李氏王孙在路边哭泣，甚至甘为人奴，这岂会是八大山人所为？李氏王孙是羸弱的，八大虽痛苦却坚韧。李氏尚有回纥嫠面以示诚意，助唐王朝平定“安史之乱”。

朱氏王朝却早已回天乏术，只好任外族入侵占据大好河山。大唐王朝终究又存在了一百多年，大明王朝一朝便訇然坍塌。

是八大更值得一首《哀王孙》来畅诉痛惜，还是李氏王孙？

“哀”不该是八大的姿态，他的姿态是睥睨。如石缝中的墨竹，如水里的鱼、岩石上的鸟一样，亡国之思固然郁结，模样也瘦陋颓然，但总是倔强而傲然的，时不时还世界一个白眼。

八大是倔的，梗着脖子，犟着脑袋，忧郁落寞，遗世而独立。这才该是王孙的姿态。

我极想向吴先生致敬了，为这隔世的知音。谁能说吴昌硕先生不是八大山人的“杜甫”呢？一首题跋即是一曲《哀王孙》，不仅哀之惜之，更知之懂之，让八大这轴《竹石图》里的冷也透出些许温暖。

八大总是寥落的，魂魄忧伤地蜷缩成画，一个畸零的肉身在人世里哭之、笑之。

山河仍旧，再不姓“朱”。

那日，拜谒牛石慧墓时（朱道明入道后改道号“牛石慧”），见青石墓碑上的“牛”字被人的汗手指添了一撇一捺，一时笑此人顽皮。这会儿想来，这个将名字写成“生不拜君”的道士终其一生都希望能光明正大地姓“朱”啊！岂止自己复姓朱，山河重整都复还至朱明王朝，才是这朱氏兄弟的王孙梦。

假期行旅结束后，回家翻八大画册，孩子跑过来看看，又撇嘴说，八大仙人的画真丑！

我更正，是八大山人。

当仙人不是还好些吗？

我语塞了。在生入佛道,死后被膜拜。八大山人何尝不是仙?青云谱那一湾清流已经将他与俗世隔开，他只在道观里自做他的仙人，自画他的“丑画”。隔画与世界冷眼相看。

㊂ 像孩子一样天真

一叶一清静，
一花一妙香。
只些消息子，
料得此中藏。
——（清）石涛《题〈竹石梅兰图〉》

写过八大山人，不能不写大涤子。

一样的明皇室后裔，一样明亡后出家为僧。清初著名的四画僧里，明宗室就占了两席，八大是怪才，大涤子是全才。两人有着极其相似的身世、经历、喜好乃至成就，自然也惺惺相惜。大涤子称八大为“长兄”，说八大“淋漓奇古”。八大替大涤子作《大涤堂图》，与他合写《兰竹轴》，合作山水。不过，与八大的自苦不同，大涤子的人生是写意的，如他的画。

大涤子本名朱若极，字石涛，明靖江王朱亨嘉的儿子。明亡后，朱亨嘉在桂林自称“监国”，却被唐王朱聿键同室操戈处死。幼子若极由宦官带至全州湘山寺出家，法名原济，大涤子只是他众多字号中的一个。

人们都叫他石涛，而我喜欢大涤子，像一个孩子的名字。

大涤子是自幼便出家的，与八大不同。大约身在空门日久，他远不似八大那样满腔悲愤尽形之于画里。

八大画墨荷，大涤子也画墨荷，都是一样的墨气淋漓。八大的荷总是笔墨极简，花与荷叶都欹斜冷寂，笔法却空灵，淡墨枯笔里住着一个不羁的灵魂。大涤子的墨荷则显得潇洒隽朗、才情翩翩。

要论起来，大涤子的《墨荷图》得算一个荷塘了。淡墨铺就盈盈一池水，蒲扇般的荷叶有枯有荣，一朵盛开的荷花隐于叶后，另一骨朵也怯怯地从萑苇与荷叶丛中探出一头来。无论盛开与含苞，都亭亭玉立，一个莲蓬斜伸出来，硕大饱满，也是一种生气。其他如茨菰叶、蒲草，都以浓墨恣肆纵横绘出，池塘中各色植物疏密交错。笔墨也不拘成法，泼墨、细笔、勾勒、提点、挑染，每一笔都极爽利泼辣。看似全无章法，其实于诸般变化中，主次分明，层次丰润。

这样的墨荷，看来也觉酣畅淋漓，像寒天腊月搛了一筷子朝天椒辣酱搁进嘴里，吸溜着，辣得汗毛也立起来了，热汗蹭蹭地蹿出来。

你只觉得见了这两人的墨荷，就好似全天下的荷都是凡品，可以不看了，如曾经沧海。

八大有《梅竹双禽》，石涛亦作《梅竹图》。

八大梅竹还是简静，即便有喜鹊枝头嬉闹也全无嘈杂状。梅枝以粗重阔笔，笔墨寥寥便挥就。细枝上梅花也仅十数朵，淡墨勾出，清雅而圆腴。竹叶更简，似随意撇出。喜鹊本该显出一些热闹，八大却仍让它们清高着，只底下一只稍作雀跃，竟还是一副独脚伶仃的模样。

大涤子的《梅竹图》则是另一番模样，仍是那样的生气逼人。笔墨变化极多，或细笔勾勒，或阔笔转斫，线条方圆结合，秀拙相生。那梅枝虽也是阔笔，但全不似八大的粗重硬朗，而仿佛一阵旋风带出一串墨迹，湿润而不漫漶。再在枝节上点出树瘤、顿出断枝，便是老梅虬枝横生。细枝墨色尽管浓重些，也是大写意一挥而出。竹竿竹枝竹叶均以浓墨绘就，在酣畅遒劲的梅树旁，显得清雅瘦颀。与梅枝对比的是竹叶，婉丽而柔和。细处的梅花更清约，墨色更淡，圈花点蕊，却每一朵呈现出不一样的开放，更都生出如许清气。

大涤子的落款也写意有趣，“清湘遗人若极大涤子”，留下一串字号。

单从画风来看，大涤子显然比八大山人要洒脱阔大。八大像苦行僧，而大涤子是行脚僧，前者固守信念，后者漂泊四方，修佛的途径不一样，而殊途同归。

八大总是满纸苍凉，一枝一叶，一花一鸟，一丑石一怪鱼，都以灵魂沾了骨血来画。甚至，他将“八大山人”的落款也变形地写成“哭之笑之”，一吐内心积郁。

立于他的画前，我们能听到一颗悲寂的心在天地间孤独地搏动，风凉飕飕地从耳边一贯而过，像是在悲鸣。看八大山人的作品，是在阅读一颗大孤独、大悲寂的灵魂，如同站立在深秋或初冬的寒风中，枯叶从身边扫过，我们会打一个寒噤。

大涤子没有这等墨守。若说起佛语里的“看破”，八大虽不在红尘却时时盯着自己内心的痛苦，大涤子云游尘世而早将家国之恨扔至山水之中，他才是那个看破之人。当然，对于大明皇室而言，大涤子无疑已经背弃，而八大的苦守又有何意义？只是明室遗民名节犹在罢了。

有一首诗可以明证大涤子的看破——

一叶一清静，
一花一妙香。
只些消息子，
料得此中藏。

这得算一首禅诗。

《华严经》里有偈语：佛土生五色茎，一花一世界，一叶一如来。昔时佛祖拈花，唯迦叶微笑，既而步往极乐。佛祖与迦叶都是从一朵花中悟出整个世界，得升天堂。

一念清心，千花千叶皆具了佛性。

大涤子显然极具慧根，从这一叶一花里看到了整个世界，而整个世界也只剩这花叶里的一份清静，一缕妙香。心若无尘，俗世也成了天堂。

不过，大涤子总也掩不住他那份天真烂漫。高深的偈语道出后，偏又说两句非常“萌”的话——只些消息子，料得此中藏。

这一些些清静与妙香，我猜想一定藏在此处——口吻多像一个孩子。

实在是爱这样不带一些杂质的诗句，如孩子最纯粹洁净的心灵，读来清气袭人。滴水见阳光，一花一草便可见整个世界。

这样清洁的文字“藏”在一幅画里，是大涤子的《竹石梅兰图》。他纯洁的心性投映在画里，画便清香四溢了。

我想着，他该是那笑容干净带着一丝顽皮的样子。一旦铺纸捉笔，他就敛了笑，连一只秋蛩的聒噪也扰不到了，心与眼与手都在纸上。笔在手中，画在眼底。

一柱山石洗练而夸张地立着，落墨爽利峻迈。竹清润俊逸，梅简率放逸，墨色浓淡相间。竹与梅都挺立，竹枝梅枝错杂相交，却层次不乱，张弛有度。细看时，还有数丛兰草依石而生，又有一些子梅花隐在竹后，实在连笔墨也在捉迷藏了。果然是竹叶清静，梅兰妙香，怎么不是“只些消息子，料得此中藏”？梅香兰香都隐于树干竹枝间，幽芳逸致，涤得人神骨也澄莹了。

好画真得好诗配，一题款，读来更余韵无穷，空灵无比。一如他的洁净。

想起曾经看过一幅大涤子的《自写种松图小照》，手执锄头的他闲雅地坐于松竹林野之间，小猴子和小和尚在跟前种松嬉戏。画面很简单，山坡上两三棵松，一二竿竹，仅此而已，趺坐的大涤子却在其间独有气质。我总在想，有的人即使静静地坐在那里，也是一样风景，任周遭喧哗熙攘，色彩浮华，也夺不去他的光华。如他。

他仅是一个僧人，一袭白袍，白面微须，笑容笃定，一坐下去，松与竹都不及他的清气。而那小和尚和小猴子又是另一番天真纯粹。

必得内心洁净得像个孩子才能摒去所有浑浊，唯涤得剩下清光。

这幅自写小像朴拙而生动，线条圆润自如，是大涤子人物画的简古之风。

若要说大涤子的花鸟、人物是他内心清澈的呈现，那么山水画就是他才华的漫溢。这些才情纵横捭阖，咄咄逼人。

大涤子的山水如海上帆船与风浪痛快淋漓地搏击，他便是那掌舵的船长，稳稳地立在舵盘前，淡定从容而目光坚毅，船舵在他手里掌控自如。笔法恣纵粗犷时，如迎急电惊雷，帆在狂风暴雨里骁勇奔突。细致处又似微雨轻燕，借了习习凉风，细细密密地铺陈。而无论磅礴细致，山川的豪放郁勃之势，都淋漓尽致地立在纸上。

大涤子有山水画名为《搜尽奇峰打草稿》，画得石壁耸峙，群山巍峨。而我最爱的是“搜尽奇峰打草稿”这七个字，仿佛得见一个布袋和尚，青鞋布袜行过万水，阅尽千山，将那些山山水水尽数收入囊中。这些画作是大涤子与山川的神遇。

大涤子终不似八大一般的枯寂绝尘，骨子里，他如李白，又比李白更天真烂漫。他的笔墨落在宣纸上，就是大自然最干净阔达的投影。

大涤子说：“纵使笔不笔，墨不墨，画不画，自有我在。”他只要在那里就好，混沌中便会自有莹光。

㊃ 青藤老人的“绝世武功”

半生落魄已成翁，
独立书斋啸晚风。
笔底明珠无处卖，
闲抛闲掷野藤中。
——（明）徐渭《题〈墨葡萄图〉》

徐渭是天才，这一点，在我很小的时候就确信无疑。

那时，祖父和父母三个大人攒了大半年的工资终于买了一台黑白电视机，而且是左邻右舍唯一的一台。每到傍晚，父亲便扯一条长长的电线到公共走廊上，把电视搬出来。走道里早已经摆满了小竹椅长条凳，所有的大人孩子像过节一样，伸长了脖子等。我是“台长”，总揽了扭开关调频道的“大权”。当我煞有介事地拿开电视机罩，把天线扯出来，拧开声音开关，调好频道，顶着一个茶壶盖的徐文长就滴溜着黑眼珠，用他那脆生生的腔调开始整治土财主了。

后来学画了，知道木偶剧里聪明的徐文长是顶有名的画家，见他纵横涂抹皆成画，只恨自己没有一只马良式的神笔。也曾摹过他几笔葡萄，却临成了“干桂圆”，且是陈年霉变的。再后来，艰涩地啃着中华书局竖排繁体的《徐渭集》，愈读愈凛然，更生了一份敬畏心，以致再读文长画或文时，恨不能先净手焚香，生怕污了这份性灵。

膜拜文长的大有人在，我只是其间一芥甚或蝼蚁，即使在那些崇拜他的人们的脚边，也没有我匍匐的资格。

郑板桥是粉丝一号。作为“扬州八怪”之一的郑板桥，号称诗书画“三绝”，自然恃才狂放，不致轻易对谁服膺。可这个怪诞的老头儿，却对徐文长崇拜得一塌糊涂。在自己生活都难以为继、鬻画沽酒之际，仍不惜“以五十金”换取徐渭的一枝石榴，还刻制一枚闲章钤盖于画角，曰“青藤门下牛马走”。除此之外，板桥先生尚有另一枚闲章——“徐青藤门下走狗郑燮”。如走狗、牛马这类字眼，确乎不大上得台面，但为着敬服之人，怎么都值得了吧？板桥先生是真性情！

粉丝二号是白石老人。他曾不无艳羡地说：“青藤、雪个、大涤子之画，能纵横涂抹，余心极服之，恨不生三百年前，为诸君磨墨理纸。”雪个是八大山人，大涤子是石涛和尚，青藤便是徐渭了。连白石先生亦心生向往，愿做“画童”磨墨理纸伺候着，此三人造诣岂非神功？若能忝列门中，哪怕担水洒扫，也能沾染些许灵气吧？

如我之辈，连青藤真迹都难得一窥，走狗也罢，仆僮也好，只好梦里做做了。但即便隔着四百余年读读印刷的画册，也可沾沾仙气，只觉丰神未减，笔势如流，挟人而行。

每每读青藤画，心底里总有说不出道不明的意念。如一种无法企及的至臻武功境界，不是降龙十八掌的浑厚滞缓，不是凌波微步的轻灵飘浮，也不该是独孤求败式的唯我独尊，或少林武当等名门正道一板一眼的棍或剑。如果非得以武功论，他算亦正亦邪，既元气淋漓纵横睥睨，又鲜活灵动，也脱俗也入世，便如逍遥派无崖子或东邪黄药师。

无崖子武功可兼有凌波微步的轻灵、北冥神功的吞天沃日、小无相功的羚羊挂角无迹可寻，黄药师有兰花拂穴手的丰姿端丽、落英神剑的气度闲逸，还有弹指神通的凌厉强劲，甚至时不时凭空里飞出邪门歪道才使的附骨针。徐渭亦是除却这一门“武功”，尚携一身才气，独步“江湖”，狂傲不羁。

笔墨在青藤手中，会有晴空忽至的风云，裹挟着雷电而来，有决堤之澜、翻江之水，痛快恣肆；也会有回风拂柳，草木葳蕤，又见得一纸烟霞，落英缤纷。我们能从画里读出活脱脱而又诗意逸散的生命，无比真实。

世人皆爱青藤的《墨葡萄图》。旁人画葡萄多用靛青和曙红调了绘紫葡萄，或直接以花青染青葡萄，大串的葡萄着色于纸上，倒也晶莹剔透，只是显得过于纯熟也一并落于俗套了。青藤的《墨葡萄图》更着眼于藤蔓，以中锋沾墨出枝，曲折流转似任意为之，其实顿挫有力遒劲不俗。枝下又有藤蔓倒挂披拂，仍似信笔走蛇而错落有致。泼墨为叶，笔法变化无穷，墨色干湿并重苍润相间，又是一番自然天成。葡萄们倒躲在藤蔓枝叶底下，静穆地露出一些成熟的端倪，却又似点点泪痕，有些许遗世的落寞。种种细枝细蔓都不经意而逸出，别有野趣。藤蔓之下留白甚多，让这水墨点染的葡萄更显空灵蕴藉。

画幅左上方题跋：“半生落魄已成翁，独立书斋啸晚风。笔底明珠无处卖，闲抛闲掷野藤中。”落款：天池。天池是徐渭的另一个别号，天池生、天池山人、天池渔隐种种，该是他中年以后所用较多的一个号。画与诗一齐读来，使得意蕴更明朗。且字势欹斜跌宕、放纵不羁，与葡萄藤蔓的恣肆墨气相契合，也与隐于枝叶丛中未被人发现的葡萄一样，寂寥地存在着。

我不知道是否可以这样界定，《墨葡萄图》与诗刻画的都是徐渭自己，是他的自画像，如梵高的《抽烟斗的自画像》，耳朵割去了，白纱布触目惊心，烟仍自寥落地弥散。

画墨葡萄的此时，徐渭已年过半百而半生落魄，笔底绘就的明珠无人来买，只如这葡萄一般被抛掷在野藤之下。明珠即徐渭，怀才不遇，只好“独立书斋啸晚风”。对比“半生落魄”而言，“啸晚风”三字似乎更能触动人的愁肠，晚风清明，人却徒然悲叹，绝类李太白“拔剑四顾心茫然”，可引得千古失意之人同声喟叹。

年华随岁月苍老，鬓已白，即使仍怀有明珠，也只落得“闲抛闲掷”的际遇，个中愤懑，在顿挫曲折的藤蔓里，在水墨淋漓的葡萄里，也在这用笔狼藉的题跋中。

明珠暗投，仿佛便是他一生的谶语。

他远没有我们小时候由黑白电视中见的那个天才少年徐文长的阳光快乐。父亲早逝，母亲则是婢女，从少年时期他便依附着兄长过着寄人篱下的生活，成年后家道中落，又成了入赘女婿，二十六岁丧妻，尽管才名早扬，却从二十三岁开始参加科举，考至四十一岁，屡试不中。后又因担任幕僚而被牵连，对人生彻底绝望而精神失常，他写了一篇《自为墓志铭》后便愤而自杀，方式令人毛骨悚然。用斧子敲击头颅，头骨破裂，揉之有声；拔下壁柱上的铁钉击入耳窍，流血如注，医治数月才痊愈；后又用椎击肾囊，也未死成。如此反复，自杀竟达九次之多。后又怀疑继妻张氏不贞，将她杀死，被关入监牢，过了七年的牢狱生涯。

仅寥寥数语，就可知徐渭前半生的悲苦，而这远不能算他前半生的结语，晚年的生活更是贫病交加潦倒不堪，终是那“几间东倒西歪屋”，这“一个南腔北调人”。直至离世，命运蹇滞多舛。

徐渭在世时，除寥寥几人欣赏其艺术才华，一生都郁不得志，甚至癫狂、自残，与那个天才的画家梵高何其相似。梵高死后画作身价陡涨，徐渭去后多少人愿回生三百年！

可知，被膜拜的不都是圣人，也有“狂人”，如梵高，如徐渭，只是这份尊崇来得太晚了些。

若仍以武功论，《墨葡萄图》走的是疏狂路子，大抹小涂都是顶尖“功夫”。他也有轻灵范儿的，如《墨竹图》《兰花图》。以淡墨轻挑竹枝，以浓墨撇出竹叶，逸笔草草，竹枝淡而劲健，竹叶浓却俯垂含情，别有清气。兰花更是灵气逼人，软软几笔，疏密有致，仿佛只需精风徐来，便可幽香满怀。

《墨竹图》等算小涂，大抹就更显纵横捭阖。《雪蕉梅竹图》

简直就是将淡墨直接泼至纸端，任大块墨色放任渗开。尽管墨色泛滥，墨气中仍浓淡相宜，硕大的芭蕉叶是水墨皴出来的，润而不干，梅枝梅花更浅淡，却犹筋骨铮铮。最具力道的是竹枝竹叶，以浓墨，皴、抹、挑，竟异常凌厉。这样的梅竹，任怎样的风雪也无惧了吧?

练至《雪蕉梅竹图》这等境界，该算什么武功？已是无招而胜有招。如黄药师的《碧海潮生曲》，听着如烟波浩渺，天地广阔，潮水只缓缓近了，海底暗流湍急，于无声处隐伏凶险，忽而，又风起云涌，狂浪翻滚，大有吞天沃日之势。

读一幅画可读出这如许的丰厚韵味，大概只有青藤老人。他曾说："……画病，不病在墨轻与重，在生动与不生动耳。"一样的水墨，唯有他可以做到如此生动。

㈤ 美丽自袭人

屏风周昉画纤腰，
岁久丹青色半销。
斜倚玉窗鸾发女，
拂尘犹自妒娇娆。

——（唐）杜牧《屏风绝句》

写下“簪花仕女”四个字时，我想到一个人，我初中的美术老师，已故的美术教育家李小夫先生。

我们小的时候，美术课只能算副科，简直就是玩的课。我大学学的是师范类工艺美术专业，各种画类都须涉猎，那些教授讲师们不过闲庭信步式地来教室溜溜，指点一二便又背着手走了。甚至自己后来教美术，也是边上边玩。

从小到大，再没有老师像李先生那样把美术课上得如此一丝不苟。素描、水粉、白描、水墨，折枝花卉、没骨画法，都是李先生引导我们入门的。顾恺之、吴道子、倪瓒、黄公望，梵高、莫奈、塞尚、马蒂斯……这些我们之前听都没听过的名字，也都是从他口中才得知。

他给我们上美术欣赏课，对于那时的我们来说，这简直是极高深的学问。尽管只有挂图，他讲课也是眉飞色舞口若悬河。我们都懵懂，只觉得无趣。但《韩熙载夜宴图》《富春山居图》《步辇图》，表现主义、印象派、野兽派，这些名称都刻在了脑子里。

还有周昉的《簪花仕女图》。

“周昉是唐代仕女画第一人，他的仕女图秾丽丰肥，有富贵气。”李先生操一口不甚标准的普通话，中气很足。“秾丽丰肥，富贵气”几个字很用力地写在黑板上，我第一次知道还有“秾丽”这么个炽艳的字眼。后来我知道，这几个字是元人汤垕所说，但由书上知悉与由老师传递出来全然是两个概念，后者能让人记一生。先生围绕着这七字，将周昉的《纨扇仕女图》《调琴啜茗图》《簪花仕女图》挂图一一张挂，缓缓述来，如数家珍。

我看那图画，像被赐了通天眼，隔着穹庐大荒看到了天界仙宫。

宫廷苑囿，几个华丽奢艳的女子，拈花、扑蝶、戏犬、赏鹤、徐行，侍女们持扇相从，百无聊赖。

这是《簪花仕女图》呈现出来的秾丽。

画面有仕女五人，使女一人，犬两只，鹤一只，有辛夷花，有湖石，有纨扇，有拂尘，步步春色。

美人云髻高耸，步摇花饰簪于发间，几欲轻轻挪步便摇曳生姿。眉是广眉，清淑黛色，眉间饰有花钿，光彩照人。

设色也艳，陈旧的苍黄绢帛，衣饰的绯红是主色调，深赭色的外裙或挽纱作协调，红色底子团花的裙外披了撒花的薄纱罗衣。轻纱软罗酥胸半露，正是唐代女子的丰腴曼妙，体态则各异。

右首手持拂尘逗引小犬的仕女，裙裾长曳，低眉颔首看着黑白相间稍稍跃起的小狗，与内裙一样绯红的拂尘尾竟似也微微拂起一般。她侧畔的女子微笑着看她，一手在肩头，一手在腰际，挽纱随意轻拂，一头在脚边，一头在身后。拈花的女子立在仙鹤后首，与她发上的荷花一样，极端庄雍容，而与振翅的仙鹤动静相宜。站在辛夷花旁的仕女亦低首看脚边的小狗，侧身顾盼的样子与右首的女子遥相呼应，发髻上的折枝花亦是一样的大朵牡丹，连外裙颜色都同是深赭色。另有两名女子身形稍小，算从属人物，披红衣的一副落寞神情，执纨扇的显然是侍女。

仙鹤姿态更是灵动，直欲飞舞，线条极流畅圆润，羽翼也轻柔光洁。鹤颈呈优美的S形，头和吻优雅朝前，鹤顶的红、吻与眼部的黑、头羽的白，三色相间，更显得仙气不俗。两只小犬也各有姿态，一只后腿蹬开，一只前脚跃起，毛发蓬松飘逸，还各系了一根红绳，活泼泼地与主人嬉戏。

辛夷花从湖石后探出头来，灼灼地开满了，恰是春色正盛。在运笔上倒轻松，与人物形成虚实对比。

四名身形略大的仕女描画极精，从头花至裙裾，线条都舒展灵动，且收放自如。最妙的是那些薄纱，几乎全凭描线勾勒，几个起承转合便是一段风流蕴藉。一层轻纱蔽体，真个是“粉胸半掩疑晴雪”，叫人爱煞。

不但爱，更妒了，恨不能生在唐朝。若回去一千多年，日日拈花斗犬懒坐，只负责将美丽进行到底，这等闲适该多好。

大约得不到的总是好的，我不知她们的寂寞，她们见不着我的庸碌。

这些簪花的女子，端丽地立在绢上，从唐朝到今天，一站便是千余年。那玲珑的湖石、活泼的小犬、翩跹的瑞鹤，都如当时。连辛夷花也开满了一千多个春天。岁月的风似乎生怕吹皱了她们薄如蝉翼的衣裳襦裙，任时光如水漫漶，她们一如千年前仪态万方，闲雅得如同一个春梦，一味在画里慵倦着。

隔着时间的河流，我看她们，仍是如同隔着浩渺河汉，亦真亦幻。只想象着，千年前的那个画师，用纤细而简劲的线条轻轻勾勒，将各式颜色一遍一遍地罩染，薄薄地敷，浅浅地填。那素绢上始有了这渺杳而袭人的美丽。

是，美丽也袭人，一击而中。也爱，也慕，也羡，也妒。若周昉能在今世，而我又置身于他的画里，就无憾了。

记得小杜题咏周昉仕女图，也说“拂尘犹自妒娇娆”，妒他画里美人的，何止我？

诗句出自杜牧的《屏风绝句》：

屏风周昉画纤腰，
岁久丹青色半销。

斜倚玉窗鸾发女，

拂尘犹自妒娇娆。

乍一读“屏风周昉画纤腰”一句，简直要以为小杜见的是宋朝仕女图了，“纤腰”二字怎么也不适合唐代仕女，更不符合周昉画里美人的“丰肥”。可转念便笑自己，小杜如何能穿越到未来？想必“纤腰”另有深意吧？并非周昉另辟蹊径在屏风上画了楚宫细腰仕女，而是以纤腰代美人。总不好写“肥腰”“粗腰”，周昉式的丰肥是柔软而轻盈的，可不是纤腰嘛！

不写美人而写纤腰，不能不说小杜也是极懂画之人，周昉自是细节描画到位，一握柔腰便显出仕女之美。小杜更一语中的，诗语善解画语。

美人犹在，丹青色却已陈旧。从周昉到杜牧，岁月像风，一个世纪呼呼地就刮过去了。

丹青旧了。这话是小杜说的，还是那个斜倚着窗棂手持拂尘看画的美少女？

或许都是吧，小杜只是从画里写到画外。

据《初学记》，鸾为凤凰幼雏。鸾发，是鸾形发髻，大约多为少女发髻。鸾发少女，“斜倚玉窗”，多美好！我又羡慕了，这是另一种袭人的清美。小杜是吝啬的，偏又只关注她那鸾形发髻，仅写一小处细节又偏偏让你已经窥得所有美好。

这样的娇美少女竟怔怔地立在那里，连拂尘也忘了，只怅然自失，“妒娇娆”。

斜倚玉窗、拂尘观画的她，全然忘记了她自个儿的“娇娆”，反嫉妒画中人的娇媚妖娆。还有什么比这样的三个字更能显现出周昉仕女图的神韵呢？谁又能说画外不是画？区区三个字，如此隽永有味。简直超过了所有写美人的句子，什么“手如柔荑，肤如凝脂，领如蝤蛴，齿如瓠犀，螓首蛾眉”，“巧笑倩兮，美目盼兮”，都显得穷形尽相了。

实在得杜牧来写周昉，才能含蓄而蕴藉，也更能写出神髓。

该说说周昉了。这位仕女画第一人，字景玄（一字仲朗），陕西西安人，出身于中唐时期一个“传家阀阅”之门，父祖曾任藩镇节制。

生于尚武之家，周昉却性好属文，尤爱绘画，最初师从唐代著名仕女画家张萱，后来渐渐有了自己的风格。他画里的女子都远离尘嚣，风姿卓绝，衣裳劲简，丰肥秾丽。一时，他塑造的仕女形象成为那个时代的审美标准。他还画佛像、画人物画，唐人张怀瓘说：“其画佛像、真仙、人物、仕女，皆神也。”

相传唐朝名将郭子仪的女婿侍郎赵纵约请韩幹和周昉先后为他画像，画完后，赵纵将画像置于座侧，一时难定优劣。赵夫人回府后点评道：“两画皆似，前画者空得赵郎状貌，后画者兼移其神气，得赵郎性情笑言之姿。”一语道出周昉的艺绝之处，果真神品。

而今再来看周昉仕女画，终于知道那袭人的美丽来自何处。观周昉仕女，鸾发女“妒娇娆”，我也羡慕嫉妒恨，不是女子善妒，实在是一丝衣纹一重敷彩，颦笑顾盼里，神气蕴藏。似真又脱真，直欲让人高扬着头，看天仙似的。绢帛也旧了，岁月也老了，周昉、杜牧都去了，她们犹自顾自在时间里美丽如昔。

现在，李小夫先生也离开了。我们都活不过一幅画。

写这篇文章时，已近教师节。我在微信群里扰了好些同学来问李先生的一些情况，居然没有人知道他是哪儿人，毕业于哪所院校，什么时候离世。只知道他与教我们化学的李郴生老师是夫妻，没有子女。还记得他教我们在鸡蛋壳上画脸谱，记得素描课上的透视、构图，记得他洪钟一样的声音说周昉，说《簪花仕女图》。一时都沉默了。

“教师节去看看其他老师吧。”末了，有人说。

㊅ 你侬我侬

你侬我侬，忒煞情多，情多处，热如火。
把一块泥，捏一个你，塑一个我，
将咱两个，一齐打破，用水调和，
再捏一个你，塑一个我。我泥中有你，你泥中有我。
与你生同一个衾，死同一个椁。

——（元）管道升《我侬词》

这首词与画无关，写的是一份前无古人后无来者的爱情。其实，它仍旧与画相关，谁能说赵孟頫与管道升的爱情不是以书画做情节的故事？《〈洛神赋〉帖》是爱的惊鸿一瞥，《深秋帖》是镇日陪伴，《竹石图》是日子清好，《鹊华秋色图》喻岁月绵长清旷。腕底笔下的淡淡纠葛远比卿卿我我更久长深沉。

赵孟頫，字子昂，号松雪道人，生于吴兴（今浙江湖州）。

管道升，江苏青浦（今属上海）人，字仲姬，号栖贤山人。

这位管家二小姐自幼工诗词书画，尤善梅竹，笔意清绝，二十多岁仍待字闺中。于那个年代来说，这个岁数俨然已经是老姑娘。人们只是不知道，上天冥冥之中早就安排了一段好姻缘。

赵孟頫是宋皇室后裔，秦王赵德芳的嫡系子孙。这位曾经的贵胄王孙虽书画绝佳，却在经历朝代更迭后，家境早已败落，度日维艰，乃至三十余岁也未娶亲。直至被推荐给忽必烈，元世祖见到俊朗有才的赵孟頫，惊为“神仙中人”。由此，他开始平步青云。

那年，她二十八，他三十六，他们配了婚姻，从此诗、书、画相携游艺，羡煞世人。

我知道赵孟頫时，是五六岁的样子。祖父替我选择习书帖，说，颜体浑厚，欧体笔力刚劲，都不适宜女孩，赵体灵秀却很难习得其中韵味。最终选了柳公权，瘦劲的，像祖父的模样。我知道，祖父是嫌自己从小习褚遂良，字太柔婉少了力道。

后来，祖父走了，我的书法终究没有练下去。

有一年，得了本老帖，是赵孟頫的《汲黯传》，简直爱上了祖父说的这份灵秀。

读子昂《汲黯传》，如见魏晋士子，雍容秀逸，又简静平和，提按使转，方圆兼施，有轻裘缓带之风。我一见《汲黯传》这份气韵便钟情了，才又寻出笔墨纸砚来习赵体小楷。他的《洛神赋》亦是妍丽洒脱，婉若游龙，真真将曹子建的洛神风姿卓然地捧出，顾盼间皆有情。

可惜，我总是天资欠了，连形都摹不像，更遑论神韵。现在看来，祖父是真知道我的，赵孟頫的字于我而言，就是那洛神，她轻云闭月，而我，只在泥地里一身污遢地膜拜。

《深秋帖》则到底是女子笔法，婉约得多。

都说《深秋帖》是赵孟頫手书，但总仍是道升口吻，与子昂的笔体一样温和典雅。

这是管道升写给婶婶的一封尺牍，述思念，道家事，仅此而已，甚至些许絮叨，连蜜果、糖霜饼、郎君鲞、烛这等小礼都一一写来。在这个深秋的夜里，赵孟頫援笔濡墨，将道升口述付诸信笺。

一封琐屑家书能传世，怕只有《深秋帖》吧？因为赵孟頫和管道升式的平淡爱情。

尽是家事俗务，被赵孟頫一写竟优雅松弛。全不是《洛神赋》的端丽，亦没有《汲黯传》的雍容矜持，反显得随性而自在。以至于竟似随手将落款写成了“子昂”，惊觉时，方才改过，将“子”改作“道”，“昂”改成“升”。二人的名字从此你中有我，我中有你。

赵孟頫管道升，这两个名字每每在尺牍书帖、画轴卷端里轻轻落笔，一纸笺，一尺素，一卷墨竹，一轴山水。

除却《汲黯传》《洛神赋》，最爱赵孟頫山水。《秋郊饮马图》《鹊华秋色图》《重江叠嶂图》，莫不清旷苍润，读后，恨不能入到画里，做一个世间求静者。

《鹊华秋色图》是赵孟頫为祖籍山东的周密所画，构图平远，设色清淡。画中一望而去，一派辽阔，长汀叠嶂，林木村舍互为掩映。远处的地平线上，矗立着两座山，右端尖峭的是“华不注山”，左方圆平顶的是“鹊山”，两山遥遥相对。

汀与水疏俊空灵，又勾画出诸般蒹葭、渔舟，显得情致婉约。各色林木，种类繁多，且红绿相间，枯润相杂。树的高低直欹变化，聚散自然，俯仰有致。树叶随意点成，或墨色，或朱磦。其他人、畜、舍、渔舟、蒹葭，种种各以青、赭、朱、黛点染，婉丽又清淡。

与江汀、林木的明丽相比，山势则显得朴拙简素，造型笔法都简，似乎更与其他景呼应有致，彰显古雅。

曾在一本册页里得见赵孟頫的《自写小像》。山中小溪潺潺，两岸修竹偃仰扶疏，环境幽深阒寂。一人头冠巾帽、身着白衫，曳杖侧立溪岸竹下。其人容貌清秀微须，神态闲适，风度洒然，与那挺立的潇潇翠竹一样。墨竹衬了胜雪素衣，人更俊逸了。赵孟頫画竹，以书法入笔，竿劲挺峭立，叶片片撇出，清新绝俗。

道升亦善墨竹，她的《竹石图》别有一股清淑之气。

山坡上，细竹亭立，柱石嶙峋。两竿竹都微微欹斜，依柱石而生，一浓一淡，一高一低，除石下尚有一丛竹叶与之应和，别无多余笔墨。竹叶也都是赵孟頫式的“晴竹”，自下而上或左右两向撇出，顾盼自如。笔意里逆势藏锋，中锋略顿，又疾挑撇，片片都生机盎然，清气出挑。浓墨的叶与淡墨纤细的竿相衬，更一些尘色也不染。那柱石倒皴擦点染自有墨气，与修竹为伴，一厚重一清雅，愈显疏落灵动，逍遥于尘垢之外。

再细看来，总觉得道升定濡染了子昂的墨韵，习得其间真意了。

后来，在道升《修竹图自识》中读到：“墨竹，君子之所爱也。余虽在女流，窃甚好学。未有师承，难穷三昧。及侍吾松雪十余秋，傍观下笔，始得一二。”她又在《管仲姬竹卷后跋》中题道：“窃见吾松雪精此墨竹，为日已久，亦颇会意。”可不是耳濡目染得了真意？

赵孟頫对管道升的画作评价亦是极高，他在《题管道升梅竹卷》中写道：“道升素爱笔墨，每见余尺幅小卷，专意仿摹，落笔秀媚，超逸绝尘。此卷虽是小景，深得暗香疏影之致。”

此刻的管道升，已经不仅仅是他的妻子，而是可品画论诗的挚友。他们的生活远远超脱了常人的柴米油盐，日日相偕相濡游于艺，同心同德，书画同流。

见道升几处题识中对子昂的称呼——“吾雪松”，如此亲昵，更足堪羡慕了。

难怪连纳兰容若也艳羡他们的婚姻。记得读纳兰的《通志堂集》时，读至《拟古四十首》中的一首，便写赵孟頫和管道升知己式的婚姻：“吾怜赵松雪……亦有同心人，闺中金兰契……得此良已足，风流渺谁继。”

不过，再好的夫妻也有唇齿相磨的时候，如俗世中的所有夫妻一样，他们也曾遭遇婚姻危机。

功成名就后的赵孟頫见其他朝廷官吏都有年轻漂亮的妾室，心里也渐渐有了小九九。这天他便特意写了一封信给道升，表明纳妾的意思。

手持信笺，道升心如乱麻。以自己四十余岁的年纪，早已是花容不再的黄脸婆，而赵孟頫却仍是那个白衣飘逸的“神仙中人”，心生倦意也是在所难免。

是任他领来新人，我只做旧人哭？还是如卓文君一般作一首《白头吟》，刀光剑影地骂他负心薄幸？或如班婕妤，只能在凄苦秋风中悲画扇，怨皇帝溽暑用了秋凉便弃？

管道升终究不是泼辣辣的卓文君，更不是柔弱自怜的班婕妤，她一样以诗词回赠，却是写两厢情浓——

你侬我侬，忒煞情多，情多处，热如火。
把一块泥，捏一个你，塑一个我，
将咱两个，一齐打破，用水调和，
再捏一个你，塑一个我。我泥中有你，你泥中有我。
与你生同一个衾，死同一个椁。

我想，没有哪个男子读过这样泣血深情的词犹能杀伐决断，再去舍发妻纳新人。子昂道升之间从此再无罅隙。

十余年你中有我我中有你，岂能一朝沦为乌有？更何况是这样相知相惜的婚姻。张爱玲有句话，如今已说得滥了，却竟无比适用于赵孟頫管道升——因为懂得，所以慈悲。

道升慈悲，所以不忍责怨；子昂慈悲，所以不忍舍下。而一切的前提是他们的相互懂得，他是她的同心人，她是他的金兰契。每一幅画轴是一些泥，每一章书帖是一些泥，爱便是那水，于是，你的名字中有我的名字，我泥中有你，你泥中有我。

贤淑的妻子总能让家庭美满。道升相夫教子，传承书画，经她调教，赵氏一门三代人竟出了七个大画家。赵雍、赵麟、赵凤、王蒙（管升道的外孙），每一个名字都熠熠闪光。赵孟頫晚年为翰林学士承旨、荣禄大夫，官居从一品，贵倾朝野。管道升也被册封为魏国夫人，世称“管夫人”。

元延祐六年（1319）五月，道升病逝。三年后，子昂也去了。夫妻合葬。

我泥中有你，你泥中有我。与你生同一个衾，死同一个椁。

㊆ 春山出尘

春山伴侣两三人，
担酒寻花不厌频。
好是泉头池上石，
软莎堪坐静无尘。
——（明）唐寅《春山伴侣图》

自古天才诞生总会有一些征兆，或吉时，或吉兆。明宪宗成化六年（庚寅年，即 1470 年）寅月寅日寅时，苏州吴中唐姓商人家中诞下一个男婴，借吉时取名为唐寅，字伯虎，后来被人们尊为“江南四大才子”之首。

唐伯虎得算职业画家，几乎靠卖画为生，有山水，有仕女，也有花鸟，是历代画家里用指头数得出来的名家之一。

某年在长沙，一个人逛博物馆，见了唐伯虎的一幅真迹《菊花图》。题诗是真好：“彭泽先生懒折腰，葛巾归去意萧萧。

东篱多少南山影，挹取荷花入酒瓢。”别有一番潇洒，意境浑然天成，甚至比陶诗的刻意清守还来得随性自在。在做隐士之途，彭泽先生少了些疏狂，于此道，唐伯虎是高手。

再来读画。一枝秋菊依湖石而生，花开七朵都簇拥在上端。湖石周遭另有杂草、荆棘。看后竟觉得盛名之下其实难副——无论构图、用笔、施墨，并无独特之处。笔力的确稳健，墨色也腴润，却也仅此而已。甚至连菊的隐逸也没写尽，倒显出一些妍丽柔弱。

我胡乱猜测，大约是为着鬻画，画得多了，有了匠气。从此对唐伯虎并无好感，或许就只是周星驰电影里那个油滑轻薄的浪荡男子罢了。如不喜欢周星驰一样，不喜欢唐伯虎，尽管他俩除了一部叫《唐伯虎点秋香》的电影外，毫无瓜葛。或者说，周星驰一味无厘头低俗而牵强的幽默，将我对唐伯虎仅存的一些仰慕都驱赶到爪哇国了。

天才画家在我心里跌落成了画匠。

又一年去苏州，想起唐伯虎的“桃花坞里桃花庵，桃花庵下桃花仙”，便想去寻这老苏州城里的桃花坞。

问了好些老人，兜兜转转才找到桃花坞，多是小巷小弄堂，却并不见桃花庵，只看到一些老屋的门楣上挂着“唐寅坟路××号”的门牌。又辗转苦觅，见到一座挂有“××版画社”匾额的“准提庵”，看那灰白斑驳的墙和陈旧的飞檐，小心脏几乎喜得在胸膛里翻几个滚了，一打听却仍不是桃花庵。又走，见一个小荷塘边树了一块小石碑——“唐寅故居遗址”。

桃花仙已去，桃花庵便也从桃花坞消失了。我安慰自己。

有人告诉我，要寻唐伯虎，得穿过几条街去老城的另一侧，那里有新修的唐寅园。我有些犹疑，却还是去了。

原来，唐伯虎离世后，后人于嘉靖年间将他的墓迁至此地，算得肉身安置之所吧。

唐寅园修葺一新，与苏州其他新园林无甚差别，唯多了些四才子的仿作。我见到了《牡丹仕女图》《秋风纨扇图》《春山伴侣图》……这些早就如雷贯耳的画作。

这回我才知道，之前对唐伯虎“匠气”的界定太草率。

他的仕女画笔墨娟秀，勾勒刚柔相济，别于唐时的雍容，显得温文尔雅。

《秋风纨扇图》中仕女发髻高挽，手执纨扇亭亭玉立，脸庞端庄圆腴，目光凝视远方，眉目间流露出淡淡轻愁。纨扇与落落寡合的女子，很容易使人想起班婕妤的《怨歌行》。昔日班婕妤为汉成帝妃，被赵飞燕谗害，退居冷宫，便作了《怨歌行》，以秋扇为喻抒发被弃之怨。此后，“妾身似秋扇，君恩绝履綦”“旧宠悲秋扇，新恩寄早春”种种都是写被弃的凄凉，“秋扇”甚至成了弃妇的代名词。细读唐伯虎题诗，果然印证了我的猜想——“秋来纨扇合收藏，何事佳人重感伤。请把世情详细看，大都谁不逐炎凉。”

世态皆炎凉，从来旧人悲秋扇。

佳人脸部线条极圆润清美，而眉目含愁。衣纹裙缕则略显缓沉，顿挫方折似乎也在衬托美人的愁思，直至绘到脚边，才让裙裾微微飘曳。上衣下裙全用白描勾出，连裙上折枝花纹都细腻娟美。襟前和衣侧都有长长的衣带曳地，以淡墨染出，在白描的衣裙作底的画面上，反显得轻盈。裙裾、衣带飘逸，恰是秋风已起、秋扇该藏时。暑热才过，纨扇就无用处，佳人也已然成了旧人。这携了哀愁的美丽女子足以让人一见倾心。

大概为凸显美人，画面背景极简净。斜坡上山石一角，疏落细竹几枝而已。大面积的留白更显空旷萧瑟，正是“秋风见弃”，触目伤情。偏美人前方又渲染出一大摊墨色，似憧憧树影又似狰狞顽石，与人物的美好形成极度反差，浑然就是美人悲苦的源头一般。或许，这便象征着世情吧？有着兽一般的凶猛与丑陋。

《牡丹仕女图》则又是另一番美丽。相比《秋风纨扇图》的淡墨白描，这幅淡彩实在清朗亮丽多了。一样的高髻，一样的持扇，这女子却显得一派雍容。女子的头部描画更细腻，头饰钗簪、耳饰、高耸的髻环都勾勒得精致不俗，晕染也匀净清雅。脸庞仍旧是那样的圆腴，只一扫愁苦，显得安闲自适。她左手拈一朵牡丹，高擎着细细欣赏，右手的纨扇随性地垂着。衣裙也华丽，珠玉点缀其间。显然是一位富贵人家的女子，自有一股大气华美。头、脸、手的线条依然流丽圆畅，而衣裙、衣带也仍旧以顿挫方折之笔绘出，至裙裾又飘逸而来。恍若画里女子正莲步轻移，闲雅行来。设色都浅淡清雅，一些些淡淡的杏黄点染衣裙发饰，又一点点浅浅的群青色染出外衣与牡丹叶。杏黄与群青正是相映衬的颜色，华贵美人更显得娴静明丽了。

我几乎想在这两幅画轴前，向唐伯虎鞠躬致歉了。我的浅陋无知竟致使这样的天才在我心里打了那样大的一个折扣。该死该死！

若两幅仕女图是天才之作，《春山伴侣图》得算唐伯虎画里的魂吧？有它，则他所有的画都具了灵性。

图是立轴，水墨设色。山是早春貌，山重岭复，道路迂回，树木才吐新翠。山谷里流泉飞涧，两位文士盘坐在临溪矶石上寻幽晤谈。

扫一眼心便静了。

再来读。俨然就是宋一代的精细笔法，皴、擦、点、染都清旷俊秀。

山既雄奇又秀美，布局疏朗，画面秀逸。虽高耸而笔意柔婉流畅，水墨细细淡淡渲染来，更显笔墨秀润，韵致不俗。仿佛一个清奇男子，儒雅白面而多情。

山间树木，俯仰各有姿态。岭上多为枯枝，大约春声未至，山谷则新绿嫩芽吐露春意。道路曲栏依山势而设，掩映在山石林间，略显露而已，硬朗的直线条却能与山的细笔皴就互为应和。

山中飞瀑如练，一径泻至幽谷，衬着这笔意的清气，竟能听得涧泉鸣响一般，珠玉迸溅，嘈嘈切切泠泠成韵。水有声而林愈静，这山谷简直脱了尘嚣，让人直欲走入画里。

画里人自在怡然，赏景听水闲坐清谈。一坐几百年。

画面几乎全水墨，仅仅枯树的枝梢使了石绿，稍加晕染。坐在泉边的两位文人，也只有一人衣饰以赭石淡淡敷彩，与枝头新绿相应，呼春欲出。

纵览全画，天高远，日暄和，峰回峭，树挺秀，路屈曲，春做伴，人澹坐，悠游而乐。一切简静空灵。身在此山间，人生亦无虞了。

我有些疑惑，这怕是仙家笔法，座中两人也恐是仙人，山中除却他们再无人迹。伴他们清谈的，唯有涧泉，以及我们凡人耳目见不着听不见的嘤嘤鸟鸣。若无仙风道骨，怎么消受得了这样出尘的安静。

伯虎是造这仙境之人，立轴左上题诗更添仙气——

春山伴侣两三人，担酒寻花不厌频。好是泉头池上石，软莎堪坐静无尘。

钤印：唐寅图书。

这四句，简直与这山水绝配，谁脱了谁都损了灵气。

春山几重，伴侣二三，把酒临风，寻花听泉。泉头石上，软莎堪坐，吟啸晤谈，阒寂离尘。

诗意略加点拨，画面便活泛了。种种活动声音都是为着最末一句“软莎堪坐静无尘”。

“软莎”，该指水边茸茸嫩嫩的莎草，如唐人陈羽的“蹋莎行草过春溪”。

且在如毡的莎草上坐下，听一听空山涧鸣鸟语，让心渐渐趋于安然。怎不出尘?

读得久了，我终究也进到画里，心离了尘世。

《春山伴侣图》也不知画的哪一处山水，竟可以染得这般仙气?

看画后的第二、三天，我又往杭州。是日小雨，与朋友上虎跑山，阒无人迹。林间轻烟缭绕，道旁溪流淙淙，偶尔一两只鸟雀拖长了音“唧——”的一声掠过，竟似寻到了唐伯虎画里的意境。

我与朋友相视一笑，说，似曾相识呢。

哪一处山水都是仙境。

㉘ 横波夫人兰君子

眉楼人去笔床空，
往事西州说谢公。
犹有秦淮芳草色，
轻纨匀染夕阳红。
——（清）朱彝尊《题顾夫人画兰》

顾夫人是谁？一时竟想不起来。朱彝尊这么个生疏的名字，我倒知道。小时候家里有一本中华书局一九七五年版的《词综》，编选者便是朱彝尊。正是这本在我家待的年份比我还长的影印本，让我渐渐愿意触摸诗词，从那些长句短句的纹路里触及的美丽，是我跌进去的唯一理由。

《词综》里的选词比我最早接触的《宋词三百首》好多了，去芜存菁，每首都是好词。朱彝尊本身就是大才子，词又是他的擅长，每读眼底心里都为之一亮。

他有一阕《鹊桥仙》最是温软可爱。

辛夷花落，海棠风起，朝雨一番新过。狸奴去后绣墩温，且伴我日长闲坐。

笑言也得，欠伸也得，行处丹鞋婀娜。簸钱斗草已都输，问持底今宵偿我。

字字读得我爱煞了，像见了史湘云，喜爱得恨不得上前嬉笑揉搓一番。

顾夫人是谁?

“眉楼”“秦淮”，分明是顾横波。顾夫人本名顾媚，字眉生，又名顾眉，号横波，人称“横波夫人”。

顾横波又是谁？如果你知道陈圆圆、董小宛、柳如是，就不难想起顾横波了。明末清初鼎鼎大名的“秦淮八艳”之一，后来被诰封为“一品夫人”的，就是她。

秦淮河，在我的想象中是一锅沸腾的胭脂，各种纸醉金迷熬煮得黏稠起腻了，还一味地放肆翻卷。

红唇、豆蔻、丹凤眼，妖冶的身姿，画舫横陈，笙歌彻夜，是秦淮河上的女子。华丽的奢靡是她们的颜色，恨不得天底下的花儿霎时开遍，只为点染她们的衣裙，迷醉一宵，哪管明朝。将韶光看贱，将千金散尽，将颓靡的美丽一举挥霍。

无论六朝金粉还是时局不靖，秦淮河上的女子皆是见证。秦淮八艳，就是秦淮河上这滚沸的“锅”里腾腾冒起的热蒸气，水与火的反复交织，才蒸腾出这些烟气。

顾横波、柳如是、陈圆圆……每个人的背影，都晕染了秦淮河水的烟霭，悱恻缠绵，风月无边。

秦淮河不是一般的勾栏酒肆妓馆，不是韦小宝的丽春院。秦淮河长板桥边“屋宇精洁，花木萧疏，迥非尘境”。这是余澹心笔下的秦淮河，他用了一整本《板桥杂记》来写这些女子。顾横波就是其中之一。

他写顾横波“庄妍靓雅，风度超群。鬓发如云，桃花满面；弓弯纤小，腰肢轻亚，通文史，工诗画，善画兰，追步马守真，而姿容胜之”。

马守真，就是马湘兰，也是秦淮八艳之一，明代知名女画家，最擅长画兰，湘兰也由此得名。顾横波的兰画直追前辈马湘兰，更美艳绝伦，名噪一时，人人争得往眉楼。每逢文酒之宴，竟座无眉娘不乐。

未见她的兰画前，我便想，横波夫人的兰必是好的。连故宫博物院都收藏了她十七岁时画的《兰花图》扇面和另一幅《九畹图》，得算殿堂级的画作了。

一个女子的画作能得这样的“礼遇”，绝非俗品。于是，我开始四处找寻，总想看看能否窥得一斑。顾横波画作流传于世仍是太少，网络搜寻又实在不太靠谱。好不容易在几个比较靠谱的网站，找到一册《顾横波夫人兰竹卷》翻拍图和一轴《墨兰图》，算是见过一面。

顾横波的兰是真的好。全不似出自秦淮河女子之手，倒像王语嫣、小龙女这些不食人间烟火又有几分英气的女子的作品。

那几页兰竹，兰叶欹正偃仰，墨花飘逸。墨竹秀挺，山石、杂花浓淡相宜，逸气灵动。几个册页，绝不雷同，更无半点尘气。

《墨兰图》是吉林省博物院馆藏，画轴纵 90.7 厘米，横 40.5 厘米，右上方画款为“丁亥季夏属闺人写似愚公年社翁正，弟鼎孳识于旧雨斋”，左下方书“顾氏横波写”。

画里兰生于石上，因以淡墨勾石，焦墨点绘棘枝、杂草、苔斑。一丛幽兰舒逸而出，兰叶披纷流畅，兰花清雅韵致，秀叶疏花，超尘出世。更妙的是，笔底提按疾徐，将兰叶的阴阳向背都极生动自然现出。叶自左向右逸出，竟绘出风流动的声音一般，香气亦习习。

顾横波的兰花兰叶清气逼人，随风飘逸，似纤柔又不失韧性，生于石上更有君子之风。难怪陈维崧在《妇人集》中评：“顾夫人识局朗拔，尤善画兰蕙，萧散落拓，畦径都绝，固当是神情所寄。”

兰，王者香，君子风。能将兰画出其萧散落拓的君子风，人也必得绝类君子。否则，如何赏得了兰花风貌，如何懂得兰花气节，更如何绘出这君子的兰?

兰是君子，横波夫人是雅人。如此，铺纸磨墨，提笔临池时，便如二位高士对坐，心灵相通了。摹出形、绘出神、描出魂，将己之心注入兰之心。于是乎，提点撇捺，逸笔皴墨，兰才有了君子风。这兰之姿也是顾横波的风姿，纸上香气拂拂。

顾横波有座眉楼，余澹心戏称为“迷楼”。几多文人书生在这楼里醉生梦死神魂颠倒，终究都是使君有意，罗敷无心。

终于，有一个名叫龚鼎孳的官人进入了顾横波的视线。龚鼎孳年方二十四，上眉楼一见顾横波，便为之倾倒。龚鼎孳时任兵部给事中，算得世家子弟、青年才俊。

龚鼎孳曾为顾横波画了一幅《佳人倚栏图》，并题诗：“腰妒垂杨发妒云，断魂莺语夜深闻。秦楼应被东风误，未遣罗敷嫁使君。”直白的爱慕最终打动了顾横波。崇祯十四年（1641），顾横波嫁龚鼎孳，洗尽铅华，改名换姓“徐善持”，顾夫人从此成了徐夫人，龚鼎孳对她十分宠爱。

好日子没过两年，世事风云突变。

崇祯十七年（1644）李自成攻下京城，龚鼎孳与徐善持阖门投井，未死成被俘，龚鼎孳被迫接受了直指使之职。同年五月，清军入关，他又被迫降清，连做“三朝之臣”。龚鼎孳于是被世人讽为“闯来则降闯，满来则降满”，气节全无。

有文章轶事称，龚鼎孳之所以投降李自成，再投清廷，全因为他“生平以横波为性命”。不但如此，他还为她挣来了“一品夫人”的诰命，那是正室妻子才能配享的头衔。

康熙三年（1664）冬，四十五岁的顾横波一病不起，卒于北京铁狮子胡同，龚鼎孳在北京长俸寺建妙香阁纪念。

此时，该以朱彝尊这首诗来挽顾横波了。

眉楼人去笔床空，往事西州说谢公。
犹有秦淮芳草色，轻纨匀染夕阳红。
（作者注：夕阳红，兰花名，见《金漳兰谱》）

眉楼上早已没有了顾横波，笔床也空荡荡，无人再来作画。唯有人们偶尔提起的一些往事，絮絮地诉说着他们的爱情。幸好，还有这轴兰画，犹带着秦淮河上芳草的颜色，在轻纨画绢上匀匀地晕染。

眼见她起高楼，眼见她宴宾客，眼见她楼塌了，眼见她命卒了。生命一个恍惚而已，不如那一幅兰。

因为龚鼎孳的三朝为官，后世对顾横波颇有争议，连著名史家孟森先生都曾作《横波夫人考》一文，对龚顾二人的人品大大不以为然，认为他们是势利无耻之徒，利欲熏心之辈。

要我说，孟心史先生固然是大史家、大学者，却似乎并不擅读画。画风即人品，顾夫人的兰一派君子风，她本人怎会是那等势利无耻、利欲熏心之徒呢？孟先生亦不如朱彝尊的知情知性，懂爱之人才懂龚鼎孳的被迫“变节”，当对一个人的爱超过了自己的生命，还有什么是不可为的呢？我宁可相信龚鼎孳的爱情，如相信顾横波笔下的兰一样。

㊈ 一帧传奇

入山眺奇壑，幽致探何穷。
一水青岑外，千岩绮照中。
萧森凌杂树，灿烂映丹枫。
有客茅茨里，居然隐者风。

——（元）黄公望《为袁清容长幅》

黄公望是何许人？知道的人大约不多。他是元代画家，号大痴道人，入的是全真教。

有人得说了，全真教我知道，王重阳、丘处机，还有老顽童周伯通，都是全真教的老道士。

王重阳创立全真教时尚是宋朝，照这样算来，这大痴道人该是他的徒孙辈了。不过，他可没习过什么《九阴真经》，也没有先天神功这等高深武功，他的功夫全在纸上。

大痴道人的名号不为人们熟知，画作却如雷贯耳。

先得从一部蹩脚的电影说起。

这部电影一度被批得体无完肤，连主演都出来自嘲接了烂片，但它总算“不辱使命”，让一幅古画成了家喻户晓的“明星”。

画是《富春山居图》，大痴道人黄公望的代表作，被称为“中国十大传世名画”之一。

可不是如雷贯耳嘛！得唱个喏抱个拳，道一声“久仰，久仰”了！

话说黄公望未入全真教时并不曾有画作遗世，直到五十多岁做了这“牛鼻子老道”，才技艺日臻精进，逐渐成了绝世高手。

是大器晚成，还是道家好修行?

大约“痴”才是真正的门径。因为大痴，才能经由大寂寞、大孤独乃至大苦难，抵达大美之境。如他的“师叔祖”周伯通。

金大侠笔下多武痴，鸠摩智、西毒欧阳锋、独孤求败等，多少都得了这种痴病。一味想做天下第一，对武学上瘾了，戒不掉治不了，最后贪多嚼不烂，以至于走火入魔功夫尽失甚至命丧黄泉方可解。鸠摩智们终究只是功利心未泯，老顽童的痴则全然不同，毫无争竞之心。

老顽童心性纯真，胸无城府，不通人情世故，于武功一道，却是痴绝。他当年被黄药师夫妇困于桃花岛十五载，自创七十二路空明拳和双手互搏，还不知不觉习得《九阴真经》中的上乘武功。

在他看来，活着除却习武，人生再无乐趣。他便见谁有好功夫都缠着要学，好似小孩童般无赖。学小龙女悬绳睡觉功夫，学杨过的黯然销魂掌，连鸠摩智的龙象般若功也要学，他的痴早已达到物我两忘的境地！也唯有这样无所图的大痴，才能真正抵达功德圆满的彼岸。

于绘画一道，黄公望亦是大痴。

他本姓陆，幼时家贫，被过继到温州黄家。黄老太爷年逾九旬才得继子，感叹道："黄公望子久矣。"于是他改姓黄，名公望，字子久。

黄公望少年大志，博览群书，十二三岁就参加了本县的神童考试，却由于生在元初，汉人根本无法在仕途上有所建树，直至四十多岁才谋得一小吏。偏偏上司是个贪官，在他治理之下，民不聊生，盗贼纷起，不久上司便被捕入狱，黄公望也遭牵连，几乎祸及性命。

出狱之后，他心灰意懒，绝了仕途之望，入了全真道教，又在富春山里寻了一个阒静地，开始了隐士生活，从此悠游于山水之间。

做了隐士的大痴道人，常常在月夜携壶酒，坐在湖畔桥边，独自饮酒清吟，酒喝完了便将壶扔到水里，久而久之，桥下竟满是酒壶。一天夜里，他又独自棹一小舟出游，将酒瓶用绳子系住，撑船到岸后，牵绳取瓶来喝酒。没承想，绳子断了，酒瓶早不知落在哪一处水域。大痴便拎着绳端哈哈大笑，声震山谷。

他终日在荒山乱石丛木深筱中坐，意态忽忽，又居住在水边入海口处，台风来时，狂浪掀起，也浑然不顾。

这些种种不是痴又是什么？吟啸徐行，竹杖芒鞋，以生命最自然的状态融入山水之间。

大痴道人隐居山水，为的是画。《富春山居图》《富春大岭图》

《秋山招隐图》《快雪时晴图》……哪一幅都是由山水中领会的玄机。修行、隐居、遨游于乾坤之间，浩气方可从笔底源源不绝涌出，成就壮阔山水画作。

《富春山居图》就是他的“顶尖绝学”。

《富春山居图》是他七十九岁时为同门师弟无用师所画，据说经营七年才成。画卷高一尺余，长约二丈，描画了桐庐富春江两岸初秋美景。

说起富春江，便想起一篇骈文，是南朝梁的文学家吴均写给一位朋友的尺牍节录：《与朱元思书》。全文我几乎能背下来——“风烟俱净，天山共色。从流飘荡，任意东西。自富阳至桐庐，一百许里，奇山异水，天下独绝……”

以往背的时候，只艳羡吴均这“从流飘荡，任意东西”的自在和一壁行舟一壁看奇山异水的惬意。这会儿竟昏昏然有些弄不清，这样一个看尽富春江天下独绝景致的逍遥客，到底是南朝的文士还是元朝的道人?

读吴均骈文时便对富春江充满了向往，像冬天里冷得打哆嗦时念春阳一般，念想都是暖暖的。几次想去桐庐，终究只是在周边走走，看看西湖，听听越剧，总没能走近富春江。《富春山居图》算是弥补了我的遗憾。

我看的自然是印刷品，与这样一幅绝世之作的缘分，比我与富春江还隔膜，看看印刷仿作就是奢念了。

画面果然如文中所述，水色渺杳，远山隐约，又有奇峰突起，丛林茂密，还点缀村舍、茅亭、渔舟。山与水与林，疏密得当，洒脱灵性，又平淡天真。见这样的山水，真真有“望峰息心”“窥谷忘返”的沉湎。我竟像是见了自家人，一相对就亲近了。仍是吴均骈文的功劳。

难怪大痴道人在这里结庐做了一个隐者。

大痴绘就《富春山居图》之初，无用师曾顾虑会有巧取豪夺者。果然被他言中。

明成化年间，大画家沈周有幸得到此图，可就在他请人在画上题字时，画作却被此人的儿子藏匿了，后又几易其手。

明朝末年，《富春山居图》被传到收藏家吴洪裕手中，吴先生极为喜爱，甚至临死前要亲人将画焚烧了为他殉葬。就在这幅名画将付之一炬的紧要关头，吴先生的侄子奔出来，一把抓起火中的画用力一甩，将画抢救了出来。为掩人耳目，他还往火中投入了另外一幅画，用偷梁换柱的办法，救出了《富春山居图》。

画虽然被救下来了，却断为一大一小两段，从此，稀世国宝《富春山居图》一分为二，成为《富春山居图·剩山图》和《富春山居图·无用师卷》长短两部分，身首各异。几经流落，后段的《无用师卷》现藏于台北故宫博物院，《剩山图》则收藏于浙江省博物馆，两段画分隔两岸。

《富春山居图》火焚分离三百六十余年之后，二〇一一年六月，《剩山图》与《无用师卷》终于在台北得以重逢。

似乎，这已经不单单是一幅画，而是一帧传奇。

《富春山居图》完成后不久，大痴道人在富春山中终老，魂魄继续隐匿在这天下独绝的山水间。

想起了大痴曾经的一首题画诗，俨然便是他后半生的结语——

入山眺奇壑，幽致探何穷。一水青岑外，千岩绮照中。萧森凌杂树，灿烂映丹枫。有客茅茨里，居然隐者风。

层峦叠嶂，深林茂竹，一水缥碧，千丈见底。一处幽谷里，流水潺潺，鸟鸣蝉噪嘤嘤成韵。正以为山穷水尽时，竟有人结庐泉边，那布衣芒鞋行来之人，凛凛的，一身隐者之风。

这样的日子，只有山水，连人都入化了，时间也停了。“隐”到这种境界，生命已经与自然同自在。山水是画，亦在画中。而大痴，活脱脱就是富春山的一分子，割也割不开了。与山中一只猿的嬉戏，江上一棹小舟，一样地在这里。

那个月夜，在船尾系着酒瓶出游，绳子断了酒瓶不见拊掌大笑的大痴，终究永远留在富春山了。几百年后，那些竹响、松涛、水流，都是他的笑声。

痴到将生命融入时，才是“大痴”。

⑩ 罗裙堪画

曲阑深处重相见，匀泪偎人颤。凄凉别后两应同，最是不胜清怨月明中。

半生已分孤眠过，山枕檀痕涴。忆来何事最销魂，第一折枝花样画罗裙。

——（清）纳兰性德《虞美人》

纳兰容若不是画家，是情种。画罗裙这类风月之事，唯有他做。

容若，是纳兰性德的字。纳兰家族姓叶赫那拉，是清最显赫的姓氏之一，隶属于满洲正黄旗，他的父亲就是康熙时任相爷二十年的纳兰明珠。

我曾说，如果灵魂有颜色的话，纳兰的魂一定呈忧郁的灰蓝。那灰灰的蓝映在眼里，所见尽是凄凉。

知道纳兰，是在初中时的某个周末。我趴在床上废寝忘食地啃《七剑下天山》，满脑子少年英雄仗剑走天涯的豪情。不经意间，读到了一阕《浣溪沙》：“谁道飘零不可怜，旧游时节好花天，断肠人去自经年。一片晕红才著雨，几丝柔绿乍和烟。倩魂销尽夕阳前。”这些字句在金戈铁马、江湖恩怨的纷扰中显得格外清亮。虽然梁大侠将他塑造成了一个迂腐文弱的书生，却也在倡导男人刚强豪侠的年代里，让我们认识了这个不一样的男子。

深秋萧瑟的西风中，他骑一匹瘦马，执一管横笛，缓缓而来。马蹄沉缓，青衫落拓，白面如玉，眉目间的那一抹忧伤正是古道边连天衰草的颜色。暮色既合，这一人一马便在天地之间，缓缓地缓缓地走……

我的青春就这样被这个叫纳兰性德的忧伤男子触醒了，也覆上了一层灰色的忧郁。

纳兰一生大约爱过两个女子，一个是初恋的表妹，一个是妻子卢氏，都一样爱得太用力，伤了自己。

着折枝花样罗裙的该是表妹，我的判断缘于“曲阑深处重相见，匀泪偎人颤”。

曲阑深处，可知是两人偷会，夜里直奔弯弯曲曲的栏杆深处。久已不见，相思若渴，一相逢便相依而泣。“匀泪偎人颤”是离思郁结的爆发，泪光盈盈，欲语还休。晕湿衣襟的泪水，颤动的削肩，纠缠的目光和将要跃出喉咙的心，都融满了情意。

写男女偷会尚能这般深情而清洁，怕也唯有纳兰了。从《诗经·野有死麕》里的“舒而脱脱兮，无感我帨兮”的宽衣解带，到牛峤“须作一生拼，尽君今日欢”、李煜“奴为出来难，教

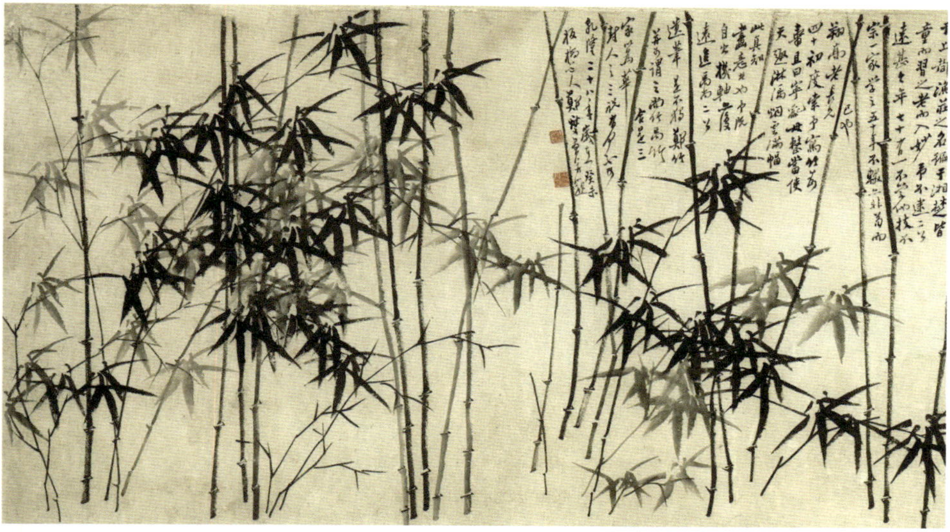

清　郑燮《墨竹图》

清　石涛　《山水图册》

元　赵孟頫　《二羊图》

明　唐寅《红叶题诗仕女图》

郎恣意怜”、秦观“金风玉露一相逢，便胜却人间无数”，哪一个不是浮艳纵情，直读得人脸也酡红心也骀荡。美则美矣，总是脱略形骸，太易引人往邪处去，走了歪路。

与那些惯在脂粉堆里打滚的才子们比，纳兰的心性清纯多了，连幽会也只停留于相互依偎，和每个人的初恋一样，纯洁而美好。

纳兰与表妹在逼仄的存在里互相取暖。

那夜，月也朦胧，风也婆娑。可是，回望过去，再好的月色也是凄惶的，衬着灰蓝的天，不胜清怨。

岁月轻浅，转眼便是“半生”。

其实，一别不过几年，于他竟似半生。浑如王室山的烂柯人，一忽儿便老去一世人。每每夜色阑珊时，独自对着明月，独自枕着山枕，思念铺天盖地而来，泪也潸然而落，久之，竟沁得枕头檀痕宛然。思念使人老，仿佛隔了一个梦境，恍惚间，心便苍老若此。生命的穷途末路莫过于离别。

“山枕檀痕涴”是这首词里最剜人心的一句，一个深情如斯的男子简直可以让你为他心也滴出血来。那檀枕上浸濡的泪痕，是他积累了半生的孤独与思念，堆积如山，积流成河。

仍然回望。

想一想，那月光之下的缱绻，最销魂的莫过于，你静静地端坐，展开罗裙，裙上是我提笔着墨勾染出的折枝花样。

“折枝花样画罗裙”，比之张敞画眉不知高明且浪漫了几多倍。权且由得我闭眼遐想一番——一轮皎月，一位美人，一袭素白的裙，还有如花的欢颜，如水的柔情，珠玉般的音韵。

纳兰蹲坐在她的石榴裙下，挥毫点染、勾勒，一根枝蔓，一抹纤叶，一片花瓣，几点嫩蕊。罗裙在他的毫尖下美丽起来，那美丽的人儿在他眼前更娇羞可人。而他，心旌摇曳，终于醉倒在她的裙边。

销魂。

记忆中的销魂时刻，凿在心上，那个穿了他手绘折枝花纹罗裙女子的身影，却比画更疏淡了。此刻唯剩黯然神伤。

她是否也会在某一个深夜，从箱底寻出当年那一袭罗裙，轻轻地摩挲着上面的每一笔墨迹，将它捧到手心，用她姣好的面庞感受曾经的馨香与柔软，想起那份遥远的温情。一如作《如意娘》时的武媚娘。贵为女皇的武则天，也曾是一个痴心真性的小女子，她也曾捧着一袭石榴裙，回望过往的尘香——“看朱成碧思纷纷，憔悴支离为忆君。不信比来常下泪，开箱验取石榴裙。”想来，纳兰的痴，也是一样的“看朱成碧”。

镜头永远定格在了那个月光皎洁的夜晚——“折枝花样画罗裙”的销魂。

对于我这个曾经手拿画笔的人，花鸟画里折枝花卉的技法一度再熟悉不过。那时并不觉得有多别致，不过是一折疏枝几支花朵，至多再有一只蝴蝶两只鸟雀，花青、藤黄、胭脂，几色足矣，若画水墨，更不过浓淡疏密，寥寥几笔。

一旦疏离了画，偏又觉出它有百般的好来。如这折枝技法的小品，简简单单经营构图，素净的设色，竟弥觉隽雅。若再能在素白的罗裙上画出几枝疏俊的梅，一枝斜欹着开得明艳的桃花或杏花，或是几丛兰草，半池芰荷，秋光澹澹，裙裾翩然，怎不忆来最销魂?

早些年读过纳兰这首词后，起了手绘衣裙的念头，拣了几件旧衫来练手。终究生疏太久，衣服画坏好些，技法也没有练出来，却仍念着那着折枝花样罗裙的女子。有一年夏天，在长沙逛太平街，撞见一家小店，里面有手绘的衣裙，挑了一件立领盘扣绘了折枝花的中长衫子，捡了宝一样。

再后来手绘衣服越发多起来，丽江、乌镇、凤凰，乃至淘宝。卖得滥了。我开始觉得无趣，便搁起来再没有穿过。今天写至此，竟一时想不起衫子上的花样了。翻箱倒柜找出，摊开在床上，细细看时，即使手绘泛滥，这帧墨荷也算精品。淡墨染开荷叶，枯墨撇出荷梗，那一朵清丽的花一枝斜逸，一丁点儿曙红点染花瓣尖尖儿，浓墨点出花蕊，藤黄稍加点染。肩部还呼应了一小顶淡淡的荷叶。

可想见那江南的女子，穿着这折枝花样的衫，娉娉婷婷地走在烟雨中。我自然无那般的美丽，却也因这清美的衫子而美好过。

纳兰的折枝花样罗裙会是怎样的绝美风流?

看过纳兰一幅山水扇面，临的倪瓒的《溪亭秋色小景》。构图是倪瓒“一河两岸三段式”的格局，画面亦是倪氏的疏林坡岸，浅水遥岑。远山层峦，荒草葭苇，都萧疏灵秀，近坡疏木掩映，烟柳扶摇。一湖秋水居中，有砥石，有空舟自横。山自秀颀，水自空蒙，浅淡墨色即绘出一派清远。枯笔皴出山石、勾画树干，淡墨点抹枝叶蒹葭，浓墨点苔，逸笔撇出烟柳。再留白，题识，落印。浑然是倪云林的清气卓然。纳兰画作的技法自是比不上倪云林，但这冷逸荒寒的画风已然摹得八九分。

身在富贵门的纳兰总言“不是人间富贵花”，最艳羡好友严绳孙笔床茶灶的归隐生活，夫妻和美，“画眉闲了画芙蓉”。他甚至说要“脱屣宦途，拂衣委巷。鱼庄蟹舍，足我生涯，药臼茶铛，销此岁月”。若真能如此，他便不再忧郁了吧?

将浮名俗世都抛却，在那些了无尘嚣的清夜里，做一个闲人，斟一杯酒，煮一铛茶，看一溪月，画一袭折枝花样的罗裙。只为她。

纸

上

音

㊀ 晚钟清明

清波门外拥轻衣，杨花相送飞。西湖又还春晚，水树乱莺啼。闲院宇，小帘帏，晚初归。钟声已远，篆香才点，月到门时。

——（宋）僧仲殊《诉衷情·宝月山作》

不知从什么时候开始喜欢上听梵音。那原本被我一直鄙薄为平淡到没有波澜没有油盐的所有佛教声音，有一日，我突然喜欢了。

似乎十年前，或者更早？

那时刚参加工作，在一个极偏僻的乡镇当老师，一天没两节课，除却闲聊、读书、写字、画画，没有任何业余活动。我干过最无聊的事情是将练习的书画稿贴在宿舍门上，向所有人宣告我的才华，只差没将文章也像大字报一样贴出来。我这个牛犊子终究被人们包容着，原宥着，渐渐合群了。

一天将要晚饭时，几个年轻人来拖我去后山的小庙里听晚课。我极鄙夷，一个小村镇不入流的小庙的晚课能有多少听头。终究拗不过，被他们押去了。

实在是一个不入流的小庙，连山门都没有，大门的槛也将朽了，里头昏黑，点几盏海灯，不足十个和尚高矮胖瘦打坐在佛前。

我的肚子正不停抱怨饥荒时，几声悠长的钟声在整个山谷回荡开来，切近得竟令我震悚了，只奇怪，平时怎么从未注意过。引磬一击，晚课开始了。

念的似乎是《金刚经》，用略带当地土音的腔调念唱。我差点失笑，囿于佛前禁忌，生生给憋回去了。

在稻草做的蒲团上盘腿坐下，渐渐也能静心了，又越听越惊心。我并不能完全明白他们念的内容，却被那类似某种高明的和声镇住了。佛殿并不大，僧人也不多，梵唱在耳际盘旋，盘旋，不觉就把身体捋直了。

《金刚经》过后是《大悲咒》和一个我听不出的经文。

我带着敬畏听完了整个晚课。下山的时候，人竟然怔怔地不想说话了。快到学校时，钟声又响了，悠长浑厚，却清澈地在夜气里静谧流淌。

佛音能涤心，我信了。梵唱是佛音，木鱼、云板、铜钹是佛音，钟声也是佛音。

最知名的钟声该在寒山寺了，因为张继《枫桥夜泊》里的"夜半钟声到客船"而名传千古。也并非所有的钟磬音和写钟声的好诗句都能让一个寺庙留名，如仲殊和尚的宝月寺。

僧仲殊写的宝月寺钟声，比寒山寺更清远——钟声已远，篆香才点，月到门时。多好！张继的钟声是典型的唐朝气质，浑厚悠长，仿佛丹田气运足了才钟槌撞下，声震寰宇。宝月寺的钟声，被仲殊写成了方外之气，是柔和的呢哝吴语，清幽地缓缓播开，也配篆香，也宜月光。

仲殊俗姓张，名挥，北宋安州（今湖北安陆）人，原本是个士人，还考取了进士。仲殊和尚叫张挥的时候是个浪荡不羁的青年。终于有一天，妻子难以忍受了，就在肉羹里下了毒，几乎令他毙命，青年张挥一气之下遁世成了和尚仲殊。可知他并非看破红尘，对十丈软红依旧保有眷恋歆羡也可想而知。

这阕《诉衷情》是仲殊在宝月寺所作，写一次返寺，从清波门到宝月寺，雅是雅到了极点，红尘风物却处处可见。

宝月寺大约在杭州吴山一带，清波门应该在西湖附近，我按图索骥，在谷歌地图上量了尺寸，两处不过几公里。

已经消失了的清波门在杭州的历史上赫赫有名。小时候看《新白娘子传奇》，许仙和白娘子初遇，搭同一条船，在清波门下了船，小青说："我们家就在清波门双茶巷，财神庙对面的大红门墙，墙外有对石狮子的就是白府。"

一串念白，声音滴溜溜在半空里旋了半天。这个双茶巷可能是杜撰，清波门却实实在在存在过。

清波门是南宋时期建的杭州城的西南门，毗邻西湖。

这日，大概是游了西湖，仲殊和尚从清波门返回寄寓的宝月寺。

清波门外拥轻衣，杨花相送飞。西湖又还春晚，水树乱莺啼。

暮春的西湖简直就是一个嫣然轻笑的女子，一位披着硕大袈裟的僧人正从容地从她身侧走过。

一出清波门，便一袭风来，簇拥着他阔大的僧袍，蓬蓬松松，似乎在推搡着人行进。“拥轻衣”简直是神仙笔法，仿佛清风有意，倾情而来，柔柔地轻拥着他的衣袂，僧人就这么翩翩而来。“轻衣”二字更好，能见得人亦骨骼轻盈，有了仙范儿。有情的还有杨花，殷勤护持着，送出城门。仍是好风借力，杨花柳絮也为那僧人的飘过营造一些仙气。

仙姿写过了，再回到人间西湖。“水树乱莺啼”，五个字落地到了人间，“乱”字极好！写江南暮春景色，也有用到这个“乱”的，如丘迟的“杂花生树，群莺乱飞”，一样的花树、群莺，“乱”在此处似乎少了许多力道，字眼也显得不生动了。换到仲殊和尚笔下，竟如重笔涂抹，有墨色，有浓彩，有疏笔，有逸笔，种种情致跃将出来。

试想，暮春，西湖。温风如酒，清波若绫，柳絮似雪，花雨缤纷，莺声乱啼，一个缁衣素履的僧人，为风拥着，翩然而过。

我都要发一个痴梦了，恨不得把他拉回红尘中来，哪怕只痴痴看着他的阔袍子在风中鼓荡。

暮色已至，仲殊也回到了宝月寺。庙宇阒静，帘帷低垂，僧人晚归。“归”是终点，也是起点，像幕布一样关合，幕前的各种春意明媚、鼓吹清和都一齐隐去。幕布后才是僧人仲殊的归处，寂寂方外，僧寮清幽。

闲院宇，小帘帏，晚初归。钟声已远，篆香才点，月到门时。

“闲”“小”“初”，用以写寺庙静谧，却出其不意地平添了几分闲雅清旷，让人豁然开朗，原来这才是红尘之外，空寂如此。

更添空境的是钟声。不是寒山寺夜半初闻的洪钟大吕，是向晚时敲响的余韵，殷殷切切拖长了，缓慢地洇进带风的夜空，愈轻灵，愈清净，最终走入夜里拐个弯，消失了。

晚钟响过，篆香才点，月光已追上来，映得门前中庭空明一地。

“钟声已远，篆香才点，月到门时。”这样的文字，不带一丝火气，仿佛是天生的好句子，让你吧唖吧唖半天，还觉得它哪儿都好。全然没有任何修饰，却比所有繁丽的点缀都妙不可言。此刻再背出别的什么“远寺钟声带夕阳”（卢纶）、“斋后钟声到讲时”（杜牧），等等，都弱了。

一整阕词，看红尘，归化外，字字句句奇丽清逸，实在难得。难怪好友苏东坡要说：“此僧胸中无一毫发事者。”看来，仲殊和尚槛内槛外都胸襟洒脱，词里也一派光风霁月。

仲殊其实依旧热爱红尘，一辑《宝月集》里尚有更多浮世描绘。

大约总是尘根未了，仲殊最终自缢而死。难道出家也阻挡不住他对红尘的眷恋，须得以死解脱？

“钟声已远，篆香才点”，借仲殊此两句送仲殊吧。呜呼哀哉，尚飨。

钟声远逝，斯人也去，清波门、宝月寺也早没了。所幸，西湖还在，寒山寺也还香火旺盛。

那年去苏杭，遍地是庙宇，车行不久便见一座宏大的建筑，青黛的瓦，明黄的墙，隐在青绿的山水间，确有一派佛家尊崇气韵。

西湖还好。到寒山寺时，一座不大的庙宇里，除了人，一无可看。钟楼里的钟却响个不停，一问才知，二十元一撞。说便宜，年末岁尾时要想来撞一响，翻个几十倍也不止。

仔细听听，那钟声竟还比不得我在乡下小庙里听过的清澈，浊而浑，与寺里鼎沸的人声抟在了一起。只怕不久，它该喑哑了吧？我有些担心。

佛教有《晨钟偈》云：“闻钟声，烦恼轻，智慧长，菩提生……”钟声涤烦，该如我那乡下小庙与仲殊的宝月寺，晚钟悠然时，秽也除了，烦也消了，一片清明澄澈。

再后来，我到灵隐寺，到南岳大庙，到大理崇圣寺，到拉萨大昭寺……闻钟声，听晚课，总算找到了最初的惊心和敬畏。那余韵过后的空灵也分明如僧人仲殊那个方外之夜一样，有篆香氤氲，有月的清光。

㊁ 我去也，莫牵念

山抹微云，天连衰草，画角声断谯门。暂停征棹，聊共引离尊。多少蓬莱旧事，空回首，烟霭纷纷。斜阳外，寒鸦数点，流水绕孤村。

销魂。当此际，香囊暗解，罗带轻分。谩赢得，青楼薄幸名存。此去何时见也？襟袖上，空惹啼痕。伤情处，高城望断，灯火已黄昏。

——（宋）秦观《满庭芳》

画角，声声哀。所以，它还有一个名字，哀角。仿佛古时乐器大都蒙了一层哀靡气息，悲笳、哀角、箫断肠，五十弦瑟音悲难自禁，琴也声低缓，筝与琵琶倒激越，却琮琮铮铮常奏秋声。音乐成了氛围的帮凶，助得哀声遍野。

其中，画角最“尽责”。

我想象中的画角，大概如电视剧里用牛角制的号角，声音冗长而高亢，几乎刺穿那蓝天底色上的云层。

明代的画角很漂亮，“木质，黑漆戗金，上宝相花，中单龙身云文，下八宝双马为饰”。至清代，画角发展成中段粗而两端细的形制，吹口另以木制，镶于角首。

原来画角不是兽角做的，而是一样描金漆画的乐器。画角最早用于军中，一般在黎明和黄昏之时吹奏，相当于出操和休息的信号。如《水浒传》第十二回所写：“将台两边左右列着三五十对金鼓手，一齐发起擂来，品了三通画角，发了三通擂鼓，教场里面谁敢高声。”后来帝王出巡，画角也被用于警报戒严。

取名“画角”，是因为脱了蛮荒吗？描画得再精细，那哀厉冗长的声音总是掩不住草莽气的，一经秋风，更肃杀。“万国城头吹画角，此曲哀怨何时终。”（杜甫《岁晏行》）“丝桐忽奏一曲终，呜呜画角城头发。”（李端《胡腾儿》）“黄云断春色，画角起边愁。”（王维《送平澹然判官》）——任谁闻“画角”，都是一地哀声。

倒是那以悲情著称的陈子昂写画角时，独春意盎然，他写道：“晚风吹画角，春色耀飞旌。”（《和陆明府赠将军重出塞》）

秦少游自是脱不了哀的窠臼，甚至偏比旁人的忧伤更彻底——山抹微云，天连衰草，画角声断谯门。

读少游词不可不读这阕《满庭芳》。昔日东坡先生便因了少游这阕词而戏称其为“山抹微云君”，东坡尚且爱“山抹微云”的疏淡高古，我又有何理由不爱？

除亦师亦友的东坡外，爱少游词的还大有人在。宋末词人张炎说："秦少游词体制淡雅，气骨不衰，清丽中不断意脉，咀嚼无滓，久而知味。"

好一个"咀嚼无滓，久而知味"！少游词是需要细细咀嚼的，愈加品味愈觉久久回甘，余韵徐徐。清人李调元最爱少游，他评说："首首珠玑，为宋一代词人之冠。"我最喜欢王国维老先生，他将秦观与周邦彦比较说："少游虽作艳语，终有品格，方之美成，便有淑女与倡伎之别。"读到这等评语，不禁莞尔。

少游这阕《满庭芳》便是世人所说的艳词，但我们也不难读出其中的"淑女"品格。

词是少游羁旅会稽时所作。那日，他往赴会稽太守程公辟宴，不意竟逢得一位才艺出众美艳绝伦的歌姬。尽管是萍水相逢，两人却似乎早已心有灵犀。

他是那诗名远播才气逼人的翩翩公子，她是那舞姿曼妙歌声婉转的芊芊佳人，推杯换盏纤指柔转间，浓浓的情意就这样滋长了。欢宴终须尽，曲终人还散，刚相聚又相别。萧瑟清冷的无边暮色中，两个有情之人临歧分袂，更衬哀怨绝伦。少游于是作此篇以赠离人。

"山抹微云，天连衰草"，上阕起首对句便传达出秋色萧疏高远之神韵。一个"抹"字，仿佛丹青妙手轻描淡抹，便于山巅挥就轻淡云絮。一个"连"字，将古道衰草与天际相接，绵延无边。两字看似随意却极显巧思，这一"抹"一"连"，也将惨淡秋色一挥而就。

但是，画角来凑兴了。若说微云、衰草还不足以渲染哀境，添了画角就足够了。

晚风中，城边谯门里凄厉的画角渐行渐杳，悲凉莫名令人断肠，那是在一声声地催着舟棹早征？在这个景凄凉声凄厉的黄昏，离别之情更见凄楚。

画角似乎是永远的配角，却又总将主角的情绪引向迷途。一如此刻奏响的骊歌。

“暂停征棹，聊共引离尊。”征船将发，分手在即，暂且停驻行程，共同举起这聊以慰藉离别的酒杯。耳际是断肠声，眼前是断肠人，一觞浊酒也只是徒增离殇而已。

“多少蓬莱旧事，空回首，烟霭纷纷。”借着这迷离烟霭回想彼此间欢乐往事，竟如蓬莱仙境一般。再极目征程，黄昏中轻雾弥漫，那即将踏上的前路恐怕也一片渺茫吧？离情万千，少游心事亦纷乱如烟。

此刻，遥望天际，纷纷暮霭中，只见西坠的斜阳映着几点寒鸦，孤独流淌的小河绕着孤零零的荒村，一派萧索。这样凄美的画面，仿佛已然将羁旅之人置于天涯，承受着断肠的孤苦。

“斜阳外，寒鸦数点，流水绕孤村。”此句还有“寒鸦万点”的版本，前人说是由隋炀帝“寒鸦千万点，流水绕孤村”化用而来，因此为“万点”。我却偏执地认定少游原词必是“寒鸦数点”，因为，少游内心的寂寥定然不同于杨广。“寒鸦千万点”的意境是辽远凄寒的，而作为断肠人的秦观若也放眼望到万点寒鸦，恐怕只会凸显凄厉之韵吧？于少游此时的心境而言，“寒鸦数点”应该更契合，“数点”也呼应了之前的“抹”与“连”，是巧加点染之笔。

上阕写离境，下阕则直写离愁。

"销魂。当此际，香囊暗解，罗带轻分。"这几句是极易引发非分之想的，俚俗之人未免觉得香艳，雅致之人却不难品出蕴藉。离别愈近，黯然销魂，轻分罗带，解下香囊相赠，难分难舍情状宛然目前。我的理解，一种离别，仅此而已。承微云、衰草、断肠画角而来的一场销魂事，完全可以不是男女性事。

少游多情，实在是毋庸置疑的，钱锺书先生曾评价他的诗词是"公然走私的爱情"。王士祯更说："风流不见秦淮海，寂寞人间五百年。"风流，几乎是少游的名片了。连他自己也自嘲，"谩赢得，青楼薄幸名存"。

一个"谩"字略微露出一些苦涩的端倪，于离伤当中注入了凄恻失意的身世之苦，长年流离奔波的羁旅之哀。

天赋异禀如少游，虽有"屈宋之才""鲍、谢清新之致"，却屡不得志，入仕后也一再遭贬谪，最后竟病夭于蛮荒之地——滕州，也就是现在的广西藤县。

少游毕竟不同于柳三变的"忍把浮名，换了浅酌低唱"，"谩赢得，青楼薄幸名存"虽是对自己多年浪荡生活的自嘲，但这"薄幸名"里更多的是悲苦吧？少游的风月名句里不还有"两情若是久长时，又岂在朝朝暮暮"吗？写出如此重情之句的男子，怎会薄幸？

如此刻的别离，"此去何时见也？襟袖上，空惹啼痕"。难舍难分，泪湿襟袖。别后相见无期，怎不襟袖之上空惹啼痕？"空"字更流露出离别后难以相见的哀绝。

离别总归是拘不住了，襟袖上的啼痕未干时，征棹已远逝了。极目回望，渐行渐远的昏黄灯火里，高城渐隐，城边送行之人更早已看不见了！连谯门里声声催凄凉的画角也歇了，只有脚下的江水缓缓跟从。

我去也，莫牵念。

至此，忧伤更弥天铺开。

㊂ 梅边吹笛

辛亥之冬，余载雪诣石湖。止既月，授简索句，且征新声，作此两曲。石湖把玩不已，使工妓隶习之，音节谐婉，乃名之曰《暗香》《疏影》。

旧时月色，算几番照我，梅边吹笛？唤起玉人，不管清寒与攀摘。何逊而今渐老，都忘却春风词笔。但怪得竹外疏花，香冷入瑶席。

江国，正寂寂。叹寄与路遥，夜雪初积。翠尊易泣，红萼无言耿相忆。长记曾携手处，千树压、西湖寒碧。又片片、吹尽也，几时见得？

——（宋）姜夔《暗香》

从未在寒冬腊月里仔细端详过蜡梅。

直至那年正月，陪父母去凤凰。堵了半天车，夜里一进客栈，天井就传来后山寺庙里晚课的钟声。整个傍晚堵在路上的烦恶，都在这几响钟磬音里消遁了。一夜清好。

晨醒仍枕着钟声，浑然得了佛的庇护一般，心里欢喜着。洗漱毕，打开门，竟然有一树蜡梅灼灼地笑。我几乎是跃过去的，一树虬枝，花黄似蜡，清香在寒气里幽幽漫溢。一阵风来，几片黄瓣脱开“禁锢”，轻盈舞蹈。仿佛凋谢不是寂灭，而是一种新生，花枝也欢悦欣喜乱颤。我伸手接住那几片，花瓣似乎真上了一层蜡，滑腻的，手心里沁凉。

我欲托着花瓣回房，却见门牌上三个隶书——彼岸花。

我笑了，这果真是得了神佛庇佑。我的一本与仓央嘉措有关的书本该前年就上市，却因为种种原因，一直拖延了。书名便叫《此岸流水，彼岸花》。这回总算叫我在“彼岸花”住下，开门即见花，可不是将到彼岸了吗？这一天，心里开着蜡梅一般，灼灼灿灿。

饭后陪父母闲逛，在一家卖葫芦丝的小店，父亲拎起一把就吹。我这才想起，他原来吹得一手好笛子，长箫也能吹。什么《姑苏行》《喜相逢》《苗岭的早晨》，他都谙熟。只是，那时我还小，他还年轻。父亲吹得兴起，腮帮子鼓着，鬓边的白发愈显，按音孔的手上除了褶皱，竟然还有几颗老年斑。我心上的梅花倏然落了几瓣。

为掩饰自己的失态，我搭讪着问父亲，会不会吹《梅花落》？

“哪里还有什么《梅花落》，早改成《梅花三弄》了，曲调不是很记得了，得回去翻翻谱子。”

我只记得《梅花三弄》是古琴谱，怎么跟笛子曲《梅花落》

有了牵连？“三弄”之后还是那让人暗自神伤的落梅花吗？我没有继续问父亲，他自高兴，我何必惹些愁闷。

一日得空，在网上搜了《梅花三弄》来听，有琴曲、笛曲、箫曲、筝曲，都一一听遍。

琴与筝倒不失原韵，梅的高古孤傲一唱三叠。箫笛吹出却折损了好些韵味，不但原古笛曲《梅花落》的离情欠了，连琴曲《梅花三弄》的蕴藉也寥寥，几个转音里竟至听出些俗媚来。《梅花三弄》还是听琴或筝吧，既然梅花笛已“失落”，便再也吹不落梅花了吧？

《梅花落》属乐府横吹曲调，传为西汉李延年所作。别名一大串，《落梅》《落梅花》《大梅花》《小梅花》，等等。时序更迭，不知什么时候《梅花落》就演变成了《梅花三弄》，原本梅花笛里的淡淡哀伤也化为对梅不屈秉性的赞美。现今，我们只能在古人的诗词里一窥《梅花落》的韵致，离情至婉。

将离情写得最晦涩的，得算李太白的《黄鹤楼闻笛》：“黄鹤楼中吹玉笛，江城五月落梅花。”若不知“落梅花”便是《梅花落》的人，简直要不能理解了，何以江城的梅花五月才开放？

李白诗里起首两句是“一为迁客去长沙，西望长安不见家”。太白的诗，即便是小绝句，也天宽地阔。长沙、长安、江城武汉，他的蒙太奇手法运用丝毫不比哪个国际大导演逊色。在长沙的不是李白，是西汉的贾谊。贾谊二十余岁就遭权臣谗毁被贬到长沙，而李白这时也正背着“附逆”的罪名，流放夜郎。共黜的遭遇，引得李白起了身世之叹。西望长安，天杳杳路迢迢，家是早已望不见了。这时，黄鹤楼中笛声悠悠，赫然一曲《梅花落》。仿佛梅瓣纷纷扬扬，在寒风中旋着，身不由己。可江城此刻明明是五月。

五月闻梅花笛音犹寒彻神骨。梅花落，该是怎样的凉啊？即使苦苦挣扎仍逃不掉凋落的命运，甚至比春花的零落来得更凄苦，离别契阔都任风撕扯。

一曲苦涩，魂也随花散了。

李白终究是李白，只一句“江城五月落梅花”便罢，连忧伤也让你慢慢揣摩才见。

写《梅花落》最具韵味该算姜白石的“梅边吹笛”。这四字简直是神仙做派，也得白石道人这等气貌弱不胜衣、翩翩似神仙的人才能写出。一度我也大爱“梅边吹笛”，还曾与两个朋友共用这四字为笔名出了一系列闲书，我的另一本《今生最爱李清照》便是其中之一。

我是先爱姜白石，才爱的“梅边吹笛”。

姜白石词如野云孤飞，去留无迹，一地清空。

“二十四桥仍在，波心荡，冷月无声。念桥边红药，年年知为谁生？”（《扬州慢》）战乱萧索他都可以写得不食人间烟火，仿佛软软的扬州话讲来，雪地里的梅，寂寂开了。

“梅边吹笛”出自姜白石的自度曲《暗香》。词是他载雪赴苏州访石湖居士范成大所作，另有一首《疏影》。“暗香”“疏影”取自林和靖《山园小梅》里“疏影横斜水清浅，暗香浮动月黄昏”。张炎曾说，“诗之赋梅，唯和靖一联而已，世非无诗，不能与之齐驱耳”。词之赋梅，唯白石《暗香》《疏影》二曲，前无古人后无来者。自立新意，真为绝唱。

在我看来，林和靖一联的确算得写梅魁首，姜白石《暗香》也堪为绝唱，但《疏影》还是欠了点。

且来赏这一阕梅边笛音。

旧时月色，算几番照我，梅边吹笛？唤起玉人，不管清寒与攀摘。何逊而今渐老，都忘却春风词笔。但怪得竹外疏花，香冷入瑶席。

江国，正寂寂。叹寄与路遥，夜雪初积。翠尊易泣，红萼无言耿相忆。长记曾携手处，千树压、西湖寒碧。又片片、吹尽也，几时见得？

回忆，突兀地就来了。

旧时光，旧月色，梅边吹奏一支旧笛曲。几乎可以眼见着，那个冬夜月下，仙风道骨的姜白石倚着嶙峋的梅树执一管横笛，曲调便是《梅花落》。或许，同样的场景里，换了其他任何人都缺了一股仙气。李白太疏狂，苏轼太潇洒，柳永太俚俗，纳兰太忧伤，即使林和靖再世，怕也只是树边靠着一个迂老头儿。唯有姜白石适宜，干净得纤尘不染，与月色、梅、《梅花落》相得益彰。

月光、疏影、梅笛，是该唤一位玉人，才能让这幅仙味逼人的画面添一些人气，变得鲜活起来。“唤起玉人，不管清寒与攀摘。”仅一个“唤”字，就活了。人面、梅花相映，笛音、笑声相和，再折几枝梅插瓶，将这寒香携了回去，都是美事。于月色、梅花、笛音而言，“清寒”最相宜，清而不凄，寒不刺骨，思念却料峭，玉人可曾唤来？

《梅花落》犹在耳，梅花亦在侧，旧时月色却悄然隐去，只听凭光阴老了鬓发。

“何逊而今渐老”，白石浑然成了何逊？还是何逊翻世而为白石？或者，也是林和靖，也是后来的陆放翁，同是爱梅之人，都有一颗待梅痴心。何逊，南朝梁诗人，任扬州法曹时，廨舍有梅花一株，常常在树下吟咏。后来到了洛阳，思念之极，竟为一树梅花再返扬州，在花下彷徨终日。其痴若此，怕是思人也不过如此了。姜白石自比何逊，是为花痴还是为人痴？这个“痴人”其时才不过三十五六岁的年纪，却偏说自己“渐老”，才力不逮，已写不动当初的“春风词笔”。今日提笔写梅，怪只怪石湖梅花太美，居士待客也太过热忱。疏枝与修竹掩映，一股冷香径直侵入瑶席，一凑酒兴。花香入席，诗兴便起，那些月色笛声、花光人影的往事竟齐齐又入诗来。

眼前有梅，身畔玉人又在哪儿？欲重拾横笛吹一曲《梅花落》，有谁听呢？

隔着寒江，离人杳杳寂寂，去哪里寻得一些消息？即便折梅驿寄，又寄往何处？夜里竟还落雪了，红梅映着初雪，不就是那如玉美人的模样吗？梅花红萼依然，玉人何在？

“翠尊易泣，红萼无言耿相忆。”读这两句，我心都梗了，吐不出咽不下。此情欲寄无从，纵对瑶席珍馐也止不住涕泗横流，终耿耿不忘她，唯有执翠尊与红萼相对无言。梅花笛该又幽幽起了吧？情深至此，得它来“助”凄凉。其实，“翠尊”“红萼”又怎么不是更衬哀伤呢？

营闲事。

当日梅开盛景，梅边吹笛的欢会，只堪“长记”了。执酒尊饮泣时，石湖居士的梅树竟自奏起了《梅花落》，片片在风中零落飘飞，跌落泥里，空有千手也接不住。寒风太残忍，连一些红萼都不留下，片片都撕扯殆尽。

《梅花落》愈奏愈惊心，已至凄厉了，不觉魂飞。

若古笛曲《梅花落》果然哀戚至此，也就不听吧。冬来了，赏赏梅，哪怕终了零落成泥，香总如故，不也是到了一个彼岸吗？

如此想来，梅花落，亦是彼岸花开。

㊮ 箫音难驭

箫声咽，秦娥梦断秦楼月。秦楼月，年年柳色，灞陵伤别。

乐游原上清秋节，咸阳古道音尘绝。音尘绝，西风残照，汉家陵阙。

——（唐）李白《忆秦娥》

一直以来，对于箫的概念，除了小时候见父亲偶尔吹，就是龚自珍《漫感》里的“一箫一剑平生意，负尽狂名十五年”。那时，简直对龚自珍刮目相看了。觉得这个老头什么“落红不是无情物”“不拘一格降人才”的诗句从来都一本正经，这次总算洒脱俊逸一回。

一箫一剑，就是侠，少女时期的我长期沉浸在一种侠士崇拜中。如果那时能有一个青衫落拓身背剑手执箫的男子立在跟前，哪怕只勾一勾手指，我定会义无反顾地跟从他远走天涯。只是我从没见到过这样的男子，也就从未曾被人勾走，让我随他私奔。除了，黄药师。

每次读《射雕英雄传》，我都揣测，金庸大侠的偶像一定是黄老邪，所以把他写得风仪若仙，比龚老头潇洒了数倍也不止。

黄老邪一出场就气质不俗。“毫不着意地缓缓走来，身形飘忽，有如鬼魅，竟似行云驾雾、足不沾地般无声无息。”他坐于高松之巅，一支洞箫流转便轻易地将欧阳克那个奸邪小人攻得屁滚尿流。

黄老邪这“箫功”，名唤《碧海潮生曲》，是他自创的曲目，虽为箫曲，实则是音律的博弈。清羽之音仿佛荡气回肠，却暗藏内力，正似大海浩渺中暗流湍急，随时会有性命之虞。黄老邪便在风轻云淡里将对手击垮，你再回头看他，仍旧立在那里，湛然若神。

此章一读再读，竟越觉得金大侠写了一个他理想中武侠版的嵇康，那股魏晋风度简直酣畅淋漓。孤傲疏狂，满腹经纶，脱俗不羁，武艺超群，轻功飘逸似仙，箫声令人痴狂。形象、武功、才华、性情，哪一样不是男神偶像级别？更让我迷恋的是，黄老邪这么个翩翩风流男子竟然是个痴情汉。只恨他不能从书里出来，若能，哪里还需勾手指，只衣袂飘一忽儿，我便魂也去了。

自从知道箫是黄老邪的兵器，我看旁人再执箫便都成了俗人。如《还珠格格》里有个一箫一剑的萧剑，琼瑶阿姨本想写成一个潇洒、智慧、文武双全的侠士，气韵上却欠了太多。连气质都无法配得上箫，又如何驾驭它？

箫得算我国最早的乐器之一。昔日，孔子在齐闻韶乐，三月不知肉味。韶乐是古代宫廷雅乐，如此天籁，吹奏的主要乐器就是箫，所以它还有一个名字叫“箫韶”。那时的箫是排箫，自唐之后，才有洞箫。但总是上古雅音传承下来，自然有了闲雅气。

据说，箫是模拟风吹的管乐器，箫声便是漫天风声。这该是世上最空灵的音乐吧？看来，携箫管的人真得具仙气。自古以来几人堪执箫？

春秋战国诸子怕只孔子、老子、庄子、墨子配得，孟夫子太迂，太把自己当政治家，荀子、韩非子是典型的哲学家，又过于严谨。屈原的忧国忧民与他的浪漫气质适宜箫乐，三国周郎风度翩翩又尚音律算个中好手，魏晋竹林七贤自然也好，唐一代首屈一指就一个李太白。

谪仙自然是有仙气的。谪仙也是音乐天才，只是文学才华盖过了音乐天赋，不被人知晓而已。

李白善抚琴，“拂彼白石，弹吾素琴。幽涧愀兮流泉深，善手明徽高张清”（《幽涧泉》），琴音与幽谷涧泉一般清亮。李白还谙熟笛，“谁家玉笛暗飞声”“笛奏梅花曲，刀开明月环”“胡人吹玉笛，一半是秦声”。笛箫同流，笛音清箫声咽，都是悦耳之声。

更重要的是，李白气韵足以配洞箫雅音，连诗词都堪入箫曲。《梦游天姥吟留别》《蜀道难》《月下独酌》，哪一首不是一曲天籁，奔放俊逸如仙？

这阕《忆秦娥》倒该是在人世间吹奏的，呜咽如诉，教人直欲饮泣，就浑然入了箫谱奏了箫声。

箫声咽，秦娥梦断秦楼月。秦楼月，年年柳色，灞陵伤别。

乐游原上清秋节，咸阳古道音尘绝。音尘绝，西风残照，汉家陵阙。

据说，《忆秦娥》词牌是太白首创。

秦娥是秦穆公的小女儿弄玉。秦穆公素来疼爱这个小女儿，弄玉长大以后，出落得异常美丽，而且聪明无比，更善吹笙。每每在凤凰台上吹碧玉笙，能招来百鸟和鸣。弄玉到了及笄之年，该婚配了，却自有主张，说若不是懂音律的高手，宁可不嫁。穆公只好允了女儿。

仲夏之夜，月华如水。弄玉在凤凰台上吹笙，耳畔忽闻天边远远箫声，如怨如慕，如泣如诉，似乎与笙相应和。弄玉认定了吹箫人堪为自己的夫君。

于是，秦穆公派人从百里外的太华山把名叫“萧史”的吹箫者请上凤凰台，与弄玉缔结良缘。萧史还教会了弄玉吹箫，二人合奏的箫声竟引来龙凤，夫妻双双升仙而去。

凤凰台上的箫声从秦朝一直吹到大唐王朝。

暮春，长安，灞桥（连灞桥也是秦穆公修造）。

每个从长安走天涯的断肠人都须从灞桥离开，年年柳色总是不堪离离伤情。这天，箫声哽咽，又是一番黯然销魂的离殇曲。

清月冷瘦，星辰寥落，洞箫携了风声呜呜咽咽。小楼里昨日的一宵欢情是一曲婉转的笛，缠绵着，种种纠葛都丰腴美好。可是，当今夜的箫声起时，笛声便消匿了，不敢流出一点尾音。起初，箫声还邈远地幽幽响起，一股怅然若失的情绪直捣心底。渐渐便凄苦了，揪扯着一点点心尖尖，疼得唤也唤不出，欲叹还又罢休。

灞桥柳色青青，或许能“留”住些什么吧？箫声仍旧无情地弥散成江畔的轻烟，即使再折一枝柳，也挽不住沉沉别伤。天下离情本都苦，偏生还有灞桥柳，有箫声咽，最是黯然销魂，年年折柳惜别，泪洒栏杆。

昔日八水绕长安，灞水便是八水之一，古名滋水，相传秦穆公称霸西戎以后改滋水为霸水，后改字灞水。灞水上架木桥，就是灞桥。灞桥过去便到了灞陵，是汉文帝的陵墓。八水环绕，水畔遍植烟柳，往来长安的行旅，多在灞亭迎送。灞水灞桥灞堤柳，年年奏出一曲伤离别。

箫声依旧，从春到秋，从灞陵到乐游原，将上阕的悱恻之音吹成了一腔忧患。

乐游原上，正是重阳清秋节，人们登高游赏胜景，李太白却在原下独立于西风残照里，极目望向咸阳古道。古道的尽头是汉家园林，是秦时宫阙，一样声势浩大的皇朝盛世，却早已音尘杳无，“宫阙万间都做了土”。唯有灞陵伴着萧萧西风，在斜阳下，孤独残存。那风里可还和着箫声？箫里有太白清远孤寂的心音。

“西风残照，汉家陵阙”，仅需要八个字，种种繁荣兴盛都沦为颓垣残壁，几千年兴亡往事倏忽而已。

一阕《忆秦娥》，由离情到怀古，从徵羽转宫商，益发低沉缓重。还是那一座灞桥吧，可载得动这几千年的生离死别朝代更替？

一千余年后，灞桥也不再是那座桥了。

一年去西安，夜里才到，车过灞桥时，我坚持要下车折一枝烟柳。下得车来，就着隐约灯火，只看到灞水依旧缓缓流淌，也无灞亭，也不见烟柳，连灞桥都成了钢筋水泥模样。除了半亮着的夜空和那一轮秦汉时便在的明月，什么都没有了。还如何折柳留别，怎么唱一曲骊歌？

幸好有太白的箫音在《忆秦娥》里存在着，又过了千余年。那支竹节凸现的洞箫依然悠悠低诉，比生死更绵久亘长，春秋战国、秦汉魏晋、隋唐宋、元明清，都跌宕而过，唯它的萧萧风声还在。

李白也还在。执箫管，仗宝剑，一程山水，一程诗酒，仙履渺渺杳杳。

本就是谪仙人，他也如弄玉萧史一样，终究登仙而去了吧？

李白过后，谁堪执箫？

东坡。有太白浪漫子美沉郁，脱俗不羁而又偶有烟火气。

白石。李太白之后，唯有姜白石堪为仙了。

唐后主、宋徽宗都过于颓靡婉约了，难驾驭清远箫音。易安、幽栖是女子，情感难自控，气息便也难了。秦少游、柳三变太奢逸俚俗，断不能吹箫，一并连音也俗了。纳兰容若一副富贵气，箫是硬朗而洒脱的，他太孱弱。龚自珍老头儿终归拘谨了些，少了飘逸，即便作几句“一箫一剑平生意”，也脱不开明清理学的楷楷。

总是我太粗陋，竟掰了指头也没数出几个。我也太苛求，世人都奏洞箫，几人能有仙姿呢？自己又何尝不俗，非得一味想着脱俗？

罢了，有箫声便好吧。飒飒风声一般，飘然于天地山川，难道不是仙踪？

元　王蒙、黄公望　《竹趣图》

明　仇英《吹箫引凤》

清　上睿 《携琴访友图》

清　袁耀　《汉宫秋月图》

㈤ 《阳关三叠》缓缓唱

身去日华远，举首望长安。四年留蜀，那复有梦到金銮。遥想将芜三径，自笑已穷五技，无语倚阑干。欲作天涯别，犹对俎尊闲。

秋意晚，风色厉，叶声干。阳关三叠缓唱，一醉且酡颜。聚散燕鸿南北，得失触蛮左右，莫较去仍还。后日相思处，烟水与云山。

——（宋）京镗《水调歌头（次王运使韵）》

《阳关三叠》在唐代就是一首家喻户晓的“流行歌曲”，现仍在弹唱，仿佛一千多年只是一晃神而已。

人们能听到这样一首妙曲，得益于王维作的一首送别诗，后来由乐人谱曲，命名《阳关三叠》，又名《渭城曲》或《阳关曲》。

这首乐歌在当时的流行之盛，又另有白乐天诗为证——“高调管色吹银字，慢拽歌词唱渭城”（《南园试小乐》），“相逢切莫推辞醉，听唱阳关第四声”（《对酒》）。

这首送别诗就是《送元二使安西》——

渭城朝雨浥轻尘，客舍青青柳色新。劝君更尽一杯酒，西出阳关无故人。

读这首诗的时候，我还是孩子，只知道朗朗上口，好读易背，一背下来就是几十年不忘。那时不知义，更不晓得一首小诗竟能衍生出这么经典的小曲。如今再读，果然咀嚼生津，余味无穷。

元二是人名，安西是地名。安西很远，是唐代的安西都护府，治所在龟兹，也就是现在的新疆库车县境内。渭城在咸阳，以当今发达的交通而论，咸阳到新疆都算路途遥远了，放在唐代，可想而知。远使安西，不但前程杳杳，恐怕连性命都堪虞。

清晨，渭城落了一场雨。

西去的路途尘埃漫漫，渭城的雨与摩诘一起前来送别，将飞扬的尘土轻轻安抚了。朝雨乍歇，空气都涤干净了，天明朗朗地蓝着。路旁的杨柳亦知离别意，拭去了尘灰露出它们原本的新绿，映得客舍青盈盈的，将要晃出绿的光影来。

这会儿，我有些知道，为什么这首诗可以传唱一千多年了。世人写离别都苦巴巴，愁云惨淡，悲悲切切，唯有王摩诘，连送别时的空气都可以写得这样清新。蓝天、轻尘、杨柳、客舍，都蕴了深情一般，为将离开的元二明丽起来。

更多的深挚还在酒里。饯别酒宴早已备好，席上的频频举杯、殷殷话别，都略过，只说一句话：劝君更尽一杯酒，西出阳关无故人。

言简而情深婉，酒里贮满一腔别情。西出阳关后，前路渺茫再无故人，珍重，珍重。

好诗配好曲，摩诘此诗传开后，更有乐师配了琴谱，一曲离别情从此含蓄奏响，渐渐演变成了《阳关三叠》，宛如一唱三叹。《阳关三叠》也成了送别的代名词，每每为离情助演。

关于《阳关三叠》的唱法，苏东坡说，除了第一句不叠，每句皆再唱，古本的“三叠”是这样的。

到了元代，大概结合散曲曲调，增添了词句，使得《阳关三叠》的离情别绪更为缠绵了：

渭城朝雨，一霎浥轻尘。更洒遍客舍青青，弄柔凝，千缕柳色新。更洒遍客舍青青，千缕柳色新。休烦恼，劝君更尽一杯酒，人生会少，自古富贵功名有定分。莫遣容仪瘦损。休烦恼，劝君更尽一杯酒，只恐怕西出阳关，旧游如梦，眼前无故人。（元《阳春白雪集》）

添词加句后，曲调一唱三叠，于音韵上该更婉转，但从歌词看来显然颓靡而琐碎了，少了许多清气。

王摩诘之后，清新淡远的笔法大概难觅了。尤其宋明理学之后，小清新倒成俗世态了吧？不是修到禅境，有几人能做到离别无伤呢？

心里有了这个概念后，倒真对宋代诗词存了一些偏见，特别对南宋以后之诗词。甚至少读宋诗，偶尔翻翻宋词也只读读苏东坡、李清照、大小晏等。

直到某天，读到一个人。词里一股清和，也不像宋代其他词人一样，或过奢靡，或过悲戚，也不是全无烟火气，也不拘谨尽来训诂搜典，更常有好句如“明朝回首，天涯何处风月”，“邂逅开怀，等闲分手，满斟绿醑。道日边好语，相将飞下，有人知否”，等等，都干净而雅致。

这人名叫京镗，以我的浅陋几乎不曾听过他的名号，以为是北宋哪家世子或对仕途经济没有兴趣的才子。

查了资料才知道，这位京镗竟然是宋宁宗时丞相。这就更让我吃了一惊，一直以来，对居高位者的文采很是不屑，这回都得改观了。我的脑子容易固囿，不好。

这京丞相不但文辞好，还是南宋一朝难得有气节的文官。

话说，宋高宗驾崩。金国使臣吊唁后，孝宗派京镗为报谢使，出使金国。金国照例大设宴席，鼓乐招待。因居国丧，京镗请求免除宴席，金人不依。京镗说：“如果实在不能免宴，则请撤去宴乐。”并坚持不撤乐就不入席，在金人的强迫之下，京镗毫无惧色，严正地说：“头可取，而乐不可闻！”说罢带领随从拂袖而去。守卫的兵士拔刀阻拦，京镗更是厉声呵斥。金人急忙禀告金主。金主感叹道：“真是南朝的忠贞耿直之臣啊！”于是，特别下令撤去宴乐，再请京镗入席。

我益发对京丞相怀着敬意了，再读他的词竟觉得清风正气徐来，每阕都好。

京镗也有一阕“惜别曲”，唱起《阳关三叠》作天涯离别。

这是他在成都任四川安抚制置使后，将离蜀地时次韵和一位王姓运使的《水调歌头》。

身去日华远，举首望长安。四年留蜀，那复有梦到金銮。遥想将芜三径，自笑已穷五技，无语倚阑干。欲作天涯别，犹对俎尊闲。

秋意晚，风色厉，叶声干。阳关三叠缓唱，一醉且酡颜。聚散燕鸿南北，得失触蛮左右，莫较去仍还。后日相思处，烟水与云山。

词上阕写自己离京留蜀的景况，下阕写离别。

南宋都城在临安，京镗却借长安代指京城。“日华”是长安宣政殿东殿门，自然也借指长安。远离京城一路向西，到蜀地四年，常常回首东望，却连做梦都不曾梦到金銮殿。偶尔会遥念故乡，四载光阴，原来的居处恐怕早已杂草丛生荒芜不堪了吧？原本就不精湛的一些薄技也被四年的时光熬得穷尽了，每每默默无言，独倚阑干。今日将离蜀地，饯别酒宴就在眼前，却仍然觉得心里空荡荡没有着落。

那时节，身心无依的何止一个京镗？堂堂大宋王朝，南渡之后便偏安一隅，半壁江山都被占据。京镗是自惜也是忧国。

秋助离愁，风声凄厉秋叶瑟瑟零落。一曲《阳关三叠》缓缓唱来，离别曲，饯别宴，脸色酡红，那就一醉方休吧！

聚散只是燕子和鸿鸟分赴南北，得失也不过微末之间，还计较什么去与留？别后若相忆，都只在蒙蒙烟水间、云雾缭绕处，不如相忘于江湖，莫挂牵。

这样淡然而又浓烈的离情，都在三叠《阳关曲》里。

《阳关三叠》就该是这样的，浅淡而又浓郁，轻轻挑弹缓缓唱，不让离愁在眉眼里结成翳。山长水阔，此身若在，便终将有重聚之日。

满饮此杯后，就此别过吧。自此，聚散、得失、去留，都看作烟云。独自莫凭栏，待得重聚，待得山河重整，再来把酒言欢。

在风雨如晦的南宋，京镗的离别远比王维更该有沉湎的理由。此身如寄，心无攸归，连梦也不到京城。他唱出的《阳关三叠》里，适度的离愁，甚至再多一些戚戚哀哀，也完全可以原宥。

京镗从宫商转徵羽，二叠、三叠后，音调里便渐渐不带一丝愁，那伴奏的古琴也该是泛音空明，在徵位上悠然宕开。

只能说，这是一个能经苦难之人，所以，他面对金人拔刀相向能岿然无惧，所以，他能当得一朝宰相能治一国大事，而且是在南宋。

京镗自是没有王维的清新，也无王维的音乐绘画天赋，但人生周折三叠过后，一样的清明如洗。

写这篇时，我翻找到了留至现在的《阳关三叠》琴歌，殷秀梅演唱的，把脑子清空，花了三分五十一秒静静听完。仍是一唱三叠，以我这唱歌找不到调的水平看，殷秀梅的演唱技法自是无可挑剔，却怎么也不是王摩诘与京镗时《阳关三叠》的“滋味”。添了好些词句，冗繁多余，又做作。歌唱家想必也不解这诗中真义，《阳关三叠》不是她的“拿手菜”，拿捏得跟欧美歌剧一样，生生将离别曲唱成了华丽的咏叹调。

《阳关三叠》是一袭青衫，不是贵族们的燕尾服、黑领结。

还是听古琴吧。我有一张龚一先生的古琴发烧碟，在这个热浪横冲直撞的夏末夜晚，打开音响，调好平衡、音量，摁下播放键，将自己丢进沙发。

仿佛王摩诘入内一般，揽琴轻放，紧五弦，垫雁足，拨三弦，一曲《阳关》缓缓流出，竟能清风骤来。

㊏ 锦瑟惘然

锦瑟无端五十弦，一弦一柱思华年。
庄生晓梦迷蝴蝶，望帝春心托杜鹃。
沧海月明珠有泪，蓝田日暖玉生烟。
此情可待成追忆，只是当时已惘然。
——（唐）李商隐《锦瑟》

锦瑟是乐器，更是年华。

瑟似乎总与琴在一起，大约与伏羲氏初始同造琴瑟有关。琴瑟和鸣，方是雅乐正声。

“琴瑟在御，莫不静好”，几千年前的《诗经》也早已将琴瑟糅合，轻拢慢捻都是静好时光，《郑风》里这首小诗写的都是我艳羡的好。一晌贪欢又至鸡鸣，夫君淹恋枕衾，妻子温婉劝慰。晨起后，丈夫外出打猎，妻子敛眉低首调清羹烹佳肴，只等着他回来，为他斟酒共饮，与他鼓瑟奏琴。生活就该笃诚若此，点点滴滴，琐屑而平凡，却无一不潜藏着爱。任何时候都能新鲜滚烫，一如当时。

不知什么时候开始，琴犹在奏，瑟不曾听闻，从“乐坛”这个江湖绝迹了。

琴我们现在称之为“古琴”，瑟则只能在文字里一窥形迹，再看不见它们和鸣时岁月的静好。如李义山的《锦瑟》，也独鸣。

义山的诗就如锦瑟，绘纹似锦，繁复而华丽，活脱脱一个炫衣倩服的男子揽镜自照，镜里镜外都镶金饰玉。难怪林妹妹不喜欢李义山。

义山这首诗以《锦瑟》为题可算美男子当花侧帽，相得益彰。

最初，琴为七弦，瑟则有五十弦。琴瑟合鸣，声如流水，如凤鸣，如南风，如月行，一切静好。到了黄帝，他有一个名叫素女的侍女善于鼓瑟。一次，素女鼓瑟，黄帝越听越悲不自禁，便让人将五十弦的瑟改成二十五弦。

五十弦的瑟音域广，音律太过丰盈，音韵太过悲凄，无琴为伴，连黄帝也闻声而悲，还有谁可承受起它独自的悲鸣？

李义山亦是凡人，锦瑟一鼓，悲情难掩。他说，锦瑟无端五十弦。

“锦瑟”二字并无情绪，能感知的是“无端”的忧伤，仿佛在墨黑的夜里行走，没有月光的羁绊，只拢了一团黑天黑地的悲凉，意识也涣散了。无端，似乎蓦然，似乎涟漪微泛，实则内里已经风起云涌，夜的黑早已迅速攫获他的神经，在心上啮出了血迹。所有的忧伤都在“五十弦”，连黄帝也逃不开。五十根弦音，繁复绵长，声声空泛而低沉，却能让人耽溺其间，与那声音里的孤凄愀然缠绵。五十弦的锦瑟定是被哪个巫师下了咒语，闻声即中蛊，忧伤到不可自抑。无论上古黄帝，还是唐宋才子。这个咒语埋伏在李义山的瑟音里，成了整首诗的注脚。

也怪伏羲，无端的，偏生制出五十弦的锦瑟，一弦一柱都繁丽如斯。每一根丝弦上都滑过岁月的流音，而瑟体周遭织锦的纹饰、髹漆的彩绘，依旧如往昔。锦瑟似年华，或者说，那些流年便是锦瑟。锦瑟尚新，年华早旧。

义山那些锦瑟般的时光该是什么模样？定然不是无月的夜行，天地俱黑的晦涩。那时，该月光皎皎，日子贞静，快乐不折不扣地在胸中滚沸。或闲看远山淡烟，或袖掩画轴书卷，也有红袖添香，也有黄金充栋。最好的是，琴瑟和鸣，宫商角徵羽，每一个音韵里都沛然流出欢愉，一如他们嘴角的浅笑，连空气里都丰盈着幽香。

那些年华就是这华美的锦瑟，纹饰、色泽、髹漆、弦丝、瑶柱、琴身，都沐在月光下，兀自绝伦地美丽着。那月光渐次摇曳，渐次迷蒙，眼前便迷离成七彩的浮沫，恍惚着，就入了梦。

义山的梦与庄周同流，昔日，“庄周梦为蝴蝶，栩栩然蝴蝶也；自喻适志与！不知周也。俄然觉，则蘧蘧然周也。不知周之梦为蝴蝶与？蝴蝶之梦为周与？”庄子梦里，与蝴蝶俨然幻化为一体，忽而化蝶与风私奔，又遽然蝶变成庄周。是庄子的梦，还是蝴蝶的梦？似乎已经不重要了，重要的是这个梦将做梦的人牵引至一个天地阔大的境地，自在翩飞。哪还用管它是庄子还是蝴蝶？

义山的梦远没有庄子逍遥自得。他的梦里开着五月的槐花，空气里满是甜腻的香，粉白粉黄的花掩藏在绿得盈目齐整伸开的枝丫树叶间。从叶子与花的罅隙里钻过微笑的风，就是他梦的发端者和终结者。风一笑得过头点，花枝就乱颤了，纷纷扬扬一地。再杂沓地落些雨后，枝头就瘦得露出端倪。义山的梦如此纤弱，五十弦一拨响，便惊醒了。

那些年华不过是一场花开花落的梦，当花瓣被踏进泥里的时候，才知再丰饶的香，也只是一阵烟云，远不如这一张锦瑟，年华旧了，锦饰还是新的。

繁弦一曲在年华逝去的身影后奏响，仿佛是要为那些时光加一些余韵，却越揉拨越悲凉，竟至如子规泣血悲鸣。

“望帝春心托杜鹃”，传说蜀国的望帝因水灾让位于自己的臣子，自己则归隐山林，死后化为杜鹃日夜悲鸣直至啼出血来。望帝名杜宇，所化的杜鹃又名子规，所以，可以饶舌地说，望帝是杜鹃，杜宇是杜鹃，子规也是杜鹃。大约杜鹃鸟的鸣声过于凄厉，人们总想给它的凄厉找一个由头，望帝就成了第一只杜鹃，将失国的痛撕裂成杜鹃哀鸣。

义山的痛也撕裂了，声声泣血。

从锦瑟到庄生梦蝶，再至这句的望帝哀鸣，几乎句句用典，句句抒情，典与词都繁丽无比，不也是一张锦瑟吗？接下来，仍然是典——沧海月明珠有泪，蓝田日暖玉生烟。

我终于明白林妹妹不喜李义山的真正原因了。佶屈聱牙又绮丽繁复，我也不喜了。

“沧海月明珠有泪”，说的是南海鲛人，他们如鱼一样生活在水里，却似人一样不废绩织，每到海上月明，鲛人便对月流泪，一滴滴泪化作一颗颗珍珠。

鲛人对月流珠的用典仍旧承前句的情绪而来，故事虽美丽，却一样的悲戚难掩。鲛人为何在月明时流泪，我不知道，义山为何引子规啼血、鲛人流珠这些凄苦的典故，我也不知道。爱情？亲情？或是羁客思乡之情？记得梁启超对李义山这几句有经典的评价："讲的什么事，我理会不着。拆开来一句一句叫我解释，我连文义也解不出来。"晦涩的意蕴，连梁任公都难解，我就更窥不着门径了，只一味渲染诗里五十弦锦瑟奏出来的哀靡。

沧海月明、鲛人流珠，美不自胜，却凄寒彻骨。蓝田日暖、美玉生烟，似乎温暖了些，希冀在前，实则更可望而不可即，徒生怅惘。

所有的情致仍复如梦，美得精致奢华珠玉流丽，都不过是一场繁盛一时的花事，开得愈盛，凋敝愈速，只剩我们怅然地立在泥淖中，脚边是沾染了泥泞的零落花瓣。

"此情可待成追忆，只是当时已惘然。"算是将前面隐而不言的情思一股脑倒出。

那些锦瑟年华在时间的湍流里嗖地溜走，少年滑至青年，青年、中年瞬间又将滑入白发暮年。等到如今再来追念时，情愫万千也只余了愁肠百结，锦瑟之年尚有你，又有谁愿意跟着我一同老去？种种美好都似那云，浮在人世半空，也会洁白轻盈，也会乌墨积沉，一声惊雷响起，还不待你惊呼一下，它就化成一场雨，散尽凉薄，连一些水雾花香都不留给你。

过于华美总是不长的，年华更多还似水。有时缓有时急，如鼓起五十弦的瑟，抑扬顿挫轻重疾徐，音域宽泛大开大合。悲凉时至天地俱泣，轻捷处日子活色生香，跌宕清浅都具备了，才是人生，也才是真实的锦瑟。

李义山的《锦瑟》就如今天的抒情诗，将深情一点点剥开，连带血的心都可见其扑扑地搏动，故事蕴在情里，情在心里。我和唐宋以来诸多妄图解这首诗的人一样，都徒劳地跟着他一同抒情。

关于锦瑟，我倒更喜欢另一个故事，蒲留仙《聊斋》里的仙女。少年王生被河东狮逼得将要自尽，地府娘娘锦瑟救了他，并令他在地府几经磨砺。后他又舍命救了锦瑟，仙女锦瑟于是以身相许，并帮助王生重返人间。王生已经改嫁的悍妻羞愧自尽后，他终于与锦瑟过上了琴瑟和鸣的幸福生活。

故事像童话一样美好，可知，瑟总是离不开琴的，娓娓道来的爱情远远好过锦瑟年华远逝后的惘然追忆。

㊇ 每一段琵琶里都住着一个女子

浔阳江头夜送客，枫叶荻花秋瑟瑟。主人下马客在船，举酒欲饮无管弦。醉不成欢惨将别，别时茫茫江浸月。忽闻水上琵琶声，主人忘归客不发。寻声暗问弹者谁？琵琶声停欲语迟。移船相近邀相见，添酒回灯重开宴。千呼万唤始出来，犹抱琵琶半遮面。转轴拨弦三两声，未成曲调先有情。弦弦掩抑声声思，似诉平生不得志。低眉信手续续弹，说尽心中无限事。轻拢慢捻抹复挑，初为《霓裳》后《六幺》。大弦嘈嘈如急雨，小弦切切如私语。嘈嘈切切错杂弹，大珠小珠落玉盘。间关莺语花底滑，幽咽泉流冰下难。冰泉冷涩弦凝绝，凝绝不通声暂歇。别有幽愁暗恨生，此时无声胜有声。银瓶乍破水浆迸，铁骑突出刀枪鸣。曲终收拨当心画，四弦一声如裂帛。东船西舫悄无言，唯见江心秋月白。……

——（唐）白居易《琵琶行》

琵琶一定得是女子的乐器。

丰腴而颀长的琴身，纤细的颈，精致扬起的琴头，四个轸子错落，品位与丝弦纵横，如此美丽而迷人的器形，俨然就是一个婀娜女子。如果换了一个粗陋的男人抱着，轻拢慢捻变成大刀阔斧，无疑是琵琶“小姐”的悲剧。

其他与之形似的乐器如秦琴、柳琴、月琴等，就都无所谓男女了。唯有琵琶，容不得粗鲁染指，我一直坚持。

不但因为它的器形，更因为它诉说的种种故事。我几乎以为，每一段琵琶音里都有一个女子隐身其间，《塞上曲》的王昭君，《悲秋歌》的细君公主，《琵琶行》的商人妇，昆曲《琵琶记》里也有琵琶女赵五娘。当然，除了《十面埋伏》这类“武曲”，那在弦上翻飞的甲套分明仍是一双温柔的女人手。

琵琶原本叫“批把”，“本出于胡中，马上所鼓也。推手前曰批，引手却曰把”（汉·刘熙《释名·释乐器》），后来渐渐演变为“琵琶”，已经在中国存在了两千余年。

琵琶似乎总是这样出场——美女怀抱琵琶，袅袅婷婷轻挪莲步，连裙裾都不曾因风而动，轻轻低眉颔首，微微巧笑，在椅子前谦卑地斜欠着坐下，左手把相位，右手轮指一扫，一段段故事幽幽诉来。

它最经典的样子是“犹抱琵琶半遮面”。

那年深秋夜，浔阳江头的冷风吹得枫叶荻花瑟瑟作响，被谪至江州任司马的白乐天正送远客归去。船中的饯别宴上，杯酒惨淡，主人与客人相对无言，离愁更甚。

枫叶和荻花，都是深秋之植物，本就秋色浓重，怎还敌得秋风来袭，更添一派萧瑟意，助了离愁。主人下马，走进客人的船中，想痛痛快快饮酒饯别，又偏有酒无乐，空诉别情，空咽愁绪。

景凄凉，情凄恻。更有茫茫江面上，映着一轮孤独的月影，浑如浸到了江心。连月也从天上掉落人间了吗？

忽而，江面上竟隐隐传来琵琶声，可是天公见怜？心下惊喜几乎不可言表，一时，送者忘归，行者不发。一侧是澹澹江月，一侧是泠泠琵琶音，积攒了半宵的离愁，这会儿全与月光一样泻在江面上了。

循声望去，一艘小船正缓缓驶来，船内昏黄的油灯映出的人影正在弹奏琵琶。待得小船靠近，乐天殷殷上前低声询问，弹奏者是谁？

琵琶声倏然停了，座中之人欲语还休。

他们只好将船只移过去，慢慢靠近，再邀请那弹琵琶者出来相见。添酒添灯，宴席重开，往那船里千呼万唤，她才勉强敛眉低首，怀抱着琵琶，半遮着脸儿，缓缓出来。

一艘船儿急急求，一艘船儿默默待；一边是频频呼唤，一边是迟迟而出。琵琶女“千呼万唤始出来”的情态，更让人好奇心顿生。是孤傲忤慢，还是谦逊自持，抑或有难言之隐？

也许这种拘谨、腼腆，才正应该是一个萍水相逢女子的情态。

她转好弦轴，调好琴弦，轮指拨出三两个清音，还未成曲调，却早已幽情暗涌。

只听得她那里手指压弦，弹出的每一弦都低沉压抑，幽咽如泣，仿佛一生的不得意都在四根琴弦之间盘桓不去，亟欲一吐为快。

白乐天自小就是音乐天才，此刻写琵琶女的琴艺更有如神助。

你看她，轻拢慢捻再抹挑，五指在四弦上轮转翻飞。这哪里是弹奏琵琶，分明是琴弦上的舞蹈！弹的曲子，一首是《霓裳羽衣》，一首是《六幺》。《霓裳》和《六幺》都是唐代歌舞曲，《六幺》又名《绿腰》。

两个乐曲一个雍容大气，一个轻盈柔美，几近可从琵琶曲里听出舞者的翩翩身形。

节奏时徐时疾，大弦浑重而迅捷，如阵阵急雨骤来；小弦轻细柔慢，又似人在窃窃私语。

大弦嘈嘈，小弦切切，交错杂弹，嘤嘤成韵，更如大珠小珠泻落在玉盘，直欲令人眼花缭乱，耳不暇闻。时而是黄莺的鸣声在花下一滑而过，时而似冷泉在冰下艰涩呜咽。渐次，泉水益发冷涩，连弦也几乎被冻住将要断绝。这是琵琶的脖颈被扼住了吗？气息愈弱，竟渐渐凝滞了，悄然无声。

无声之时，偏生让闻者听出诸多余韵，在船顶萦绕不去，平生出更多离愁别绪、生命跌宕之叹。

正踌躇，猛然又一番轮指，一阵强音如银瓶陡然迸裂，水喷溅而出。又像沙场死寂时，铁骑突然冲出，两军对垒，刀枪剑戟交错厮杀起来！

这便是高潮了。在无声且毫无防备之际，其实早积蓄了无穷的力量，炸开的一股子劲，无法压抑，无从拘禁，就这样喷薄而出！

终于，她收束了，在弦心位置揉指一画，四弦如裂帛发出骤响过后，曲子戛然而止，江面上一片阒寂。

闻琵琶者，犹如梦中初醒。抬眼一看，“唯见江心秋月白”。

琵琶女这才从容地将拨片插在弦缝，整整衣裳，收敛颜容，缓缓起身。

至此，琵琶曲全部结束。

能奏出如此荡气回肠、惊心动魄曲子的，该是怎样的女子呢？

琵琶女的身世徐徐揭开：我本是京城长安女子，家便住在虾蟆陵。十三岁时学成琵琶，不但技艺首屈一指，且美貌过人。京师多少富贵子弟争送缠头，为我捧场。而我年轻不经事，日子奢靡，只知纵酒欢歌。多少良辰美景一夕而过，青春年华换作了衰老容颜。门前日渐冷落之时，嫁作商人为妇。商人重利轻离别，经常是一出门便好几个月。只留下我一人，在江口独守着这艘空船，和船外的一轮明月，映着一片清冷的江水。

风月场的灯红酒绿繁华散尽后，便是四处飘零颠沛流离。

而乐天自己，岂不是一样的人生浮沉颠簸，前半生的自在意得沦为此刻的冷月清辉。

她是弃妇，他是谪人。她年老嫁作商人妇，他被贬来到浔阳城。她独居船上，他卧病茅庐。“同是天涯沦落人，相逢何必曾相识”啊！

乐天央琵琶女再弹奏一曲，岂知她怀抱琵琶再奏响的曲调竟悱恻凄凉，满座的人都禁不住掩面哭泣。要问在座的人中，谁的眼泪流得最多？当然是江州白司马，泪已湿了青衫。

自此，一曲《琵琶行》流传千载。

琵琶曲在声如裂帛之后，结束了。《琵琶行》的故事却仍在演绎。几百年后，一个叫马致远的散曲家写了一部杂剧《江州司马青衫泪》。

马致远将《琵琶行》写成了一部爱情戏，为琵琶女取名为裴兴奴。兴奴与乐天在长安城便已一见钟情，托付终身。后来，乐天被贬江州，兴奴被骗另嫁，最终在江州得以相逢。故事的结局终是好的，皇帝下诏，乐天复起用为侍郎，兴奴也再度回到他的身边。

马致远如此杜撰，我总觉得有些不靠谱，将白居易生生降为张生之流。且读《青衫泪》唱词，句句俚俗不堪，远不是《琵琶行》的耐人寻味了。

倒是另一位清代文士蒋士铨写的《四弦秋》要蕴藉得多，是白居易《琵琶行》的真实戏曲版。他花开两枝分别写白居易和名为花退红的琵琶女，直至第四回两人在江州相逢，听曲、诉际遇，生出同病相怜之感，抒“同是天涯沦落人”之叹。

唱词也好，《送客》一回里，花退红有一折《太平令》，直唱得人心也苦了，泪也洒了。“冶游稀，闭绿苔。冶游稀，闭绿苔。洗红妆，嫁茶客。他一去浮梁不见来，守空船难耐。欢娱梦，好伤怀！把四弦收，一声裂帛。曲终时，低鬟重拜。料西舫东船不解，只一片江心月白。做官人荣哉美哉，为甚的青衫泪洒，把一个白江州无端哭坏？”

真真是一曲琵琶，惹出一袭青衫泪。若不是琵琶女，哪会有千古《琵琶行》？

琵琶终究还该是女子的乐器。

㊇ 一声何满子

故国三千里，
深宫二十年。
一声何满子，
双泪落君前。

——（唐）张祜《何满子》

有一阵迷上了宫廷剧，一部接一部看得天昏地暗，不知饥渴行止。稍稍回味，无非一群女人斗来斗去，争宠虐心，各种香艳风致。好似一群人在你面前热热闹闹咋咋呼呼一番，又一股脑散去，终究与你无干，久了还嫌吵得慌。

真的后宫哪有这等热闹上演?

“玉阶生白露，夜久侵罗袜。却下水晶帘，玲珑望秋月。”“寥落古行宫，宫花寂寞红。白头宫女在，闲坐说玄宗。”李太白、元微之笔下的才是真实的宫廷。至多新出一样妆容、刚流行一种发髻，给她们的寥落里注入一些些鲜活，更多时候，她们只能望秋月、扑流萤，寂寞长坐，几十年苦熬日子。

京戏《游龙戏凤》里明朝正德皇帝对李凤姐说，他住的地方“在那北京城内，大圈圈里头有个小圈圈，小圈圈里头有个黄圈圈，我就住在那黄圈圈里面”。

皇帝尚且说是大圈圈小圈圈黄圈圈，嫔妃宫女杂役的生活就不难想象了。《红楼梦》里元春返家省亲时，称皇宫为“不得见人的去处”。没了自由，日子再奢腴，也总了无乐趣。

一个“怨”字，几乎在后宫中聚成霾，层层叠叠，浓重阴郁，于是就有了宫怨诗、宫怨词。“三千宫女胭脂面，几个春来无泪痕？”（白居易《后宫词》）

与众人的一味敷衍寂寥比，张祜的《何满子》是扯开了嗓子的凄厉呼告。

何满子是人，一位后宫歌者，也是词曲牌，由歌者名而来。

关于何满子，同时代白居易和元稹的诗里结局竟不同。

“世传满子是人名，临就刑时曲始成。一曲四词歌八叠，从头便是断肠声。”这是白乐天的，另有小注：“开元中，沧州歌者姓名，临刑进此曲，以赎死，上竟不免。”元微之的《何满子歌》则云：“何满能歌声宛转，天宝年中世称罕。婴刑系在囹圄间，水调哀音歌愤懑。梨园弟子奏玄宗，一唱承恩羁网缓。便将何满为曲名，御府亲题乐府纂。”

何满子是开元年间沧州籍歌女，获罪将处极刑。行刑地点在长安。大约临死前的“人文关怀”，监斩官问何满子有什么最后的要求。满子说，别无他求，只想在告别人世之前唱最后一首歌。

监斩官想了想之后，允了她的请求。刑台上的何满子张口引吭，将自己的冤屈高声唱出。极度的悲愤喷薄而出，断人肝肠，令苍天白日都黯然失色。歌声才落，明皇的圣旨也到了。原来，何满子凄厉的悲鸣早已打动监斩官。这个原本心如铁石的男儿，竟大动恻隐之心，将何满子的歌艺与冤屈一同奏报皇帝。

这是元稹说的故事，在白乐天的故事里何满子死了。

世人大约都宁可信元稹吧？明皇这样一个对爱情笃诚的男子，内心怎会不柔软？他又雅好音律，对何满子起了惜才之心，也是顺理成章的。

拼尽一生气力，唱出一曲世上最美的歌。她来到这世上就只为这最后的发声吗？如考琳·麦卡洛笔下的荆棘鸟，“把自己的身体扎进最长、最尖的荆棘上，便在那荒蛮的枝条之间放开了歌喉……而那歌声竟然使云雀和夜莺都黯然失色……她只是唱着、唱着，直到生命耗尽，再也唱不出一个音符”。

因了这积蓄生命的奋力一歌，何满子渐渐永生成一曲声调哀婉的词牌。真正让《何满子》成为悲歌代名词的却是另一位宫人。

时间从盛唐滑至晚唐。

一位名张祜的公子作了两首宫怨诗，其中一首是《何满子》——

故国三千里，

深宫二十年。

一声何满子，

双泪落君前。

寥寥数语而写尽宫人悲苦，一时间，《何满子》传唱宫廷内外。

“故国三千里，深宫二十年”，起首便将哀怨直直倒出，隔着三千里的迢迢思乡路，一入宫门深似海，一待就是二十年。二十个春夏秋冬，七千多个日日夜夜，一天天数着日升日落，亲人难见，青春一天天消磨，青丝也换了华发。何时是个头？安得不悲不痛？

三千里与二十年便是悲怆的积蓄，哀怨无处诉说，蓄满了漫溢了，终将一朝爆发。

由是，一声《何满子》，破云裂帛，痛怆之至。《何满子》是几十年禁锢压抑后，积蓄一生的悲苦，竭力爆出的嘶喊，声撼寰宇，振聋发聩。

喊又如何？哭又如何？嘶嚎又如何？天地洪荒震慑了又如何？仍旧在这见不得人的黄圈圈里看日升月移，细数辰光。唯有泪两行，伴着怎么也挪不去的日子，静静淌。

张公子以简驭繁、举重若轻，轻浅二十字而将无处话的凄凉酣畅摹出，直让人吟来仿若扒开一个血肉淋漓的胸膛，见到里面扑扑搏动的心脏。闻而惊心，甚至与这颗心一同刺痛。

如我这等置身事外之人，隔着一千余年尚能有此共鸣，那些一直困顿在后宫的女子怎么能不同声共气哀痛欲绝？

张祜的《何满子》渐渐传入禁宫，到唐武宗时，后宫有一位孟才人，因为擅长笙歌，很受武宗宠幸。也正因受宠，武宗病重时欲让她殉葬。孟才人自知将死，便自请为皇帝唱一曲。她唱的仍是这首《何满子》，一如当年的何满子，拼尽气力地高歌。一曲《何满子》完结，才人倒下了。太医检查过后，说：“才人的脉搏尚有余温，但是肝肠已经寸寸断绝。”

一曲断肝肠，唯有《何满子》。

何满子幸而生于盛唐，尚能留一条性命，等到年老技衰时尚可寂寞回望那歌一曲的辰光。孟才人则何其不幸生于晚唐，身份地位远高于一个歌者，却逃不开殉葬的命运。

《何满子》总是留下了，传唱千余年。

同为玄宗时歌者，同样名冠词牌的，还有一位女子叫念奴，词牌为《念奴娇》。

念奴，念奴。连名字都这样温柔，叫这个名字的女子是什么样呢？

念奴是唐玄宗时宫伎中的一流歌手，歌声激越清亮，玄宗曾评价：“此女妖媚，眼色媚人，每啭声歌喉，则声出于朝霞之上，虽钟鼓笙竽嘈杂而莫能遏。”可见其色艺俱佳。

当时的念奴，既得帝王钟爱又有臣子膜拜，连元稹这样的大才子也赋诗大赞“飞上九天歌一声，二十五郎吹管逐”。

话说玄宗每年辞岁赐宴群臣，常常一闹就是几天，宾客吵闹得连宫廷乐师们的演奏都无法进行了。每当此时，玄宗只好让高力士在楼上大喊：“皇上命念奴唱歌，邠二十五郎吹笛伴奏。”（邠二十五郎即邠王李承宁，以善吹管笛而闻名宫内）众人闻听念奴将献声，立马就安静了，坐听天籁。

可是，念奴再有着天籁之声，也只是一名宫伎，连名字都透着卑微，丢不下“奴”身，脱不开“奴”命。声色不再时，也只能与何满子一样，“闲话说玄宗”。

何满子，念奴，声遏云天的歌者终成一缕芳魂，由唐至宋，隽永成宋词里美丽的词牌。《念奴娇》仍旧“声出于朝霞之上”，豪情勃发；《何满子》则循例悲戚，如当时那生命的高歌。

大约《何满子》已经被充作多舛命运之神的符箓，歌者何满子、唱《何满子》的孟才人等，都被贴上了悲剧的标签，连作《何满子》的张祜也逃不开，一生只做着个狷狂浪子，纵情声色，流连诗酒，至老郁郁而终。

⽞ 为周郎鸣筝

鸣筝金粟柱，
素手玉房前。
欲得周郎顾，
时时误拂弦。
——（唐）李端《听筝》

筝似乎由瑟而来。

唐代赵磷的《因话录》里记述：“筝，秦乐也，乃琴之流。古瑟五十弦，自黄帝令素女鼓瑟，帝悲不止，破之，自后瑟至二十五弦。秦人鼓瑟，兄弟争之，又破为二。筝之名自此始。”又有宋人记录是“秦人父子争瑟而分之”；故事流传到日本，有乐师记录成“秦有婉无义者，以一瑟传二女，二女争引破，终为二器，故号筝”。

筝是瑟演变而来，似乎没有疑义了，而且统一的说法是起于秦朝，又名秦筝。

所有乐器名称里，最喜爱这个“筝”字，似乎天生就该是乐器名，“铮——铮——”读来就有一种铿然音。我一度曾揣度，或者，名字原本就与它的声音相关呢！后来，果然在一本书里见到一句：“筝，施弦高急，筝筝然也。”看来我的猜测有迹可循。若说是秦人因薄义而分瑟，我宁肯筝名由音而来，总不致让如此美好的筝声背负上凉薄的罪名。

筝有情。我素来这样认为。

如白乐天《夜筝》里的句子：“弦凝指咽声停处，别有深情一万重。”

一万重深情的筝曲里，该有着多少动人的故事？翻出一张筝曲老唱片，古曲《高山流水》《渔舟唱晚》，甚至新作声《战台风》《林冲夜奔》，无论低沉浑厚或清越剔透，每一指疾挑慢捻刮奏揉吟里，都是跌宕的情致。闻者动情。

闻筝动情的故事莫过于大历十才子之一李端的这首《听筝》。

鸣筝金粟柱，素手玉房前。
欲得周郎顾，时时误拂弦。

寥寥二十字，足可以演一出精妙小戏。

他，是那羽扇纶巾雄姿英发的周郎。她，是为周郎鸣筝的女子。

金粟为柱，银丝为弦，梧桐为身，自从那一夜，她抱了筝，款款进了这个华美的宫殿，她便认定，这样华贵的筝本就该为着周郎而造。

她初来，一入门帷便错愕了。门帷内或斜或坐或倚，几乎云集了东吴所有的文臣武将。

“乐女，鸣筝！”

斜靠于主座的该是主上吧？她偷眼瞟了一下，主上一团和气的样子，全然不似她心中高高在上的帝王相。

她略露巧笑，低头将筝安置在榻上，便席地坐下。纤纤素指早已戴好金甲，一手抚筝端一手按筝尾，蓄势待发。

“主上，请恕公瑾来迟！”随声进来一个长身白衣男子，仿佛携着春光而入。

公瑾？他便是周郎？果然俊逸不凡，眉宇间的风流极具杀伤力。她怔怔地望着公瑾，素手之下筝弦静谧。

公瑾朝着周遭众将领一一微笑、拱手，而后在主上的侧位坐下。

他的眼光穿过她而望向所有人，仿佛她的心肝肚肠都是通透的。她略略有些失意，即刻又觉得唐突了。她只是一名筝女。

“铮——”她定定神，揉响了筝弦。

一曲《阳春白雪》，正适合今夜。宫外竹海的幽深，宫内众宾的闲适，与这首流传自莫愁女的筝曲相得益彰。

清越的筝曲缓缓地在梁上回旋，周郎已与主上及身边的吕子明酒过三巡，正微醺地眯缝着眼用手指在几上和着筝的节拍缓缓击着。

她怯怯地窥了一眼周郎，心旌微微一曳，不觉手下一滑，一个不该此时出现的商调一滑而过。她心底一沉，继续抚过筝弦，旋律仍复如常。

周遭人等依旧宴饮玩乐，幸而无人发觉。她又一抬眼，却蓦地发现原本与吕子明对酌的周郎竟回首一顾，眉峰一挑。他听出了她的失误？她有些惊惧。他仿佛看透了她的心，朝她微微一笑，又将头转向别处，继续和着筝的节拍在几上缓缓击着，那安然击节的样子似乎揉进了她的筝里。她安心了，指下的旋律继续水一样倾泻。

一曲过后，她抚起了《高山流水》的起音。这一曲专为周郎而奏，因为他，懂得。

那一夜，在她，是生平最为美好的夜晚。

此后，鸣筝的夜晚很多很多，她不断地出入于宫殿，成了将领们最为喜爱的筝女。只是，这些鸣筝的夜晚，不见周郎。

不见周郎。那个夜晚却早已住进她的筝里。他那似乎要安了她心的微笑，仿佛淡淡的月光，宁静地漫了一地。她亦知小乔美得如夜晚的月华，自己万难企及。她只想远远地、远远地看看周郎，也想周郎能在扫视旁人时，眼光也会掠过自己，哪怕只是一小忽儿。

这样的夜晚终于如她所愿来临了。

她早已在乐师总管处打听到这次的夜宴是主上专为周郎庆功而设。她穿上了自己最华美的裙衫，轻描了黛眉，漫点了胭脂，要让自己成为夜宴上最美丽的女子。

那夜，她果然美丽，所有舞姬都及不上她的明艳。她用余光瞟到了太多惊艳的赞叹，她依旧敛眉低睑，双手在筝上扫、揉、按、抚，纤白十指在金色的粟柱上翻飞。今夜，只为他鸣筝。

今夜的周郎兴致似乎全然不在丝竹之中。他不断接受各位将领的敬酒，也不停地向别人敬酒，思绪与身体都游离于筝声之外，整个夜晚，连余光都没有扫过她。

依旧是那些熟稔得不能再熟稔的乐曲，如今的她已“久经沙场”，宫商角徵羽在她的指下婉转流淌。她分明看见有几名将领已经为她的筝曲所打动，但那不是她想要的，她只想做为周郎鸣筝的女子。

周郎依旧同周围的人谈笑风生，出师大捷，意气风发，却始终没有注意到这个愿意分享他成功的女子。

她心里有了怨艾，开始抬头直视他的身影，希望他能感受到她灼热的目光。那目光里，全都是他。

他没有。不是迟钝，她只是一名鸣筝的女子，仅此而已。

曲未乱，心已乱，她拨弦的指尖开始张皇了。她恨恨地，左手故意拂错一根弦，尖锐突兀的弦音里仿佛有对他的谴责。她以为他会像前次一样眼睑一抬回身一顾。可是，他没有。

她的眉蹙了起来，手指又轻轻一挑，硬生生又转错了一个音符，一个极不协调、难听的高音充斥在平滑如水的曲调中。甚至个别将领都已经听出来了，侧目望她，觉得她的水平有些失常。

他依旧举爵畅饮。他一定早就听出来了，只是，今夜他不在意。连日的杀伐征战，今日大捷归来，一个小小的误音，他怎会在意？

接下来的曲调里，不协调的音符越发多起来了，多到她自己都不能原谅自己了。筝曲错乱如麻，心亦幽怨如絮。她几乎无法自控了，手底下的错误简直泛滥起来。

“砰——”终于，周郎在意了，将酒爵掷向了她。

“哪来的乐女？弹奏得曲不成调，还不快轰出去！”他居然仍未朝她看上一眼，他根本就不知道眼前就是赠他《高山流水》的乐女，亦或许他从未在意过她赠他的那首心曲。她一直都是心肝肚肠通透的筝女，他的眼光穿透她不会有半刻的停留。

她被架了出去，出门帷时，身后的周郎说：“主上，请让公瑾为诸将弹奏一曲如何？”

她被军士粗鲁地架着，远远地离开了为周郎庆功而设的盛宴，宫殿里传出一曲激越的《胡笳十八拍》，那是文姬在胡地所创的琴曲。周郎拨宫揉徵转羽，乐曲在他指下娓娓道来，情绪丝毫没受到影响。

她注定永远也做不了那个为周郎鸣筝的女子。

大概从今夜开始，她连筝也触碰不到了。

我只是写了一个关于筝的故事，用残忍的笔调写痴情与无情。“曲有误，周郎顾。”显然，《三国志》是为着写周瑜的精于音乐，至李端写《听筝》时，则为写温情，断无我这胡诌的薄情。甚至相传，《听筝》小诗，故事环环相套，写周郎也写李郎。

话说当时的驸马都尉郭暖（唐代中兴名将郭子仪之子）府中门客云集，不乏贤人才子，李端就是其中之一。郭府中有一个名叫镜儿的婢女，姿色绝佳，还弹得一手好筝。李端每次到郭家都忍不住要多看几眼，镜儿也一直很仰慕这位大才子，却都不好明说。

一天，郭暖又在府中大宴宾客，镜儿依旧弹筝助兴。这边李端痴痴而望，那头镜儿眼角流风，四目相对时，两人心里已经涟漪频掀，镜儿竟然误拨了筝弦而出错。

郭暖哈哈一笑，打趣说："李公子，如果你能以《听筝》为题赋诗一首，让在座的客人们听了都很满意，我就将镜儿嫁与你。"李端听后心头大喜，也顾不上推辞，略一沉思，就开口吟诵起来："鸣筝金粟柱，素手玉房前。欲得周郎顾，时时误拂弦。"

四句诗，以金粟柱、玉房写筝的华美，其实暗里烘托镜儿精湛的筝艺，又借三国周郎顾曲的典故，赞她的矜持和聪慧，更以风雅倜傥、深通音律的周郎自喻，婉转表达了对镜儿的一往情深。

就这样，李端以一首诗赢得了一段爱情。或者说，是镜儿以"误拂弦"赢了自己的人生。

爱情里，女子常常比男人坚定勇敢。如镜儿，如为周郎"误拂弦"的筝女。

一个英雄精通音律，本身就令人着迷，更何况是官至公卿的周瑜，怎会纡尊屈贵看上一个乐女。知音也须门户相当，周郎终究是在云端的，纵使筝里有一万重的深情，又能如何？

我自鸣筝，你顾或是不顾，于我无涉。面对周郎，世间女子，有几人能做到呢？

清　顾洛《琵琶女》

明　杜堇　《听琴图》

明　陈洪绶　《蕉林酌酒图》

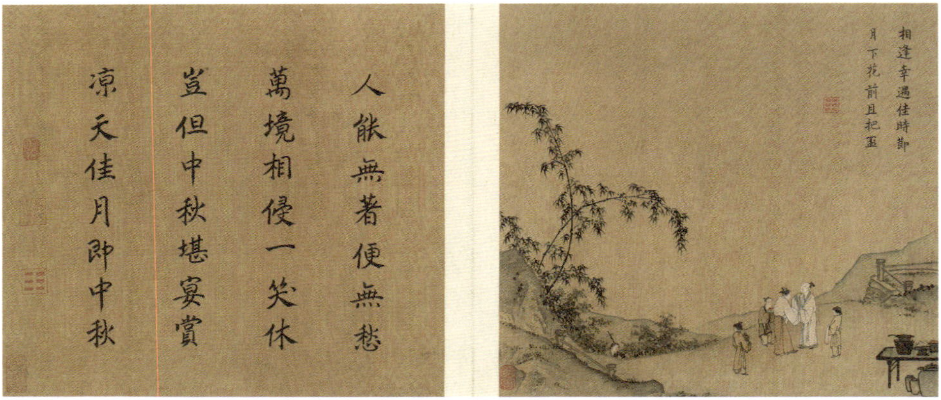

宋　马远 《月下把杯图》

㊷ 胡笳十八拍

蔡女昔造胡笳声，一弹一十有八拍。
胡人落泪沾边草，汉使断肠对归客。
古戍苍苍烽火寒，大荒沉沉飞雪白。
先拂商弦后角羽，四郊秋叶惊摵摵。
董夫子，通神明，深松窃听来妖精。
言迟更速皆应手，将往复旋如有情。
空山百鸟散还合，万里浮云阴且晴。
嘶酸雏雁失群夜，断绝胡儿恋母声。
川为静其波，鸟亦罢其鸣。
乌孙部落家乡远，逻娑沙尘哀怨生。
幽音变调忽飘洒，长风吹林雨堕瓦。
迸泉飒飒飞木末，野鹿呦呦走堂下。
长安城连东掖垣，凤凰池对青琐门。
高才脱略名与利，日夕望君抱琴至。

——（唐）李颀《听董大弹胡笳声兼寄语弄房给事》

相传东汉末年，蔡文姬流落匈奴，将匈奴人吹胡笳的声音谱入琴曲，创作了表现胡笳声的名曲《胡笳十八拍》。

《胡笳十八拍》是古琴曲，是泣血悲鸣的诗，也是一段生命的记忆，刻在白骨上，奏响灵魂的绝唱。

建安十三年（208），胡地。

浩浩荡荡的风沙已经肆虐了近一个月，文姬清清楚楚记得，被掳到胡地已有十二年一个月零十一天。每过一天，她便用金柄的牛角小弯刀在帐篷旁的立柱上画上一道。

立得久了，觉出些寒气来，文姬伸手紧一紧衣襟。僵硬的毛皮衣服，穿在身上都让人心惊肉跳，如与胡人的隔膜，冰冷僵直。更隔膜的是肠胃，似乎永远都无法忍受腥膻难闻的羊肉羊奶的入侵。这用草、干牛粪垒成的帐篷更让她有浑如牛马的耻辱。最为屈辱的不是衣食住所，是被强行掳来，做了胡人的女人。长年裹挟着沙尘的风，早已将她眼里仅有的一点湿润刮走，心也如大漠一般荒凉。

大漠连亘无边，风仿佛由四面八方狂吠着席卷而来，长河也呜咽。文姬唯有向着东南望去，中原还有多远？中原，洛阳，她记得，元夕夜里的火树银花，二月花朝祭花神踏春赏花，惊蛰春分是三月，早已一地绿毡，四月牡丹便开了，洛阳城里一派雍容华贵……七月中元，洛河上又成了荷花灯的海洋，一水流丽。如今八月，又到月圆，她仍立在胡地望着这同一轮月，念中原月下的人。还将有几个月圆人不得团圆的八月？即使离了这里，中原的月圆了，又将生出新的离别！胡地所生的一双娇儿如何舍得？

文姬幽幽长叹，转身从帐篷中取出从中原带来的焦尾琴。当初，在她琴艺日渐精湛之时，父亲将这张琴转赠给她。幸好，还有焦尾琴。

帐外瀚海凝愁，暮烟在晦暗的天际孤独升腾，沉沉大荒恐怕又即将飞雪了，这才八月啊！

文姬在琴前坐下，她轻轻抚着琴，像是触到了中原八月中暄和的风，丹桂熏暖，丝竹停匀。

“铮——”先拂商弦后角羽，琴音在帐内低回呜咽。

“……雁南征兮欲寄边声，雁北归兮为得汉音。雁飞高兮邈难寻，空断肠兮思愔愔。攒眉向月兮抚雅琴，五拍泠泠兮意弥深……”

天光渐晚，风愈悲鸣，大雁南来北往十二载，哪一群携去了我的思乡心，又有哪一群带回大汉的音讯？老天，你有眼为何看不见我中原女子独在蛮荒飘零？神啊，你有灵却为何让我居于这天地遥远？

歌声如泣如诉，琴音悲悲戚戚。

或许，是文姬的苦楚终将天地神灵触动了，一朝天子诏谕来到，返乡指日可待。熬去了恓惶十二载，眼见得将回归，旧愁未泯新伤又揭。

“日居月诸兮在戎垒，胡人宠我兮有二子。鞠之育之兮不羞耻，愍之念之兮生长边鄙。十有一拍兮因兹起，哀响缠绵兮彻心髓。”

文姬仍拗不过命，逃不开生死离别苦。一边是故土，一边是亲儿，每每做梦都盼着的这一天，竟仍然肝肠寸断。

“十七拍兮心鼻酸，关山阻修兮行路难。去时怀土兮心无绪，来时别儿兮思漫漫……岂知重得兮入长安，叹息欲绝兮泪阑干……”

指尖在琴上游弋得愈来愈快，文姬的歌声愈发高亢。琴声，歌声，在肺腑如狂潮般涌动处曲终了。琴弦竟也断了几根，坐榻旁孤蓬自振，沙砾自飞。

弦断了，母子从此天各一方。

关于蔡文姬的《胡笳十八拍》，我企图讲一个故事，或者叙述一个片段，可终是隔着漫天浓重的霾似的，模模糊糊倒不出那种难以言喻的悲苦。郭沫若先生说：“那像滚滚不尽的海涛，那像喷发着熔岩的活火山，那是用整个的灵魂吐诉出来的绝叫。”蔡文姬是在用整个生命与灵魂和唱，旁人哪能道出万一？

这还是一个故事，一段被后人不断传唱的美丽典故，《文姬归汉》唱了一出又一出，又有哪一位旦角真的领略到了她的悲苦？

唯有《胡笳十八拍》，谱入了文姬一生的辛酸。

蔡文姬，名琰，她的父亲蔡邕是当时大名鼎鼎的文学家和书法家，精于天文数理，妙解音律，是曹操的挚友和老师。在父亲的濡染下，文姬博学能文，又善诗赋音律。若一生能这样平静度过，于蔡文姬来说，便是莫大的幸福了。大概，老天总爱给人们施与一些苦难，美丽与才华兼具的女子，命运必是多舛。

经历初婚丈夫病逝、父亲被害之后，蔡文姬被掳到了南匈奴，嫁给了匈奴左贤王。被掳至异族异乡，过着异俗日子，还为左贤王生了两个儿子，整整十二年，其间凄苦除了她自己，还有谁知？终于，十二年后，曹操统一北方，记起了恩师蔡邕还有一个女儿流落胡地，于是用重金赎回了蔡文姬。可是，思乡之苦得偿后，母子离别又添了新痛。

我不想赘述蔡文姬回到洛阳后的种种轶事，只心里替她苦着，诉不出来。我知她心苦，而不知她的琴音。

董大知道。

董大是董庭兰，五百余年后盛唐开元时著名琴师，唐代大诗人高适的那句“莫愁前路无知己，天下谁人不识君”，便是写给这位董大的。

“董大为诸君奏一曲《胡笳弄》。”董大双手抚于琴上，那手是白皙修长的。

《胡笳弄》？那不是蔡文姬所造琴曲吗？那样悲切断肠的曲子，董大一个男子该如何弹呢？人们不禁为他捏了一把汗。

董大一扫琴弦，众人便已听出了不凡。只听得那曲调由轻快到低沉，由哀婉至悲戚。琴声乍起时，四周的秋叶便被惊得撼撼而下。这秋叶也是懂得了他的琴音吧？不，并非叶为知音，而是董夫子通了神明。一曲刚起便惊动人间，惊落秋叶，连那深山中的狐仙精魄也悄然驻足，侧耳倾听。

看他修长的手指在琴上飞旋，轻拂慢揉快拨急扫，让人眼花缭乱。凄恻的琴声在往复回旋中仿佛戚戚地诉说着文姬一生的悲苦。琴声忽纵忽收，仿佛空廓的山间群鸟散而复聚；时又低沉，就像浮云蔽天；继而清朗，又似云开日出。琴声渐次由清朗又转入喑哑，宛若失群雏雁夜里哀转的嘶叫，宛若在胡地的幼子恋母痛绝的哭声。琴声在梁上、檐上回荡，直至半空，河水为之滞流，百鸟为之罢鸣，天地山川为之动容，让人觉得茫茫大荒洋洋乎充盈耳鼓的唯有董夫子的琴声了。琴音越发的凄楚、低沉，仿佛长河幽咽。那是乌孙公主远怀故乡的哀怨，是文成公主远嫁吐蕃的泣诉啊！

渐渐地，幽咽的琴声变为轻快悠扬，如风在林间回旋，如暴雨击落碧瓦，如迸溅的泉水飒飒地飞漱至树梢，又如野鹿在堂下闲庭信步、呦呦鸣叫……

这是怎样的琴音啊！《胡笳弄》早已一曲终了，董大的琴音却仿佛仍在梁上回旋。人们呆呆地跌坐在榻上，金樽中的美酒一滴未沾，玉盘中的佳肴一箸未动。

昔日，子在齐闻韶乐，三月不知肉味。今日终于感同身受，不免也同样感叹一声“不图为乐之至于斯也”！

在座听琴的人里，有一位书生名李颀，于是，便有了这一首《听董大弹胡笳声兼语弄寄房给事》。

董大知文姬琴音，李颀亦懂了董大琴语，一曲《胡笳十八拍》翻出这如许的故事，也不枉了蔡文姬用半生的颠沛流离、生离死别作得这一曲断肠之音。

一弹一唱一段悲苦人生，整整十八拍，宫商角徵羽，长歌短调，重重复重重。

诗—中—酒

㊀ 黄滕酒是一出戏

红酥手，黄縢酒，满城春色宫墙柳。东风恶，欢情薄。一怀愁绪，几年离索。错、错、错。

春如旧，人空瘦，泪痕红浥鲛绡透。桃花落，闲池阁，山盟虽在，锦书难托。莫、莫、莫。

——（宋）陆游《钗头凤》

有一些酒就是一出戏，西皮流水，长腔短调，咿咿呀呀唱着。几个世纪了，那些才子佳人的故事犹能将你溺在里面，拔足不出。黄酒便如此。

母亲会做黄酒，只没有绍兴黄酒那般是有故事的“厚”。她做的黄酒是稠稠的乳白色，我们叫糊汁酒。

记忆中，清明节的时候，田间地头的酒药草开出浅紫色的小花，就可以做酒药了。一半米一半酒药花，搅匀捣碎，捏成小丸，发酵晾干，酒药就成了。做酒也容易，泡糯米，蒸糯饭，加水加酒药，放进陶土缸里压一个小窝，层层叠叠盖一大块白粗布，再拿个小簸箕罩住，就等着成酒了。

我每天都会将鼻子凑到簸箕上去嗅，只不敢揭盖，母亲说过，揭盖了酒气就会走了。终有一天，透过簸箕也能闻到甜腻的香时，酒成了。我和弟弟常偷酒吃，确实是“吃”酒，簸箕已经被我们扔得很远，我们一人一个白瓷羹匙，抱着缸舀着吃。那份甜香滑软，比世间任何的糖都要好，唯一美中不足的是，它会醉人。我醉的那次还能自己爬到床上去，弟弟则直接抱着缸睡着了，被母亲抓个现行。这时的酒还叫糯米酒，等到糯米被我们吃得差不多时，沥出酒汁，就是糊汁酒了。也有人直接将糯米酒压榨出酒汁，再封存起来，借了时间来酝酿，就成了黄酒。

母亲做的糊汁酒即使吃得醉倒了也仍是一段童年的甜美回忆，而黄酒，时间一跌宕便浑厚了，波澜暗藏。糊汁酒到黄酒的距离是时间，时间里就有了故事，有了一出出戏。

绍兴人好喝黄酒，温软香糯，如绍兴人说话、唱越剧，只一饮，便酩酊。

绍兴黄酒是一出越剧，道白、唱念，施一个眼神，捻一指兰花，一段水袖泼洒一样挥将出去，都是一种馥郁香。“一怀愁绪，几年离索，错错错……山盟虽在，锦书难托，莫莫莫。”

这是陆游与唐婉的黄縢酒。宋时，官酒都以黄罗帕或黄纸封口，因之，又叫黄封酒或黄縢酒。

黄縢酒里上演的陆游和唐婉的故事，是宋代版《孔雀东南飞》。记得某年去杭州，看了整本越剧《孔雀东南飞》，生生地便想赖在越地不还湘。

那年，春花如锦，和风入抱。她半遮面，浅施笑，眼角流风。他取过银釭，照出烛摇花影，痴了一双孔雀。

孔雀双双虽好，却也难敌老媪百般刁难横加干涉，婆母以七出之罪逼他将她休去。

《雀离》一幕，兰芝浓妆，一如新妇冉冉莅至，向焦仲卿盈盈拜别，我这里早已哭得稀里哗啦。及至《雀亡》，兰芝被迫再嫁，仍是一袭红嫁衣，人却再不是那个眼角流风的新嫁娘。只见她水袖凄怆旋出，恓惶唱道："拼得个，红鸾星殒、玉碎珠沉共枕席，天长地久情不灭！"旋即投入清池。随后，焦仲卿手捧兰芝昔日所织白绫，凄厉地喊着："兰芝妻！磐石蒲苇愿可期，我与兰芝永相依。兰芝妻你莫惊怕，仲卿今夕来接你！"将一丈白绫悬于树枝，追随兰芝而去。

孔雀双双东南去，只留下我们一干痴人哭倒在座。

焦仲卿终究是个重情男子。陆游亦重情。连婚姻的遭际，他们也如出一辙。

如果说焦仲卿的母亲从一开始就不认同儿子媳妇是一对双栖的孔雀，陆游的母亲可不这么认为。据说唐婉是陆游舅舅唐闳之女，也就是他母亲嫡亲的侄女，他的表妹。青梅竹马门当户对，又是父母之命媒妁之言，理应幸福美满。起初，他们也曾有花前月下的耳鬓厮磨，也是比翼齐飞的一双美丽孔雀。

可是，当初极力撮合他们的陆游母亲终于还是成了棒打鸳鸯的"西王母"。原因是"不当母夫人意""二亲恐其惰于学也，数谴妇，放翁不敢逆尊者意，与妇诀"。说什么夫妻太恩爱，会令陆游疏于学问，耽误仕途前程。其实都是欲加之罪，当恩爱都能成为罪状，一切解释都已是徒劳。据说，还有一个缘由是唐婉不孕。

又是一个七出之罪。

小时候听祖父讲“二十四孝”的故事时，总觉得惊怕，世间还有这样愚孝之人？读《钗头凤》听《孔雀东南飞》时，仍对焦仲卿与陆游的愚痴耿耿于怀。焦仲卿还罢了，仅仅是个庐江小吏，陆游却并不是软弱愚钝男子。“三万里河东入海，五千仞岳上摩天”“上马击狂胡，下马草军书”，他的诗剑生涯、慷慨义气，从来教人耸眉动容。可在爱情面前，他却如此懦弱。

三年未了情，一朝岂能断。几年后，男再娶，女再嫁，却仍绕不开离索的苦。

那年春日，他又到沈园。故地重游，只觉得每一个飞檐翘角，每一枝繁花柳条，每一处假山池沼都着了婉的影子，但要寻觅时，却了无踪迹。

是天承人愿，抑或该惩处他的“薄幸”？唐婉居然立于眼前。她的脸上有笑意，眼眸里却蒙上了一层水雾。她敛眉俯首，将手中酒杯举起，轻轻道一声：“请。”

陆游觉得自己神情肯定是恍惚的，眼里只有唐婉。

唐婉亦看到了陆游眼里的忧郁，心上像被什么利器轻轻划过一般，轻却痛。她原本以为早已封闭的一颗心，早已淡忘的往日柔情与委屈，就在这一抬眼的对视中一下子奔突出来。

“请。”唐婉依旧轻声地说，声音里分明有了哽咽。

他接过她手中的酒杯，这双红酥手也曾这样给自己端过酒杯。他眉头一蹙，将手中的酒往口中一倾，原本醇厚甘甜的黄縢酒今日为何有些辣得刺喉?

唐婉从陆游的手中接过空杯，向他深深一瞥，回身走了，只留下他在小径中怔怔发呆。

昨日情梦，今日痴怨，一时间纷纷涌上心头，陆游自觉益发悲苦了。他提笔在粉壁上题了一阕《钗头凤》——

红酥手，黄縢酒，满城春色宫墙柳。东风恶，欢情薄，一怀愁绪，几年离索。错、错、错。

春如旧，人空瘦，泪痕红浥鲛绡透。桃花落，闲池阁，山盟虽在，锦书难托。莫、莫、莫。

春色如此好，愁苦诸般浓，一切因由缘法都已尘埃落定。唐婉已经走进别人的故事，黄縢酒经了这些辰光的酝酿，味道更厚了，也更易醉人了，唯有陆游心底的思恋如尘灰溃逃，没了归宿。

后来，唐婉再度访沈园，得见陆游所题《钗头凤》，伤心欲绝和了一阕，不久后便悒郁成疾。终于，在一个秋风萧瑟的时节化作一片落叶悄然随风逝去。

恍惚间，时光重叠，事件重演，东汉年间的故事走过三国两晋南北朝，穿越隋唐两宋，同样的悲剧，连戏码都没有变，只是主角由焦仲卿兰芝换成了陆游唐婉。

在写此文时，无意间竟搜到了一出越剧《陆游与唐婉》，静静地花了两个小时看完，一字一句都爱得忘情，不“释眼”，也难“释耳”，最难释怀还是陆游与唐婉共唱的两阕《钗头凤》。

东风可恶，欢情太薄，桃花瓣由舞台穹顶片片零落，他二人一唱一和让人肝胆欲裂，浑然忘了身在何处。在我涕泗横流时，唐婉与陆游天人两隔，空留沈园满壁墨痕，与我抱着电脑的一地唏嘘。

越剧更适宜悲剧吗？如《孔雀东南飞》，如《陆游与唐婉》，如《红楼梦》，如《梁祝》，莫不是美到极致的悲凉。那些吴侬软语儿女情长，那些莲步轻挪水袖广舒，沈园里的劳燕分飞，清池畔的魂归离恨，都得揪扯着撕裂了才更美入骨髓？我宁肯它们都是一盅黄縢酒，即使时光酝酿得极醇厚了，仍只有些微的醉人，更多的是越地园林中那叮叮淙淙溪流的水韵，和越剧唱腔般的温婉甜腻，以及饮不尽的醇香缱绻。

真想温一壶黄酒，指尖随着越剧柔软的唱腔在桌面敲击着鼓点，一个亮相喝一盅，一段念白喝一盅，微笑时喝一盅，悲戚时喝一盅，暖酒温存地慰藉五脏六腑与周身经脉。还有多少日子不柔软？

来，喝一杯黄縢酒。

㉔ 能饮一杯无

绿蚁新醅酒，
红泥小火炉。
晚来天欲雪，
能饮一杯无？
——（唐）白居易《问刘十九》

绿蚁，仅需要这两个字，便可满足我心中对美酒所有的幻想。如果再有一炉烧得旺旺的火和一个等在火旁的人，就更是捧出世间奇珍也不换的日子。

那日，暮色将垂，天寒欲雪，酒是新酿，小巧朴素的红泥炉上火正烧得旺旺的。嫣红的火，映着泡沫浮动的绿酒，除了围炉把盏，还有什么更适宜消磨这个有闲可乘的黄昏呢？

“十九，能饮一杯无？”暖暖的，喝杯温热的酒吧。这是白乐天的话。

“热酒好过冬。”而这，是外祖母说的。

又将冬至了，南方的天气阴沉湿冷，总不见有落雪的征兆。每每这时，总会想念小时候外祖母家的新酿米酒和暖暖的柴火灶。

记忆中，似乎整个冬天，干瘪而慈爱的外祖母总在红彤彤的柴火灶前坐着，灶旁是码成堆的干柴。从初寒到腊月，柴堆一点点变矮，我也蜷缩在灶旁，搓着迷离的眼睛醒来，或被悄悄抱到雕花大床上睡去。外祖母似乎从不曾挪动过，除了添柴和偶尔起身用火钳夹几个红薯埋进灰堆里。灶上得不停地添柴，火上的大铁锅里蒸腾着馥郁的烟气。外祖母说这是在“滗酒”，锅里是用酒药发酵了的粮食，蒸馏出来的水汽过滤了，就凝成了新酒。

出酒似乎总在下午或者半夜，每次我都是在梦里被外祖母的一声“出酒了”唤醒。

初酒淡淡的，像是温水里软软地掺了一点酒气，再过一阵就“雄”了，看着仍是软糯的淡色，咕咚一大口下去也能醉倒在灶边。我便这么咕咚一口，从灶膛里扒出一个煨红薯，拍拍灰，就着新酒暖暖地吃完，偎着外祖母和红活的火睡一觉，隔天，又咕咚一口，又暖暖睡一觉。一个冬天就睡过去了。

酒要暖暖地喝，像儿时我偎在暖烘烘红灿灿的灶前，像白乐天这般捧着红泥小火炉。乐天的绿蚁也是新酒。

唐人所饮多是压榨酒，又因压榨后过滤不净，故而常在酒液中含有绿色沉淀物。绿蚁，指的就是这新酒还未滤清时色微绿、细如蚁的酒渣。渐渐地，绿蚁被文人骚客借以指代新酒，并延伸开来诸多雅称，如蚁绿（即有浮沫的酒）、蚁尊（即酒杯或新酒）、蚁瓮（也就是酒坛子）。

我总疑心，古人定是先爱这炉上翻滚的绿色浮沫才爱绿蚁酒的。从深秋初酒新醅，小火炉就架上了，添些干柴或木炭，红红火火地燃起来，绿蚁就在炉上汩汩卷起鱼鳞状的泡沫。微微泛绿的酒色，简直就是为了来点染秋冬的肃穆寡淡的。若是在菊黄蟹肥时，红的火更能让这绿的酒活泛，甚至欢腾起来。还有什么理由不爱这绿蚁美酒?

宋代诗人阳景春最知我心，他饮绿蚁赏菊花，还作“菊开佳色采盈手，酒浮蚁绿仍鹅黄”这样活色生香的句子。“共赏金尊沉绿蚁，莫辞醉，此花不与群花比”——李清照也旖旎，赏梅品绿蚁，推杯换盏间，人也微醺了，心底的欢悦如酒中浮蚁，欣欣然漫溢。相比之下，白乐天更适意。

绿蚁新醅酒，
红泥小火炉。
晚来天欲雪，
能饮一杯无?

最为追求恬淡生活的陶渊明先生若能晚生几百年，恐怕也要甘心输于乐天这淡然的一问吧? 全诗寥寥二十字，尽显精巧。意象安排精巧，色彩映衬精巧，情调烘托精巧，随兴一问更为精巧!

“绿蚁新醅酒”，这新酒绿蚁虽略微浑浊粗糙，比不得醇醪浓厚，味却甘甜芳香，其色碧绿，更易诱发诗意。试想，一个闲适悠然的夜，一坛新酒，色泽青绿，芳香扑鼻，怎不让人垂涎欲滴？更妙的是小火炉与绿蚁酒的搭配，粗拙的红泥小火炉上，绿蚁翻腾似在游弋。乐天依炉而坐，一手执盏，一手把壶，熊熊炉火映红了暮色新降的屋子，也映亮了浮动着绿色泡沫的新酒。酒已经很诱人了，而炉火又更添了温暖。绿蚁酒、红炉火，这绿与红的衬托，怎不让人心生暖意？仅需要这清凌凌红灼灼的绿与红，就足以让酒香馥郁。

有酒有炉，自然少不了窗外飘飞的白雪来凑一凑热闹。“晚来天欲雪”，一场暮雪眼看就要洋洋洒洒降临。夜了，寒了，备酒了，捧炉了，只是还少了一位对饮的知己。这样的绿蚁酒、红火炉、白暮雪、暖情致，少了朋友怎么行？“晚来天欲雪，能饮一杯无？”即将降下的白雪勾勒出朋友相聚畅饮的阔大背景，正是要有寒风瑟瑟、大雪飘飘，才愈加烘托出绿蚁的醇香、红炉的温暖和情意的浓厚。

新酒已奉上，火炉早生好，门外寒风肆虐，大雪即来。“能饮一杯无？”

轻声随意的一问，极笃定而有诱惑力。有了前面浓稠的铺垫，刘十九能不心驰神往吗？细想来，这一问其实韵味悠长，正是极熟稔之至交，才配得这看似随口一问，无须客套与解释。刘十九接到乐天这样一封邀请短笺，定会急切顶风冒雪欣然前往，奔着绿蚁酒，更奔着一份情谊。二人在红火炉前，酣畅淋漓把盏对饮。屋外是漫天白雪萧瑟寒风，屋内有绿蚁新酒嫣红炉火，炉上绿蚁时时沉渣泛起，酒绿情浓。有新酒，有老友，酒不醉人人也自醉了！

绿蚁新醅酒，能饮一杯无？

刘十九，名不详。乐天另有《刘十九同宿》诗，中有一句“唯共嵩阳刘处士，围棋赌酒到天明”，可知其为河南登封人。于是便有人考证，刘十九即隐居庐山的刘轲。无论是否果真是隐士刘轲，这位排行十九的老兄也算得爽然洒脱之人，才会冒风雪去赴一次仅有一炉火一壶绿蚁的夜酌，才会与乐天一同下棋赌酒，酣战到天亮。有友若此，何其快哉！

乐天惯爱新酒的绿，也独酌，也唤友，也呼朋，都以这新绿待客——

“黄醅绿醑迎冬熟，绛帐红炉逐夜开。”（《戏招诸客》）

“香开绿蚁酒，暖拥褐绫裘。”（《六年冬暮赠崔常侍晦叔》）

寒冬正是饮酒好时日，有绿蚁的暖香煨着。一股暖香，一种慵倦，一个冬天就在绿蚁的清香里跌宕开去。

年年绿蚁尚新酿，人的盛年却不再。转眼，又是冬日，这一年仍饮绿蚁拥暖裘的白乐天，渐渐不甚适意了，他说：“易过唯冬日，难销是老愁。”

这首饮酒诗题为《六年冬暮赠崔常侍晦叔》——

鬓毛霜一色，光景水争流。
易过唯冬日，难销是老愁。
香开绿蚁酒，暖拥褐绫裘。
已共崔君约，尊前倒即休。

作此诗时，乐天为河南尹，年已六十有余，素有挚友崔常侍（崔玄亮，字晦叔）做伴，日日听琴论道品茶饮酒，即使酷暑隆冬都不影响他们的闲适。但是，光阴总是最煞风景的翻云覆雨手，仿佛只凭空里一弹指，日子就如水逝去，眼见得两人都是鬓发如霜的老人，一种颓然徒生。

好在有晦叔。乐天自云“嗜酒、耽琴、淫诗”，凡酒徒、琴侣、诗客，多与之游。每良辰美景，或雪朝月夕，常邀一二契友，必先拂酒罍，次开诗箧。酒既酣，乃自援琴操宫声，弄《秋思》一遍，崔晦叔就是其中最为交契者。晦叔是一位刚直官员，生性淡雅，每做官不久便辞去，以山水琴酒自娱。他与乐天同年考中书判拔萃科，算得一生知己，白居易仅赠诗崔晦叔就有三十余首。两人诗酒琴音相偕，如伯牙子期高山流水，好不快意。

所以，老则老矣，美酒但喝不妨。冬的苦寒里氤氲着熏暖的酒风，绿蚁酒，褐绫裘，待得崔君至时，乐天必得倒屣相迎！知己到了，老愁也可销得了，且把盏对酌、慷慨当歌吧！有美酒，有知己，还有何颓靡不清峻通脱？

只是，次年秋，崔玄亮魂归离恨天，逝前将自己的玉磬琴赠予白居易。此后，乐天饮绿蚁时，再无晦叔。唯作《哭崔常侍晦叔》《哭崔二十四常侍》等数首，长歌当哭。

《哭崔常侍晦叔》一首尤其动人，读至“丘园共谁卜，山水共谁寻。风月共谁赏，诗篇共谁吟。花开共谁看，酒熟共谁斟”几句，竟然鼻子一酸，差点没与乐天一同泪洒“秋风襟”。六个“共谁”连用，我们几乎可以闻得他举一觞绿酒唏嘘怅望，涕泗横流，一声比一声更喑哑地唤着“晦叔，晦叔”。

天地玄黄，宇宙洪荒，再也寻不见他了，连唤他的声音都被肃杀的秋风掳走。卜丘园，寻山水，赏风月，吟诗篇，看花开，斟绿蚁，共谁？

“惠死庄杜口，钟殁师废琴。”庄子洋洋作《秋水》，也终须惠子与之辩，惠子一旦仙去，庄周再无对手。伯牙抚琴状山嵯峨、水泱泱，无子期知高山流水音，他甘愿绝弦废琴。晦叔就是乐天的惠子和子期，去后再无知己，再饮绿蚁时，只好以泪和酒一酹故人。

绿蚁，于乐天而言，恐怕已经不仅仅是美酒，更是经了炉火之后沸腾的一份情谊。与刘十九，与崔晦叔，情如绿蚁滚沸。

晏殊说“绿酒初尝人易醉，一枕小窗浓睡”，白乐天自是没有大晏这般的闲雅富贵气，但绿酒的醇香是一样的。乐天以绿蚁酬友，暖暖地围炉，情意佐酒。大晏倒耽于冷清索寞，独自啜饮。相较而言，我更爱乐天的温暖。尤其在这个冬天，即使少了雪的助阵，暖的炉，暖的酒，暖暖的红与绿，都能平添温情。

我又思念外祖母红彤彤的柴火灶和新滗出的米酒了。

㊂ 酴醾不是荼蘼

红稀绿暗掩重门，芳径罢追寻。已是老于前岁，那堪穷似他人？

一杯自劝，江湖倦客，风雨残春。不是酴醾相伴，如何过得黄昏？

——（宋）朱敦儒《朝中措》

世间是先有酴醾酒，还是先有酴醾花？每到酴醾花开时节，我总会有这样的疑惑。

小时不识酴醾花。离家不远的小山坳里，四五月份就遍地小花，白里略微透着些鹅黄，一丛丛喧腾着，叶片边缘和枝干都有小刺，连花梗上都有细细的绒刺，又引来好多小蜜蜂一起闹着。我们采来柳条做成环，怯怯地到那些带刺的灌木丛里，小心翼翼地掐些带梗的小白花插到柳环上，怕刺，也怕蜜蜂。花环是不能戴在头上或脖子上的，因为大人告诉我们戴白花忌讳。在哪一棵树下，埋着一只小蝴蝶、小蜻蜓或其他的小爱物，白花环便用来祭奠它们。

初中时才知道那是酴醾花。生物老师是一位文艺女青年，带我们到山野里辨识植物。见到那带刺的小白花，她雀跃得像个孩子，吟出一串“开到酴醾花事了”式的诗词，还像电影里的女主角一样，闭了眼嘴角带着微笑凑到花前，痴迷地深深嗅着花香。我们只瞪大眼盯着觊觎那丛花的几只蜜蜂，或者它们也还觊觎着老师如花的美丽。

我不知道现在已为中老年妇女的老师，是否仍是文学爱好者，是否还记得那一幕。小白花这个文学意味颇浓的学名“酴醾”，却从此被我记下了。

酴醾，查字典时，说是酒名，也是花名。古书上指重酿的酒，以花颜色似之，故取以为名。《群芳谱》上又说，色黄如酒，故加酉字作“酴醾”。又有西汉杨雄的《蜀都赋》称酴醾酒为“酴清”，是一种酒液较清、色泽鲜亮的米酒，因其酒色类似酴醾花而得名。再见酴醾时，我愈发疑惑了，到底是先有花，还是先有酒呢?

无论花抑或酒，酴醾都是清雅至极的概念，一如我们曾经年轻的生物老师凑到花前恍惚迷离的美丽。

关于酴醾花，最风致的典故得算范镇的“飞英会”。南宋朱弁《曲洧旧闻》里记载，范镇迁至许下后，建造了敞阔的“长啸堂”，堂前有一个酴醾架，每当暮春时节，他都要呼朋唤友雅集于花架下。酒酣之际，范镇看看杯中飞瓣，便想出了一个酒令：“有飞花堕酒中者，为余浮一大白。”也就是花架上的酴醾花瓣落入席上哪一位宾客的酒杯里，此人就必须饮一大杯。众人听闻此等雅事，皆拊掌赞同。而有时，微风过处，花瓣如飞雪，地上、案几，甚至各人襟怀、杯中，酴醾成雪。于是，满座皆欢，各浮一大白。

范镇并不是一个整天招酒弄花的公子哥，而是对王安石变法持着激烈反对意见的先锋人物。这样立于政治风云中的士大夫，在被迫“退隐”之际，尚能侍弄酴醾花，饮着酴醾酒，花事、酒事都清雅至极，风流蕴藉，也算清阔之人。

范镇之后，“飞英会”风靡一时，杯酒中浮着酴醾花瓣的雅集，成了每个暮春的欢会。

或者还是因为“飞英会”，宋人又特地往酴醾酒里加入了酴醾花。有文字为证——《文昌杂录》卷三：“京师贵家多以酴醾渍酒，独有芬香而已。”（宋·庞元英）

酴醾酒原本就是经过多次复酿的甜米酒，有着甜糯的香。到宋代这会儿，人们更在酒里加入了木香，将饮之前又以酴醾花浸渍其中，这时真真是名副其实的酴醾了，酒香里更透着花香，果然“独有芬香”！宋时有一卷《酒经》，曾介绍“酴醾酒”的制法：“七分开酴醾，摘取头子，去青萼，用沸汤焯过，纽干。浸法：酒一升，经宿，漉去花头，匀入九升酒内。此洛中法。”

此时，花与酒是融为一体了，酴醾既是酒，也是花。后来，大概是为了与酒区分开来，渐渐地，人们将酴醾花改字为“荼蘼”。

她是花的时候，另有“佛见笑”“白蔓君”“沉香密友”“傅粉绿衣郎”等多种别称。只是，为花时却常含伤感与颓靡。《红楼梦》第六十三回《寿怡红群芳开夜宴》里，麝月抽到一支花签，签名为“荼蘼——韶华胜极”，背面是：“开到荼蘼花事了。”签上还有一条小注：“在席各饮三杯送春。”宝玉觉出其中不祥意味，怕影响大家欢乐的情绪，连忙把签藏起来，说了声“咱们且喝酒”，遮掩了过去。荼蘼过后，三春便尽了，各种繁华皆为烟尘，于贾府来说，自非吉兆。

荼蘼总在春末夏初开花，凋谢后即为花季完结，所以，荼蘼的花语为“末路之美”。也因之，荼蘼入诗词总是携着淡淡哀愁。如宋代美女词人吴淑姬《小重山》：“谢了荼蘼春事休……心儿小，难着许多愁。”又如欧阳修《渔家傲》：“酴醾压架清香散。花底一尊谁解劝。增眷恋，东风回晚无情绊。”不过，也有陆游与厉鹗的旖旎情致，一个“北归一路摘香来”（陆游《东阳观酴醾》），一个赏遍“梨花雪后酴醾雪”（厉鹗《春寒》）。

荼蘼再美，也终究逃不开几度繁华过后的落寞苍凉，莫若饮一杯酴醾，枕着鼓荡的东风陶然睡去，一场梦后，便送得春归去，迎来热烈奔放的夏了。

想想，简直更爱煞了“酴醾”，似乎咀嚼着这两个字都能沁出馥郁的酒香，一盅酴醾尽可将荼蘼过后的清愁驱将开去，连头发丝里都不再留存一些些忧伤。

如杨万里的“碎挼玉花泛春酒，一饮一石更五斗”，赏着荼蘼花，饮着酴醾酒，而无半点颓靡风，豪情崭露。尽管杨万里饮酒豪气，“碎挼玉花”四字却挼搓出酴醾彻骨的蕴藉风流。若无荼蘼以花骨揉进酒中，酴醾怕会少了许多的丰神吧？有了荼蘼的酴醾，就如一个神髓里注入了爱情这种迷药的女子，会由骨子里透出柔媚，行走处带出香风，凝神时透出婉约，眼神灼灼顾盼生姿。于是乎，一盅又一盅，便饮了一石五斗犹抱着酒坛不撒手。

再想想，一架荼蘼，在暮春，百花开尽时，仍谋划着一场轰轰烈烈的花事。怎不是轰轰烈烈呢？如我儿时所见，只一夜之间，荼蘼成雪。那么热烈地开着，每一朵都炽白，白得晃了你的眼，又喧嚷着，细细碎碎推搡着，在架上万头攒动。待得采撷花朵，淘漉了，涤清了，沥干了，揉搓了，渍进酴醾清酒中，便是一段生命走进了另一段生命，一支箫与古琴的合奏，《凤求凰》古曲般缓缓地酝酿与痴缠。一场花事，演变成了一场情事。

酴醾总该是有情的，才能安顿一颗游子的心，如中年时的朱敦儒。

敦儒，字希真，生平跨北南两宋，该算得宋王朝变迁的亲历者。宋代文学史上对敦儒似乎记载寥寥，只好翻读几首词，从词里来品一品这个男子——我一直想象着他有清隽儒雅的样子。

我有着天蝎座女子易于沉湎的臭毛病，常常对一个人、一个物件甚或一朵花、一种气味一经喜欢便不加思量地迷醉。这回，于敦儒词亦是如此。于是，敦儒已不再单纯是一个清隽的中年男子，他几乎有了两宋词人令人痴狂的所有特质。敦儒是柳永，轻狂疏放，“诗万首，酒千觞。几曾着眼看侯王。玉楼金阙慵归去，且插梅花醉洛阳”（《鹧鸪天·西都作》），为着低吟浅唱，几度放弃浮名；敦儒是放翁，“中原乱，簪缨散。几时收？试倩悲风吹泪、过扬州”（《相见欢》），掬一把清泪一酹家国仇；敦儒是辛苏，会把阑干拍遍，悲吟梁父；敦儒还是秦观，一个江湖倦客而犹气骨不衰，口吐珠玑，将他的字句咀嚼良久仍无渣滓。大概只是我的沉迷吧？但敦儒词是真的好！

如他写酴醾酒，不渲染酒香，不铺陈酒色，荼蘼花入酒的风姿、风流等都不着点墨，唯写“不是酴醾相伴，如何过得黄昏？”

一样的羁客境遇，秦观只听出杜鹃啼血，砌成无数恨，而朱敦儒孤独羁留却毫不自怜。

时序也在暮春，花都凋零了，芳踪却懒寻。年岁老去，清贫不减，与这残春的凄风冷雨一齐向他侵袭，愁自然跳脱不开，却也并未如秦观一般厉声悲鸣。他只拈起一只酒杯，自斟自饮，一杯酴醾落入肚肠，便可慰藉风雨凄然中的漠漠轻寒。幸好，有酴醾相伴。酴醾已不再是那文人雅集中锦上添花的清欢，亦不是以风流身姿揉进馥郁酒香里的秾丽情事。敦儒说，酴醾是一种存在与寄托，如藜杖，如灯盏，有了藜杖，步履便稳了，灯盏如豆，也可亮得脚下路途。黄昏又如何？花残春尽又如何？茕茕孑立又如何？一杯酴醾，可解万般愁。

是时，正清夜，恍惚间一股甜糯的酒香倏地钻入，还有一枕荼蘼花的香。我笑笑，知道该搁笔睡下了。枕着春风迷糊睡去时，犹念着，待花开荼蘼时，也该渍些酴醾酒，煮些荼蘼粥，就着春天最后一场花事，好好醉一次。

而后，送春归去。

㊃ 当白居易遇上刘禹锡

杜康能散闷，萱草解忘忧。借问萱逢杜，何如白见刘？
老衰胜少夭，闲乐笑忙愁。试问同年内，何人得白头。

——（唐）白居易《酬梦得比萱草见赠》

杜康散闷，萱草忘忧。

当白居易遇上刘禹锡，便如饮了杜康，见了萱草，苦闷忧愁皆忘怀散尽。

杜康，我知道，是名酒。萱草呢？好酒之人，见到杜康与萱草两个词，必酒虫蚀骨而浑然不顾萱草。而于我，萱草则是童年最美的回忆，带露的芬芳。我们叫它黄花菜。

祖父爱侍弄花草，还在屋后开辟了一小块菜园，专种黄花菜。我从来不知道他什么时候撒下种子，等知道那园子里种的是黄花菜时，已经一畦碧绿顶着一茬儿青绿青黄的小花苞了。

黄花菜的枝叶本就美丽，纤长碧绿，衬着墙根深绿的青苔舒展披拂。秀颀挺直的茎擎着细锥形的花苞，在春末夏初的晨风里摇头晃脑。

黄花微微绽开，就是采摘季了。于是，几乎半个月里，祖父天天清晨喊我起床去摘黄花菜。我一骨碌爬起，趿着拖鞋揉搓着惺忪睡眼，操起一个小米筛就往屋后跑。小菜园草间的晨露濡湿了我的脚丫子，沁凉沁凉的，所有睡意都跑掉了。叶的清香花的甜香，在清晨洁净而微微湿润的空气里，将人整个儿包裹起来。

开始掐花了，握住整个花冠，轻轻一折，带露的花儿就落入了我的小米筛。鲜黄花菜在水里焯一下便可入汤羹，滑滑嫩嫩，齿颊喉舌乃至肠胃都得了这芬芳的清供，顿感满肚子春光，熨帖而自足。这种漫至肠胃的满足感便是黄花菜之忘忧吗？

黄花菜就是萱草。萱草又名谖草，“谖”即是“忘”。若从字眼里理解为忘忧，我宁可相信我的味蕾及肠胃功能，因为它们至今犹有对这种满足感的记忆。有多少淡淡的忧伤，也穿肠而过了。

可曹阿瞒偏说：“何以解忧？唯有杜康。”阿瞒的忧愁是深沉的，须对酒当歌，横槊赋诗，才能一解愁闷。阿瞒手把杜康，且饮且吟——青青子衿，悠悠我心。

《诗经》里这个句子若流水汤汤的思念，漫溢成了悠长的和声，一个低沉一个轻灵，连色彩都活脱脱清莹莹的。到了阿瞒这里，和声渐渐沉缓，唱成了一曲孤独的咏叹调。

三国离乱世，阿瞒思念若渴的不是情人，是贤才。无论各类野史稗抄杜撰出多少张奸佞面孔，戏曲舞台上白脸的曹操又有多让人咬了牙齿去愤恨，甚至妄拟出几多部为甄宓、为貂蝉、为小乔争风吃醋逆谋篡乱的小说或影片，都掩不去阿瞒一世枭雄的英气，一如他赋诗求贤、以杜康酹江月的慷慨激昂。因之，阿瞒以文才赢得“建安七子”，以谋略笼络荀彧、贾诩、司马懿等，以骁勇令典韦、张辽、张郃一干猛将聚首。

阿瞒，天下归心矣！

杜康果然解忧。不是醉了之后愁烦全忘，而是积极的助力，因杜康而催生出一首《短歌行》，比阿瞒无数条《求贤令》都来得管用。

人生契阔皆由杜康。由此，我妄拟一条这样的结论，可以吗？

萱逢杜，白见刘。白乐天与刘梦得的聚散离合，何尝不一样缘于杜康？

有诗可证。

初会——《醉赠刘二十八使君》（白），《酬乐天扬州初逢席上见赠》（刘）。

醉了，醉了。初逢即如故，他这厢为他引杯添酒，他这里替他二十三年被弃扼腕叹息。他为他把箸击盘而歌，赞他诗名堪称国手，人被才累；他听他一曲，愁绪顿消，精神渐长，反安抚他，沉舟将欲振奋前行，病树也会逢春新生。

两个青衫男子的知遇由席上杜康始。

相离——《醉中重留梦得》（白），《醉答乐天》（刘）。

这两首算真正的醉诗，是我见过唐诗里最好玩的离别诗。

这一年是唐大和五年（831），十月，大雪。时任礼部郎中、集贤学士的刘禹锡转任苏州刺史，赴任途经洛阳停留半月有余。

日日与白居易朝觞夕吟，将临别时，乐天冒雪在大福先寺为刘梦得饯行。

刘白会，依旧推杯换盏，主角仍是杜康。

酒过三巡，醉意沉沉际，又要分离。梦得将起身离去，白乐天扶醉吟道："刘郎刘郎莫先起，苏台苏台隔云水。酒盏来从一百分，马头去便三千里。"

梦得当即和答："洛城洛城何日归？故人故人今转稀。莫嗟雪里暂时别，终拟云间相逐飞。"

我们都知道唐诗格律甚是严谨，一般慎用叠词，即使用也只用在动词或形容词上。可刘白两诗皆用叠词，却既非动词也非形容词，竟然将人名地名叠用，浑然就是一组字浅情深的对话。

原本该是愁肠百结的离别，在刘白诗句里，显得无比旷达，有杜康催生的积极作用，更赖于这活泼泼的叠词。

我们能想起的最耳熟能详的叠词叠句是李清照的"寻寻觅觅，冷冷清清，凄凄惨惨戚戚"吧？与乐天梦得相比，易安居士的愁苦太过深重了，叠词一用更堆积成了绝望，泱泱无边。

易安总是用情太深、用力太过了，我还是喜欢刘白式的契阔离别，如饮杜康弄萱草，愁闷都解。

刘禹锡在《赠乐天》里将白居易比作萱草，相见即可忘忧。白乐天大约笑了，回一句：借问萱逢杜，何如白见刘？

萱草与杜康，白乐天和刘梦得，谁是谁的萱草，谁又是谁的杜康？萱草与杜康，于他二人的情意而言，只是一个符号罢了，如杜康已经成了美酒的符号。

杜康酒大概算得现今白酒之滥觞。东汉许慎的《说文解字》

中曾说，古者“仪狄作酒醪，杜康作秫酒”。仪狄做的是现今人们常说的醪糟，所以至多只能说是黄酒的创始人。而秫酒就是高粱酒、烧酒，那么杜康得算白酒祖宗。

现今亦有杜康酒，未曾喝过不敢妄作评判，但想来也仍只是借用了杜康这个符号而已吧？断不是那千年前让刘伶醉死足三载的杜康酒。

刘伶是“竹林七贤”之一，嗜酒如命，他每天衔着酒杯漱着酒醪，枕着酒曲靠着酒糟，一忽儿醉，一会儿又醒了，无忧无虑乐陶陶。有一天，他打听到世上佳酿唯有杜康，就直奔酒坊而去，当即坐喝三碗。醉昏昏返家后便不省人事，竟似醉死过去。家人只好备了棺木，阖家老幼，号啕哭喊，送出去埋了。谁知，三年之后，杜康来了，笑吟吟欲找刘伶索要酒钱。人们再又挖土开棺，刘伶便随着杜康一齐升仙而去。

故事肯定是假的，刘伶嗜酒却真。《晋书》里记载：“（刘伶）常乘鹿车，携一壶酒，使人荷锸而随之，谓曰：‘死便埋我。’”可知，酒是他人生至乐，但凡有酒喝，可死而无憾了。不但刘伶，连同“竹林七贤”都是放任不羁的酒徒酒孙酒爷爷，七人常集于竹林之下，肆意酣饮，逍遥自适。

试想，在魏晋离乱时期，如他们一般借酒遁去，自有了一派烟云水气，几追仙姿，岂是我辈俗物可追仰的？这样看来，刘伶与杜康飞升成仙却又不是无迹可寻了。

杜康终究是一个美丽的符号，有曹阿瞒的积极治世，有竹林七贤的简约云澹，也会有刘白的宠辱不惊、相契相知。这些种种混着酒曲酒醪酒糟一齐发酵、压榨、过滤、陈化，一酿几千年，愈品味愈气韵生动，不觉也同着刘伶一齐醉足三载、三十载、三千载……

一年春将尽，又是萱草开花时。到哪里再去寻我记忆中那一园子绿叶萋萋、黄花灼灼的萱草？还有，那个端着小米筛在晨露里奔跑的小女孩，和她身后面容清癯微笑着的老人？

或者，在春色里，找个人铺毡对坐，就着花香鸟鸣，喝一杯杜康？

萱草、杜康果真可解忧吗？如白乐天所言，借问萱逢杜，何如白见刘？解忧的该不是这个符号，是风度、气韵和懂得。

㊄ 琥珀色的温婉

兰陵美酒郁金香，
玉碗盛来琥珀光。
但使主人能醉客，
不知何处是他乡。
——（唐）李白《客中行》

小时候家里有一枚老琥珀，不知道到底有多老，里面确有一只不知名的小昆虫，只觉得并不甚晶莹，还不如一颗玻璃球。

老琥珀是同一块缺了口的小玉环一起在祖母的老髹漆的首饰匣里，被弟弟“发掘”出来的。祖父轻描淡写地说是琥珀，我们也便觉得并不是什么好东西。琥珀黄黄的，手指一捻腻腻的，却似乎又起了一层壳，跟父亲拉二胡用的松香差不多，只是没松香那么脆。父亲说，琥珀就是松香“变”的。后来小学课本里学到《琥珀》一文，果然。只是，还没等学到这一课，我的琥珀早已不见了。我心里极后悔，要是琥珀还留着，学《琥珀》时亮出来，该多拽！

后来再见琥珀是在丽江，一家老门脸，进去却别有洞天，橱窗里的琥珀光盈盈，在四壁流淌。我终于真的后悔丢了我的老琥珀了。

琥珀大概真能生光？否则怎的似一双眸子，秋波横欲流。记得也有部外国小说，写女子眼睛的颜色就是——琥珀。温润而通透，多美！更好的是，这份美里，还住着一只昆虫，那盈盈的光是因为有了魂魄吗？那么，每一块琥珀里都住着灵魂吧，每一只小昆虫就是一个美丽的精灵，只有它们才配得上如此销魂的殡葬。

在李白眼里，琥珀光是酒。写下这句，我轻轻笑出声来。酒仙看酒，总是带着看情人的眼神吧，无酒不欢，也就无酒不生光。

“琥珀光”是兰陵美酒。且不论这酒是否真盈盈似琥珀，兰陵倒的确算好地儿！试想，有这么一个去处，有山有水，山水间满是兰草生香，怎不让人疑惑浑入仙界？据说，这便是兰陵地名的由来。

我爱兰，认为凡与兰有关，都是好的。如一位画家朋友于素帛上任意撇出几笔淡墨，软软地绘出叶，再以朱磦点出花，只需简笔若此，而花叶披纷，逸气灵动。素则素了，却非凡品。又如邵容的琵琶曲《兰》，清越的轮指弹拨出来竟似曼陀林，又配上小提琴，只需在她的琵琶音里坐着，就是半天清淡时光。还有韩愈的《幽兰操》，“兰之猗猗”“不采而佩”，素履的君子着一袭布衣而来。王菲的空灵嗓音与特立独行，的确适宜唱《幽兰操》，但歌词的改写让人十分无语，生生成了一首王者的颂歌。屈原也是兰的忠实拥趸，而且兰陵正是屈大夫命名。

不曾去兰陵看过，不知是否仍是“兰之猗猗”的旧时模样，也不知而今在山东鲁地的兰陵小镇是不是屈子的楚国兰陵。唯有兰陵美酒如雷贯耳，感谢太白！无论多少的广告都及不上李白的这句“兰陵美酒郁金香”！

前几年央视有兰陵美酒的广告曲，歌词曲调都极一般，唯着汉服的歌者是亮点。

MV 里，一霎是厮杀的将军，一霎是清寂的小镇，女子安坐厢房案几前斟酒。等待是主题，女子一袭藕荷色衫子，手捧酒壶，缓缓斟，带着期许的温婉微笑。将军得胜归来，策马奔回。换了他坐于案几前，手执酒爵缓缓饮，她在庭下婀娜舞蹈，让他醉的不知是酒还是她。

很喜欢 MV 里歌者温婉的样子，浅浅笑靥，灿若桃花，我若是男子，见了她，也会如饮醇醪，不觉自醉。只是，广告里酒爵倒出来的似乎不是“琥珀光”的兰陵美酒，而是亮晶晶澄澈澈的白酒。

李白的“琥珀光”断不是这样透明的白酒，即使油灯昏黄，也折射不出他所能见到的琥珀之光。李白时期的兰陵美酒是琥珀色，还有郁金香。

郁金香不是郁金香。或者说，此郁金香非彼郁金香。我似乎仍没有说明白——郁金香是一味中药材郁金的香味，而不是荷兰的郁金香。阿弥陀佛，差点把我自己也绕进去了！

再查查。翻翻《辞海》，郁金，是一种产于我国南方的姜科植物，地下有块茎及纺锤状肉质块根，断面黄色，有香气。《唐本草》里说："郁金生蜀地及西戎。苗似姜黄，花白质红，末秋出茎心而无实。其根黄赤。"《本草纲目》的形容更形象："其苗如姜，其根大小如指头，长者寸许，体圆有横纹如蝉腹状，外黄内赤。"看来，郁金和郁金香实在相差甚远。

只凭寥寥数语，我仍不甚放心。上班间歇，偷偷溜到单位隔壁的同仁堂药房，觍着脸求了立在标了各式名号一墙抽屉前的大姐，让她拿些郁金给我瞧瞧。因为素来身体不好，在这家药店抓中药多了，跟抓药的大姐也熟了。她笑笑，也不问，就用称中药的小铜秤在一个抽屉里铲了几块搁在柜台的白纸上。而那抽屉一半写着郁金，一半写着佩兰，如此婉约的搭配！我看看那郁金，有些失望，就是硬邦邦一个小茎块，像才从土里挖出来的老根，泥腥气都尚未完全除去，就被搁进中药铺子里"冒充"中药来了。我有些嫌弃地拈起来看，皮还皱巴巴的，土灰黄色，切面倒颜色橙黄，嗅一嗅，果然有些馥郁药香直窜入胸膈。

美酒与郁金的结合，经了时间的酝酿，会是怎样的一种奇香呢？如今兰陵仍产美酒，还有着郁金的香吗？我不曾喝过，不得而知。想象中兰陵美酒的郁金香该是如着汉服的歌者一般，醉人的温婉。它必定不太香艳，不太秾丽，却香得丝丝入扣，甜而不媚，温存熨帖，便治了你的郁郁寡欢、羁旅浓愁、思乡之情。它与郁金一样，是一味药，朴素而仁爱，治病而不伤身。

兰陵美酒的琥珀光大概也跟郁金有关。

丑陋的木疙瘩般的郁金实则有着橙黄的内里，有“酒引子”如郁金，何愁酒色不美？这样，以玉碗来盛琥珀光，才不致门不当户不对。如《笑傲江湖》里祖千秋说的：“饮酒须得讲究酒具，喝什么酒，便用什么酒杯。若无佳器，徒然糟蹋了美酒。”他还大赞李白的“玉碗盛来琥珀光”，言道，玉碗玉杯，可增酒色。

金庸大侠若是让这老祖早生个七八百年，必定能得太白先生垂爱，尊为酒中知己。

窃以为，于兰陵美酒而言，玉碗似乎不仅增了酒色，更以其温润玉质与酒的温婉相得益彰。玉碗盛来琥珀光。酒是澄明的琥珀色，带着软软的芳香，玉碗莹润，或许还借着窗外柔软的月光，一碗琥珀色曳曳流光。这琥珀的光，没有一丁点芒刺，与酒一起软软的，暖暖的，入胃入心。天长霜冷，羁旅乡思，种种都在这芳香里这光里，融了化了。梦里不知身是客，只尽饮醇醴，如坐春风。

李白总是李白，醉在兰陵美酒琥珀色的温婉里，乡愁也有了温度。

而今，又是春风一度，我也蓦地起了乡愁。家乡有一个名嘉禾的小县城，正产一种黄酒，叫倒缸酒。那里的居民春天酿了酒，便粗陶坛子盛了，用蜡封了口，地底下埋着。过个一两年，要喝时从土里起出坛子，拿柄小刀轻轻划开蜡封，那酒香便扑鼻了。

有一年，我出差去嘉禾，被邀去做客。男主人拎起酒坛子一碗一碗地倒，酒色也是黄澄澄的，宁甜的香。我不住地笑着，喝着，一碗一碗。欢愉从胃里涌上来，与血液一起快乐奔突。

黄酒都是钝刀子，醉了也快乐！

从那以后，喝倒缸酒的快乐成了一种念想，每到春天便会勃发。总想着再提一坛子倒缸酒，煮一锅东江湖的鱼，再添几个春肴，邀三五好友，在暖暖的灯下，暖暖地温了酒。一口倒缸酒，一筷子东江鱼；一口倒缸酒，一筷子香椿蛋；一口倒缸酒，一筷子春笋腊肉……

我终究是俗女子，喝黄酒时总得就着菜肴，想念倒缸酒时，也还只想着酒入口后的醇香。

哪天，也去一趟山东那个叫兰陵的小镇，断不能再只着眼于吃，定要先看看那温婉的琥珀光！

㊅ 杏花是个俗女子

牧童遥指处，杜老旧题诗。
红杏添新色，黄垆忆旧时。
远山层作画，好鸟解吹篪。
偷得余闲在，官钱换酒卮。
——（明）顾元镜《杏花村》

甫入清和月，便熏风如织，阳光泼辣辣地倾出，紫红成尘，新绿渐浓。街头巷陌，另一些“花儿”也愈发姹紫嫣红，如前阵子春雨洗过一般，是世间至极的清好。四月的某天，买菜回来，烫了一小盅花雕，浅浅啜着，忽然想做一个男子，蜂蝶一样一亲香泽。

女子如花，似乎是一个滥俗的比喻，偏偏俗到无可俗时，任你搜肠刮肚想开脑壳，也再没有比花更适宜的喻词。

那个四月，想去洛阳看牡丹未遂愿，便去了徽州。在黟县南屏的一座老宅院污浊杂乱的小天井里，竟无意得见两株牡丹。虽然心中不免生出明月落沟渠的愤懑，还是被那一番富贵风流气摄住了，即使落入泥淖，被弃槛外，牡丹总是牡丹，雍容女子的气质掩不去。

每一种花都有一种女子气质。莲花静雅，兰花清简，菊花素隐，连路旁石缝草丛里的小野花也自有清淑之气。这种种花似乎都脱了俗气，只可远观不可亵玩，反少了几许动人姿态。

花也该俗，多一些人情味人烟气，如杏花。

不知什么时候，就给杏花烙上了“俗”印。大概叶绍翁那句“春色满园关不住，一枝红杏出墙来”太入心了，简直就是一个恨不得满世界的人都看到她的美丽，咋咋呼呼笑闹着的俗女子。就因为俗，杏花才如此生动。

南边无杏树，这时，北边的杏花也早该谢了，今年又不能见着。念着杏花，如同念着街巷里那个招摇而过的姑娘，所有人的眼都黏在她摇摆的腰肢和娇媚的面庞上。而我只是缩在一边忸怩不前的小丫头，明知太过疏远，仍巴巴地望着。

初见杏花的时候，我的确还是一个小丫头。在太原伯父家做客时，祖父教了我叶公这首《游园不值》。隔天，伯父便带着我们去迎泽公园看杏花了。

公园的杏花并不似诗里写的那般红得耀目，却也是满园春色，白的粉的喧嚷着，真像我们老巷里穿着大花连衣裙蹬着高跟鞋烫着卷发脆生生笑着的霞姑姑。只觉得它们不该生在这精心雕琢的公园，而应在炊烟袅袅的北方小村边或曲折小巷里斜插一枝。但我从此便念着杏花了，像念着霞姑姑一样。

杏花和霞姑姑一样，得算小家碧玉，俗得活色生香。后来读过更多写杏花的诗词，似乎都是写霞姑姑一样，在某个小村坞旁侧笑盈盈地倚着，东风一来，更笑得花枝乱颤了。

这样的小村坞该叫“杏花村”，离太原不远的汾阳就有杏花村。杏花村是古村名，也是出自这个村的酒的名字。一说起杏花村，另一首诗便氲着酒香了。

“清明时节雨纷纷，路上行人欲断魂。借问酒家何处有？牧童遥指杏花村。”（杜牧《清明》）

那个清明，天空拉长了阴冷的面庞，与往年一样淫雨照旧，抽丝剥茧一般，疼痛绵长无尽。痛因为这苦雨，更为清晰。游子小杜看落花、看柳丝、看行人，似乎形骸都脱，肝肠寸断，只看得他跌跌撞撞也险些失了魂魄。其实，各种外物仍只是物，着了灰一般晦涩的，是他的思念——故乡，故土，还有故土深埋着亲人的坟茔。路上游子欲断魂啊！青衫之上，是清明的雨还是思亲的泪？

天涯羁旅，唯有酒可一慰愁肠。念着酒时，迎面便来了披蓑戴笠牵着牛的牧童。

小杜见到一幅画了，可安顿魂魄。

天地是苍灰的绢帛，湿湿的重墨、浅浅的淡墨，点出牛、牧童。更浅淡的逸笔疏俊是垂柳，更远如芥的小点，是行人，是远山，是村落。

青衫人上前，那牧童的眉眼几笔便描画明晰，蓑笠的篾片棕毛笔笔撇出。

——童子，借问酒家何处有？

那少年该有着清爽爽的笑容，在斗笠下眨巴着黑亮的眼珠，转身指向不远处，清脆脆道一声：“杏花村！”

在牧童手指的方向，有了颜色，有了烟火气。村落的炊烟袅袅地在天地为绢的底子上轻轻氤氲，那颜色则是杏花的红色粉色白色，那样张扬地点染，更张扬的，是连清明凄雨也拽不住的酒旗。

只消看着，就醉了。杏花，炊烟，酒旗招展，一日见着了，便有了一日的着落，前路总会温暖些。

幸好，那个清明，杏花与酒肆同在。

小杜的杏花村，据说在安徽池州，断魂的清明雨也得算江南风物。依稀记得小杜似乎在池州任过刺史，池州的杏花村有杏花是无疑的，却不知是否有酒。因此，又有人言杏花村只能在汾阳，因为有汾酒。我无从由历史典籍中寻得一些些的蛛丝马迹，亦更无索隐癖，却知道小杜此诗意在酒而非杏花。

权且当作汾阳杏花村吧！总有儿时的情结在。

汾酒是极好的酒，在我五岁那年便知道了。那时，湖南到山西，得在郑州转火车。我们从太原回家时，伯父往祖父的包里装了两瓶汾酒，到郑州转车时，祖父去排队买票，嘱我好好看包。包放在广场一角，祖父买票去了一个多小时，我就在包上坐了一个多小时。等他从人群中挤出来时，我已经坐得摇头晃脑只顾打瞌睡了，包仍在我屁股底下。到了家，祖父小心地捧出用草纸严严实实裹了十几层的两瓶酒，一层层剥开，那酒瓶像观音娘娘的玉净瓶一样，瓶身上就有一张小画，画着杏花、牧童，还有问路寻酒的小杜。后来，祖父美滋滋地喝着汾酒时，我总记得有我的一份功劳。

我那时只知好酒就是汾酒，哪里还知道什么茅台、五粮液？也常借着汾酒的名头去唬其他小朋友，因为他们的家里只有小卖部打的散装白酒，用吊针瓶子装着，将胶皮塞子塞紧了翻过来包住瓶口。

我不知道“玉净瓶”的汾酒和吊针瓶子的白酒喝到嘴里的区别到底是什么，但见祖父眯缝着眼美美地啜着，而隔壁叔伯则长长地“嗞——”一声，眉头也皱起。

后来常常偷着喝酒，红的、黄的、醪糟糊汁，却一直没学会喝白的，总觉得冲得慌也烧得慌。有一年春天四处游玩，行至甘肃一个小镇找了家小客栈落脚，走到后院，竟然撞到了一株红杏，灼灼地开着，惊艳。

傍晚，我们将桌子搬到树下，点了几个小菜，便叫酒，我又起了儿时意念，问有杏花村或汾酒没？居然店老板也是好酒之人，不但有汾酒，西凤、杜康、陇南春，甘陕名酒他都藏了。

仍是要了汾酒，瓶身是素净的写意青花，难得的是瓶底杏花与村坞的红标几十年依旧未变。

一时间，我们头顶有杏花，把盏“杏花村”，一袭风来，杏花落入“杏花村”，将花连同酒一齐吞了，看那一树繁花也笑盈盈。那日的确醉了，醉得至今仍想不起汾酒的味道，只隐约地觉得像那杏花，纯和清冽，一脸粲然，是眉眼明朗真性情的美丽村姑。

汾酒就该染着这些烟村气，如同杏花就该与小村镇的烟火相伴一样。自然，也或许只是小杜的《清明》给了我暗示，我一头栽进去，非得替它们罩上一条朴素的花裙子，摹一双善睐而干净的眸，还造出一连串脆生生的笑声。又是一个霞姑姑，汾酒和杏花。

无论汾阳或池州杏花村，都得感谢一千多年前那个雨纷纷的清明里小杜泛滥的思乡情。

与魏武曹操笔下的杜康一样，杏花村也因小杜成了美酒的代名词，甚至更令人惦念着，如隔壁美丽的姑娘。

八百余年后，在小杜作诗旧地，另一位诗人也是酒瘾大发，只不过由头不是思亲，是隔着碧落黄泉，念那个问杏花村的人。

牧童遥指处，杜老旧题诗。
红杏添新色，黄垆忆旧时。
远山层作画，好鸟解吹篪。
偷得余闲在，官钱换酒卮。

仍是一抹浅淡的远山，还是那个杏花村，又是一年杏花笑靥新绽开，连鸟儿都如吹篪般嘤嘤成韵。似乎不是清明时节，没有凄风苦雨作底色，这位明代诗人顾元镜身处的杏花村里，一切都欣欣然，欢愉得浓郁。

小顾是乐观主义者吧？怀古都怀得这般惬意。若不是有“牧童遥指处，杜老旧题诗。红杏添新色，黄垆忆旧时”的句子，我简直一丁点儿都没读出，他那一刻想起了死了八百余年的小杜，仍算是触景生情。只是，怀古之思，瞬间被眼前春暖杏花开、鸟作篪声鸣的欢乐旖旎牵走了。

此情此景，就该饮酒了——偷得余闲在，官钱换酒卮。

从这句看来，小顾简直有了太白风范，这就比小杜更得我意了！杏花村里，酒旗招展，杏花那样喜盈盈冲你笑着，干吗还得苦巴巴去借酒消愁？

杏花下坐着，春风一来，漫天杏花雨纷纷，还有什么愁苦散不去？若还有，就喝一杯“杏花村”吧，就着杏花，念一个人。

㊆ 斟一觞宋词的风月

彩袖殷勤捧玉钟，当年拚却醉颜红。舞低杨柳楼心月，歌尽桃花扇底风。

从别后，忆相逢，几回魂梦与君同。今宵剩把银釭照，犹恐相逢是梦中。

——（宋）晏几道《鹧鸪天》

宋词就像陈年女儿红。

唐诗的浪漫，经几百年的发酵酝酿封坛储存，到了宋代，一开坛便风月无边。

它为“簸弄风月”而来，一兴起就流落烟花柳巷，在那些美丽女子的莺吭燕舌间添了三叠韵脚，长长短短更得婉转风流，听得心也生了涟漪，清欢无限。

难怪柳永“忍把浮名，换了浅斟低唱”。

宋词里风月第一人得算这位鼎鼎大名的柳三变，一阕《鹤冲天》就是他一生的注脚。

在那个年月里，柳永算得“专业词曲作家”，更因了这句“忍把浮名，换了浅斟低唱”，得了“奉旨填词”的名号。

话说柳永虽常流连于青楼酒馆，却也曾一度追求功名，却屡试不第，终于在仁宗初年考取。偏这阕《鹤冲天》早已传到禁中，上达宸听。等临轩放榜时，仁宗以《鹤冲天》为口实，说柳永政治上不合格，就把他给黜落了，并批示：“且去浅斟低唱，何要浮名？”（吴曾《能改斋漫录》卷十六）后又有人向仁宗推荐柳永，希望朝廷任用他，仁宗仍说：“得非填词柳三变乎？……且去填词！”

以我想来，不第也好，柳七性情本就不适合做官。一阕《鹤冲天》使得北宋朝廷少了一位不称职的官员，而令教坊酒肆多了个天才的词人，皆大欢喜。

且把这关系柳永命运的《鹤冲天》录入如下：

黄金榜上，偶失龙头望。明代暂遗贤，如何向？未遂风云便，争不恣狂荡。何须论得丧？才子词人，自是白衣卿相。

烟花巷陌，依约丹青屏障。幸有意中人，堪寻访。且恁偎红倚翠，风流事，平生畅。青春都一饷。忍把浮名，换了浅斟低唱。

从此，他名正言顺地“奉旨填词”。日日纵游娼馆酒楼间，再不复俭约。更自己做一枚手板，上书“奉旨填词柳三变”，填词后落款“奉圣旨填词”。

浮名已散尽，只好偎红倚翠、浅斟低唱。

一时间，教坊里的乐工每每得了新腔新曲就求着柳永填词，妓女们也争相唱柳词，以至于当时坊间流传一句话："凡有井水处，皆能歌柳词。"

在风月场上浸淫着，妓女是衣食父母，柳词脱不开世俗风流的窠臼，柳郎也自然逃不掉多情的罪孽。环肥燕瘦各种佳丽在他的词里，与之交颈缠绵、雨暮云朝，词里龙凤烛也燃了数遭，"洞房"也累篇了，尚嫌"秋宵不永"。即便也有过"衣带渐宽终不悔，为伊消得人憔悴"的真实相思，柳七哥仍是多情的。

"柳郎中词，只合十七八女郎，执红牙板，歌'杨柳岸、晓风残月'。"对于柳郎的多情，实在不必太过苛责。

一样的风月，小山写来也风流也深婉。

小山是小晏，晏几道，表字叔原。我喜欢称呼他小山。

小晏的这个号，总令我想到《世说新语》中"醉玉颓山"的典故。《世说新语》里写美男嵇康"其醉也，傀俄若玉山之将崩"，秦少游写司马相如醉态亦是"醉玉颓山"，我也从这四字里看到了小山的风流俊雅。

小山词最是情浓。冯煦说："淮海、小山，古之伤心人也。"小山之伤心与柳七之多情截然不同。一样的宴饮，小山就将"浅斟低唱"换作了魂梦相同。这是需要灵魂的交流才能达到，梦境相通的彻骨相思。

让我们也斟一觞女儿红，跟随着小山，回溯到千年前的那个梦境吧。

彩袖殷勤捧玉钟，当年拚却醉颜红。舞低杨柳楼心月，歌尽桃花扇底风。

小楼，杨柳，明月，玉钟，美酒，轻歌曼舞的美人。小山终究是出自侯门深户，一场宴饮，字字张扬、绚烂，华丽而喧嚣。这是记忆，“当年”在迷醉中成型的记忆。这份记忆中萦绕着激情，激情里氤氲着无尽的迷醉。仿佛一幅年月已久、绢质苍黄的夜宴图，虽然已被岁月包浆，有了一层赭色的黄，但那模糊而柔和的光，醉眼蒙眬中的美好，早在经年之前定格。

那一日的歌舞盛宴、千盅豪饮，至今仍犹在脑际。你，我的彩袖美人，笑靥盈盈，身姿款款，纤纤玉手捧上斟得满满的酒盅。而我，其实是酒量甚浅的男子，一点点的美酒便会令我醉颜酡红。何况，这日既有美酒更有美人。即便自己的酒量如此不堪，我亦不惜一饮而尽，哪怕昏然醉去，只为博得美人一笑。

现在想来，那日的醉，并非为酒所醉，真正醉人的不是酒，而是人，是歌，是舞。你的舞姿如此曼妙，你的歌声如此悦耳，连天幕上的月华也倾低了它的面庞，静静地观赏，那桃花扇底的微风也停滞了，似乎早被你的歌尽数唱完。

这便是小山的浪漫。一夕相逢便倾心，深情缱绻，难以忘却。其实，何尝是月儿被舞蹈所迷醉而低回？明明是小山的观赏太过投入了，所以才没有察觉到月儿越来越低，夜也越来越深。微风从不曾凝滞，更不会被歌曲唱完，只不过小山的倾听太过专注，忘却了挥动扇子。

上片越是渲染得热闹，下片越是凸现得凄凉。就在这份投入与专注的忘情中，时光已经在酒杯里悄悄逝去。“从别后，忆相逢，几回魂梦与君同。今宵剩把银钉照，犹恐相逢是梦中。”

最煎熬的，莫过于别情。曾经的斑斓，会在每一个落寞漫长的夜晚，如角落里海棠的袅袅香气忽然将记忆打开。看似美丽，却如抽筋剜骨，痛得深邃。几回回梦里，彩袖美人曼妙的舞姿、悦耳的歌声与小山的魂魄一同舞蹈。“几回魂梦与君同”，这份思念，是魂梦的纠葛，是汩汩深情燃烧到了极致的涅槃。

梦中的相会终归是空，清醒后的相思却越深邃，越彻骨。以至于真正相会之时，分不清眼前是梦是真，害怕再次醒来之后的思念更加痛彻心扉。重逢本应当是一件乐事，却被小山写得如此痛楚和悲凉。那每一夕的相思，尽在这手持银钉一“照”的动作之中。

电光火石般的一“照”，错位的现实和梦境便在一瞬间恢复了常态，才知道，原来，这不是梦境。千回百转的心态，全都凝聚在此。

写到这里，全词戛然而止。

别后梦中的飘忽难寻，今宵突然重逢的恍惚难信，景境几转，人事剧变，一切都“如幻如电，如昨梦前尘”。而重逢时的惊疑和惊喜之状也就自然而然，毫无忸怩作态。“几回魂梦与君同”的相思之情已至极致，“犹恐相逢是梦中”的重逢则更将患得患失的深情诠释到了新境界。

“几回魂梦与君同”，深情似小山，天下能有几人？

无怪乎后人评论说：“下片神品。”

小山的酒宴断不是一觞风月过后的无迹可寻，更不是一场欢会后落花流水各自东西的情浅。他也一样有莲、鸿、苹、云，红粉知己“品清讴娱客”。如与小苹初见，“当时明月在，曾照彩云归”（《临江仙》）；如将同小云分离，“有期无定是无期，说与小云新恨也低眉”（《虞美人》）……

小山词总能唤起人心中的柔软，轻轻浅浅读着而有袅袅不息的意韵。他“字字娉娉，如揽嫱、施之袂，恨不能起莲、鸿、苹、云，按红牙板，唱和一过”（明人毛晋语），为着这些红颜，他痴了一生一世。

他对女子用情之深婉，该如贾宝玉，如徐志摩，或王小波。

年轻一些的时候，我一度崇敬这样的深情男子。读《志摩的诗》，爱煞了其中一首《她是睡着了》。尽管现今看来，那些种种华美辞藻的堆叠，仿佛吟哦又嫌甜得太腻，但志摩的爱总是一览无余，让年轻的我艳羡到疼痛。再后来，读王小波《爱你就像爱生命》，这个又高又瘦又丑、吊儿郎当的家伙对李银河那么直白的爱，近乎吼叫狂呼，恨不得把心肝肺肠都掏出来，用最旺盛的生命力来爱着。

小山、志摩、小波，他们的爱，足可以让这些女人用一生来回味。

设若能将爱酿成一坛女儿红，然后窖藏或深埋，千百年后再来开坛，一觞风月便可醉倒一世人。

捌 蒲萄酒，金叵罗

蒲萄酒，金叵罗，
吴姬十五细马驮。
青黛画眉红锦靴，
道字不正娇唱歌。
玳瑁筵中怀里醉，
芙蓉帐底奈君何。
——（唐）李白《对酒》

很难想象，李白居然有如此香艳婉丽的一首古风。看来，葡萄酒的作用真不一般。

红酒似乎总与女人有关。就像一些程式性的剧情，武松们只能大块吃肉大碗喝酒，喝的都是烧刀子；上海男人嘬一小口黄酒，用蟹八件从螯里细细地剔出一点肉来吧咂着嘴；穿着背心短裤趿双拖鞋的小年轻坐在夜宵摊子前喝啤酒吃嗦螺，女朋友穿牛仔短裤股沟大露；着纪梵希印花衬衣的男子在会所里旁若无人地喝着白兰地威士忌；而红酒艳质妖娆，只能与女人一起喝，如李白。

现如今，喝喝红酒自然算不得什么，在唐代，却极珍贵。

葡萄酒原产于西方，直至汉武帝时期，张骞出使西域，才将葡萄酒和酿造技术引入中国。据说，一时之间，汉武帝的离宫别馆，尽栽葡萄。即便如此，也只有勋戚权贵才能享受如此美酒。东汉末年甚至还出了个以葡萄酒鬻官的孟佗，成为千古笑柄。《三国志》里有记载：“（孟）佗又以蒲桃酒一斛遗让，即拜凉州刺史。”查孟佗此人，简介里仅有两句：孟佗（又作孟他），字伯郎，东汉末期扶风郡人。以贿赂宦官张让，得任凉州刺史。

一斛酒便得一个凉州刺史的肥差，还“笑史”留名。故事虽荒谬，也多少体现了当时葡萄酒的珍稀。苏东坡都曾大发感慨：“将军百战竟不侯，伯郎一斗得凉州。”老苏是葡萄酒爱好者和美食爱好者，他说自己是——老饕。

读老苏的《老饕赋》足可以读到垂涎欲滴，击节赞叹不已。备着好厨子，好水新火熬锅好汤，炖好了肉，做好了樱桃蜜饯杏仁糕点，蛤蜊五成熟，螃蟹带糟蒸，美女弹琴鼓瑟翩翩起舞。还差什么呢？——“引南海之玻璃，酌凉州之蒲萄。”

那个时代的玻璃杯是极珍稀之酒器，美器美食美人，都是葡萄酒的铺垫，且无论如何繁华堆砌，于葡萄酒来说，似乎都不为过。

到后来的明代，葡萄美酒仍是人们心中的无上佳酿。金庸大侠的《笑傲江湖》有几乎半个章节写祖千秋论酒器——“至于饮葡萄酒嘛，当然要用夜光杯了。古人诗云：‘葡萄美酒夜光杯，欲饮琵琶马上催。’要知葡萄美酒作艳红之色，我辈须眉男儿饮之，未免豪气不足。葡萄美酒盛入夜光杯之后，酒色便与鲜血一般无异，饮酒有如饮血。岳武穆词云：‘壮志饥餐胡虏肉，笑谈渴饮匈奴血。’岂不壮哉！”

好酒配好器，照祖千秋说，葡萄酒须夜光杯才能配得。夜光杯闻名于葡萄酒界，全靠唐代另一位诗人王翰的《凉州词》中的“葡萄美酒夜光杯”。

夜光杯是和田玉所制，又是珍宝一件。

再回头来看李白。酒仙喝葡萄酒使的杯子叫“金叵罗”。

乍一看到“金叵罗”三个字，便想起与之有关的一个人，寿镜吾老先生。初中时有篇鲁迅的文章，便写先生微笑着大声念书，而且将头仰起，摇着，向后面拗过去，拗过去：“铁如意，指挥倜傥，一座皆惊呢；金叵罗，颠倒淋漓噫，千杯未醉嗬……”

我也疑心这是极好的文章，所以长大后特地去翻找。文章是清代武进人刘翰的《李克用置酒三垂岗赋》，与《凉州词》一样，主题亦是饮酒报国。赋文早不记得了，却知道了金叵罗是黄金制的大扁形酒杯。

南海玻璃杯、和田玉夜光杯、金叵罗，单单这些杯子就价值不菲了，何况杯中酒？我终于理解孟佗为什么能拿葡萄酒换得一个肥缺了！

还是读李白这首写葡萄酒的诗吧，好酒之人才能理解酒的好。

葡萄酒，金叵罗。珍贵的酒与酒器相遇算是序幕，拉开的是一个男人和一个女人的情事。女子年轻而美好，是吴地歌姬。

有人言，诗写的是新妇归宁，葡萄酒是陪嫁，像金叵罗一样贵重。殊不知，“姬”，多是对侍妾或歌舞伎的称呼。作“新妇”理解之人大概是为着周全诗仙名号吧，我想。其实，李白虽是诗仙，但终归是普通男子，声色犬马又怎会不爱？这首就活脱脱是一首艳情诗，比苏轼闻丝竹观舞蹈大肆饕餮，更显得放浪形骸。

吴姬年方十五，骑着一匹精致小马而来。“青黛画眉红锦靴”是她的样子，“道字不正娇唱歌”是她的情态。我揣测，那马背上的少女，定是稚气未脱，形容未开，还幻想着嫁得一个好夫郎为她早起画蛾眉。却不想才及笄，便堕入红尘泥泞处。她那青黛眉间定还存着懵懂，脚上却已着了华贵红锦的靴奔赴这勾栏酒肆，以歌声和年轻的身子讨营生。而李白，也同大多数男人一样，逃不开色与欲，何尝用他观世事的眼看一看她的稚拙。

若如此，我宁可他是薛蟠，呆霸王粗俗尚知怜爱妓女云儿。或如秦少游，“谩赢得，青楼薄幸名存”，总还是留有一些情在。李白不是他们，他身负不世之才，睥睨一切，连眠花宿柳都不甘落于人后，岂会囿于烟花柳巷的欢情？这是薄情还是滥情？年十五的吴姬也不曾念及情之一字吧？她只懂得描画了春山黛眉，穿着红锦小靴，用她的吴侬软语低低地唱，除了老鸨教她取悦男人的几样本事，于其他事物，她毫无知觉。

那就唱吧，这中原来的男子原就不懂吴音，曲调总是通的。吴姬的歌声该是软糯娇柔，带着茉莉花香的江南小调。她也只能唱唱茉莉花式的小调吧，连《金陵十三钗》的《秦淮景》都唱不来。玉墨们是胭脂染透了的合欢,而她是初苞待放的茉莉花,无那般的风情万种。

金叵罗，葡萄酒，美歌姬，娇吴音，玳瑁筵，芙蓉帐。一切都奢靡若此。

接下来的情形该顺理成章了——葡萄美酒造就了一个浮醉的世界。

醉，似乎自古以来都有一个共同的借口——及时行乐。葡萄美酒夜光杯的醉卧沙场，是及时行乐。葡萄酒金叵罗，芙蓉帐底拥吴姬，也是及时行乐。有美酒，有美人。

只是在饮葡萄酒的酒器上，李白就及不上王翰了。金毕竟俗了些，殷红的葡萄酒倒入金叵罗里，怕也只现出污浊的赭石色了吧？夜光杯则是和田玉的羊脂白，杯中酒色如血。不过，王翰的醉卧沙场也罢，李白的醉倒吴姬芙蓉帐里也好，都好不过苏东坡。一样的美艳侍姬歌舞升平，老苏犹能透过玻璃看杯中葡萄酒红香浮动，在酒而不在醉，老苏才是真正会品葡萄酒之人。于葡萄酒的意义，金玉都不如玻璃，通透，一眼即见酒的妖娆女人红。

一千余年了，葡萄酒似乎仍与女人有关。

软木塞“啵”的一声轻启，就有了暧昧的意味。泠泠地倒进醒酒器，那艳丽的红便如一个背影转身时带起的裙裾，击中了一颗玻璃心。轻轻晃动它，红的酒液丝一般在器皿里滑动，甘酸的暧昧由瓶口冒出。取过一只郁金香形的高脚杯，有着一个婀娜女子的身形，酒液在杯中缠绵，暗香浮动。轻轻啜一口，柔滑醇香，略有微涩，落入胃中时，诸般滋味又上心头。喝葡萄酒就如经了一场风花雪月的情事。

不记得在哪本书里看到过罗马传说中有一位葡萄酒神。这位酒神的名字叫巴克斯，是古罗马象征葡萄与葡萄酒、荒淫与放荡之神。巴克斯发明了葡萄酒，使成千上万的女性崇拜得几近疯狂。每当酒神出游，身边总是伴随着一群仙女。这些仙女一边畅饮着葡萄酒，一边载歌载舞。而酒神则总是一副慵懒的样子，眼神里透露着一股堕落和逸乐的气息。

得知这个传说后，我似乎有些原谅李白了，从一开始葡萄酒就被施下了一个魔咒，巴克斯逃不开，李白又何尝可以逃开？葡萄酒红宝石般的艳丽不正是女子的百媚千娇？一个眼神便可以摄魂夺魄，浅酌巧笑之间，春风也沉醉。这种蛊惑，红酒不自知，吴姬不自知，李白亦不知。都是葡萄美酒惹的祸，我该向太白先生致歉了。

葡萄酒还是做女人酒吧，魔咒自消。

夜里以你纤长素手，拈一只高脚杯，注入半觞殷红，再微张朱唇噙着杯沿，轻啜一口，让酒液停在口腔舌面，八秒。足够了。

㊈ 就一段文字浮一大白

旧酒投，新醅泼，老瓦盆边笑呵呵，共山僧野叟闲吟和。他出一对鸡，我出一个鹅，闲快活。

——（元）关汉卿《四块玉·闲适》

人生最快意莫如在一个清雅干净的地方住着，高兴了招呼上一二好友，烹煮些小鲜，烫一壶好酒，搬张小桌子几把竹椅子，坐在夏夜的月光底下。笑谈间，搛几筷子山野小菜，推杯换盏，浮一大白。

这只是我的一个梦，大抵无闲暇日子的人才会做这等“没出息”的梦。偶有空闲，哪怕仅仅咀嚼着这个梦，也值得浮一大白。只可惜，我总没学会大杯喝酒，难得这般淋漓畅快。

“浮一大白”似乎原本与闲适快意并无关，它讲的是一个罚酒的典故。

西汉刘向的《说苑》里有这么个故事：战国时期，魏国有个人，名叫公乘不仁。一次，国君魏文侯与大夫们饮酒，请公乘不仁担任“觞政”一职，他们约定：“饮酒不尽者，浮一大白。”意思是，如果有喝酒没喝干的，便要罚一杯酒。几轮之后，魏文侯杯中酒没有饮干。于是，公乘不仁毫不客气地举杯要罚，魏文侯视而不见，左右也护着国君说：“公乘先生，您退下吧，国君已经醉了。”公乘不仁仍然坚持要罚，说：“今天国君之前已经立下了规矩，现在又要破坏自己定的规矩，能行吗？”魏文侯一听，觉得有理，大笑起来：“说得好！拿酒来，寡人甘愿受罚！”举起杯一饮而尽，并拜公乘不仁为上客。

公乘不仁这个“觞政”，后来有个很通俗的名字叫“令官”。

令官公乘不仁可监国君达天听，《三国演义》第四十五回群英会里，周瑜也让太史慈做了一回令官，更可以军法处置违令之人。

这一回里，蒋干领了曹操之命过江东去劝降周瑜。周郎何等聪明之人，怎会不明就里，但仍设宴招待，饮酒前，周瑜让太史慈听令：“可佩吾剑，为监酒令官，今日酒席宴前，只叙朋友交情，若有人提起孙曹军旅之事，急速斩之。”结果是，蒋干劝降不成，反中了周瑜离间之计，使得曹操诛杀了水军都督蔡瑁、张允。令官太史慈在这一回里虽至多只能算个配角，总还是功不可没的。

《红楼梦》中刘姥姥再进大观园时，鸳鸯也做了一回令官。这一回可以算是大观园里最欢乐的宴饮。那日一早，刘姥姥由贾母等一众人引着逛了稻香村、潇湘馆，便往秋爽斋摆了早饭。开吃之际，王熙凤与鸳鸯暗里使刘姥姥高声说道：“老刘，老刘，食量大似牛，吃一个老母猪不抬头。”一时间，“史湘云撑不住，一口饭都喷了出来，林黛玉笑岔了气，伏着桌子哎哟，宝玉早滚到贾母怀里，贾母笑得搂着宝玉叫‘心肝’，王夫人笑得用手指着凤姐儿，只说不出话来，薛姨妈也撑不住，口里茶喷了探春一裙子，探春手里的饭碗都合在迎春身上，惜春离了座位，拉着她奶母叫揉一揉肠子。地下的无一个不弯腰屈背，也有躲出去蹲着笑去的，也有忍着笑上来替她姊妹换衣裳的”。

我素来是个愿世事都好之人，读《红楼梦》几遍，一直盼着宁荣两府时时欣荣，宝黛两情相悦，宝钗湘云四春花开祥瑞，连晴雯也不要死，司棋也不用亡。回回读，总要唏嘘遗憾不已。唯读到此处，跟着她们一厅的主子丫鬟一起，笑岔了气。忘形失笑之后，更对曹雪芹老先生顶礼膜拜了，对人物、细节的拿捏，一分一毫都不差。

这厢里，早宴的笑声还未消匿，藕香榭的午宴又摆开了。一样的宴饮，同一堆人，必得写出不一样的吃法。想起旧时昆曲里有“戏胆”一说，指的是戏中的关键人物或关键细节，早宴的戏胆自然是刘姥姥，而要论起大观园午宴的戏胆，莫过于“令官”鸳鸯行的这“牙牌令”。

这出“戏”算鸳鸯首次担纲“主演”。酒宴将始，鸳鸯在桌边坐下，也吃了一盅酒，笑道：“酒令大如军令，不论尊卑，唯我是主。违了我的话，是要受罚的。”俨然一位三军统帅，丝毫不失大将风范。“众人”推举的“令官”方能有此“大权”，便也罚到谁，都得浮一大白，甚至贾母、王夫人。

酒令遭罚本就是一桩快事，友人相逢要“浮一大白”，喜事临门要“浮一大白”，读到一本好书也该“浮一大白”。

《虞初新志》里有篇《补张灵崔莹合传》，写张灵夜读《刘伶传》，书案上搁着酒盅，边读边屡屡叫绝，高兴起来就浮一大白。这真真是一个性情中人。刘伶是酒鬼，世人皆知，张灵读《刘伶传》可以连声叫好大杯饮酒，也是个好酒之徒，有了读传记而遇知音之感。

张灵与刘伶“隔世相交”，酒是同好。苏舜钦于《汉书》中“遇见”张良，则是倾慕他的文韬武略，唯酒是逢知己时最好的宣泄。

苏舜钦素来酒量惊人，甚至无须佳肴来佐，常常一个人喝掉一斗酒。有人偷偷去查看过，只见苏舜钦正读着《汉书·留侯传》。读至张良延请刺客以大铁锤刺秦始皇，却未能击中，苏舜钦拍案大叹可惜，便执杯“浮一大白”。读至张良遇刘邦，他又拍案感叹良臣遇明主，“再浮一大白”。

读一本书，遇到一个人，领略到的妙处便是隔着千古的会意，的确该拍案击节浮一大白。譬如读东坡，读陶庵，读知堂，读黄裳，读汪曾祺……他们常伴我的案头，读得高兴了，便烫一小壶花雕，拉了他们铺毡对坐，畅快同饮。即使无酒，也必得泡一盏好茶，龙井、瓜片或我家乡的狗脑贡茶。断不能喝煮得浓浓的普洱黑茶、高香肆意的乌龙茶，它们太过浓稠，汤色或香气也浓。也别喝君山银针，太清高寡淡。他们的适意是有味道而不过于粗犷、闲雅又不脱人烟气的冲淡疏朗，正适合微笑拍案，浮一大白，还得隔着千古阴阳，长作一揖。没有酒，就喝一盏茶吧！

要说佐酒最佳，我私心认为得推元曲，它们才是油盐酱醋都搁了的家常菜。

记得早些年，几个所谓文人骚客的聚会，一位仁兄新近失恋，总在低头喝闷酒，咂一口酒叹一声气。我那时正读元曲，见这位相思若此，便想起乔吉一首曲，一时拊掌大笑，笑得口中酒也呛出来。

揽柔肠离恨病相兼，重聚首佳期卦怎占？豫章城开了座相思店。闷勾肆儿逐日添，愁行货顿塌在眉尖。税钱比茶船上欠，斤两去等秤上掂，吃紧的历册般拘钤。

等我将这首《水仙子》念出，再缓缓形容一番，在座诸友都大笑了，眼前这位可不是开了一座相思的店？就着这首俚俗的相思曲，又多多地喝了好些酒。

“诗词尚雅，曲语尚俗。”抛开诸多拘系，元曲的率真与绝俗，正是值得“浮一大白”的佳肴。

关汉卿的《四块玉·闲适》也算得一道绝妙小点——

旧酒投，新醅泼，老瓦盆边笑呵呵，共山僧野叟闲吟和。他出一对鸡，我出一个鹅，闲快活。

这首《四块玉》从语言上来看应该算俗到可以了。“老瓦盆边笑呵呵”，“他出一对鸡，我出一个鹅，闲快活”，简直是最为拙朴乡土的语言。全曲以简练的白描笔法为人物画形传神，给人以活泼、憨厚之感，朴实浓郁的生活气息扑面而来。而且几乎全部口语化，通俗质朴，谁都明白，谁也都懂得，也任谁读了都会引发丰富的联想。俗也俗得韵味十足。

若要从意蕴来说，这首曲却又实在不俗。

旧酒新醅的随意，手捧老瓦盆的惬意，闲来无事吟和的雅意，出鸡鹅凑份子的快意，尽是笃定泰然的闲适。这份笃定该让千古多少文人迁客羡慕不已却又心生怅恨呀？

老关另一首《一枝花》曲里还有一句更有味，说什么“我是个蒸不烂、煮不熟、捶不匾、炒不爆、响珰珰一粒铜豌豆”。这简直是正宗湘菜了，色味俱全，还香辣辣的，读得你心花怒放手舞足蹈。那么，便捧个老瓦盆，大碗吃肉大口喝酒吧！

一本书，一个人，一首曲，当它们直抵人心，你若能豪气地端起杯浮一大白，不是人生一大快事吗？

来生，我得做一个须眉男子，招了刘伶、陶潜、太白、东坡等一干人等，与他们横槊赋诗，将绿醅红醪、花雕茅台、五粮液杏花村、酱香型清香型浓香型……所有美酒喝遍。广结天下簪缨士族、山林野士、青衿书生，乃至贩夫走卒、烟花女子，在市井江湖、勾栏瓦肆，高兴了浮一大白，不高兴了仍浮一大白。

㊓ 对影成三人

花间一壶酒，独酌无相亲。
举杯邀明月，对影成三人。
月既不解饮，影徒随我身。
暂伴月将影，行乐须及春。
我歌月徘徊，我舞影零乱。
醒时同交欢，醉后各分散。
永结无情游，相期邈云汉。
——（唐）李白《月下独酌四首（其一）》

我一直自认是极内敛无趣的人，绝无半点不实。如果可以，我能一周不出门，不见一个人，不说一句话，穿着睡衣蓬头垢面，还自在得意。所以，如我这样的人只会谨小慎微行事，不敢放肆高调做人。如我这样的，也大多只是庸常活着再照常死去。只有天才才有资格高调，如李白、柳永、徐渭、徐志摩等。

庸常的我却爱着他们的高调，也曾经跃上高处把酒临风朗声吟《将进酒》，其实徒增笑料。李鬼尚且仅能似李逵几分，太白遗风，谁学得来？

对酒当歌的疏狂仍只适合李白这样仙灵一般的天才，他们往往青衫落拓遗世独立，酩酊之际高歌一曲可惊天上人。

那样的夜晚，该有月有酒，可众乐乐，更宜独饮。

“对酒当歌”的人生方式是曹孟德时期的魏晋风骨，一曲《短歌行》叹人生苦短诉心中忧思。我只不喜欢诗里曹孟德式的政治，非得将“青青子衿，悠悠我心”这样美丽动人的相思扯到求贤上去，简直牵强且糟蹋。总是政客，让人觉得饮一场酒作一首诗都包藏谋略。何如太白？

太白先生才是真文人真性情，魏晋能有这份性情的怕只有刘伶，但相较而言，刘伶也只能算一个酒癫子，文才哪里及得上太白十一。我私心里认为，能对酒当歌者，必得酒才与文才兼具。曹孟德算一个，刘伶只能算半个，他俩加在一起才能勉强相当于一个李太白。

太白的诗，如一幅捭阖大开的画，墨韵浓稠，各种设色也泼足，绛紫、石青、靛蓝、缁色，种种跌宕，如《蜀道难》《梦游天姥吟留别》。而一旦饮酒，则更是癫狂一般，抵死般披肝沥胆，像他与诗与酒谈了一场惊天地泣鬼神的恋爱，风雷也动了，如《月下独酌》《将进酒》。

太白能让人生生爱到骨头里，不但他的狂傲，还有他的孤独。大概从蜀地走出来的那一天起，就注定了他，一个天才的孤独——

天宝三载（744），暮春。太白到长安已年余。

记得临来京城之时，他欣喜欲狂，引吭高歌："仰天大笑出门去，我辈岂是蓬蒿人！"翰林院的生活却让他失望了。巴蜀秀美的山川滋养的勃发才情，而今只能在这红墙碧瓦雕梁飞檐的高墙内，皇帝妃子达官贵人们的酒宴上，作附庸风雅的助兴。

今日，沉香亭赏花宴上，贵妃一曲《霓裳羽衣舞》下来，倾倒了所有宾客。皇帝兴之所至，高喊着让他为贵妃赋诗应景。原本坐在末位埋头独酌的他抬起惺忪醉眼，环视一周。而后，徐徐起身，缓缓捋了捋杂乱的须发，剑眉一挑，不急不缓道："微臣作诗有一怪僻，须得有仆人脱靴、美人侍砚方得，臣拟请贵妃和高总管。"此言一出，满座愕然，妃子文人无不为之咋舌。皇帝兴致正浓，全然不以为意，哈哈一笑："如此，便叫力士为学士脱靴，还烦劳贵妃亲自来捧砚了！"于是乎，周遭一干人等将他扶上锦榻，高力士为他将靴子脱下捧好，贵妃亲自奉上砚台。他拈起笔，顿了顿，三首《清平调》一气呵成：

云想衣裳花想容，春风拂槛露华浓。

……

喝彩声轰然而起，经久不绝，他却已携美酒悄然退出。

后院空无一人，众学士尚在沉香亭享受皇帝赐予的珍馐美酒、丝竹之乐。仰头望天，苍穹里唯有这轮明月冷冷地倾洒着它的清辉。

他在院里石几上坐下，将袖中酒壶举起，衔着壶嘴吞了一大口。

多年来的漂泊中与他朝夕相伴的只有酒，在无尽的寂寥中能知他懂他的，也唯有这亘古不变的一轮明月。

澄澈月光倾泻在院落里，庭中花姿树影疏疏落落，风姿绰约，可是那蟾宫翩跹舞动的仙子？他起身，信步花间，且行且饮，喝得畅快淋漓。“凤凰初下紫泥诏，谒帝称觞登御筵”，这一切只不过是一场幻影。既然“大道如青天，我独不得出”，还不如此时的把酒对月来得实在。莫辜负了这春宵美好月色，及时行乐才好！

他渐渐喝得眼花耳热，脚步踉跄，醉眼迷离。蓦地，瞥见了自己在庭院中的影子，笑了。他抬眼看看月亮，又垂帘瞅瞅影子，举起酒壶道：“二位先生，太白这厢有礼了！今日讨得御酒一壶，我等来开怀畅饮，不醉不休！”他又向口中倾了一大口，边饮酒还边吟咏，直欲手之舞之，足之蹈之。一时间，似乎月儿也聆歌流连，影儿也零乱随舞。“哈哈！今我知己，唯有酒与月！”他在花间穿梭舞蹈，大声吟唱。

花间一壶酒，独酌无相亲。举杯邀明月，对影成三人。月既不解饮，影徒随我身。暂伴月将影，行乐须及春。我歌月徘徊，我舞影零乱。醒时同交欢，醉后各分散。永结无情游，相期邈云汉。

此时，声音戛然而止。他侧身倒在一株牡丹花下，壶也倾倒，酒洒了一地。远处传来几声辽远的子规啼叫：“不如归去！不如归去！”

这只是我的揣测，硬生生将《清平调》与《月下独酌》的创作时间连在一起了。我总觉得，沉香亭的富贵热闹必定是太白孤独的原因之一。天才该如大鹏，而不是皇宫内院歌功颂德的囚鸟。

太白的酒肠里堆了曲蘖，天地乾坤也可放浪形骸，岂是一个个黄圈圈的城堞能围困的？自然，那黄圈圈里蝇营狗苟者也容不得他的狂放。在湫隘处隔牖看明月，莫若推门而出，与那明晃晃的月光直白地相亲。于是，李白走了，去到广阔的天地间，对酒当歌。

白日放歌须纵酒，夜阑把盏更须歌。太白饮酒，从来不是浅浅的微醺，如那等白衣胜雪的书生一般经不起大碗酒的醉意。要么不喝，一倾则是三百杯。后来的他，简直就是一个徒步流浪的侠士，像古龙小说中的李寻欢、傅红雪、叶孤城，冷傲而恣肆，即使颓废也隐约透出逼人英气，喝酒更必得淋漓酣畅，拟把疏狂图一醉。之所以与古龙小说人物比，实在觉得，在摹写英雄气质这点上，其他武侠名家任谁也比不上古龙，梁羽生太局促，金庸太做作，张丹枫至多做个书生，令狐冲就更只能算半个豪杰。

李太白的英雄气质，在他仗剑走天涯的行止间，更在将五花马、千金裘换美酒的洒脱豪气里。即使你企图负隅顽抗，也不免在他的江湖里沦陷。

烹羊宰牛，豪气干云，一饮三百杯莫停，酒千觞，诗万首。醉毕歌罢，仍旧大笑自去，保一世疏狂！

这才是，也只能是——李太白。

后记

茶余

日前，与友人造访钟叔河先生念楼，得先生题写书房名“懒云窝”。“懒云窝”是元散曲家阿里西瑛居室名，我借了来，不打算还他了。

世上颇有些懒物，猪算得一个，云算一个，我也算一个。虽说猪的习性倒也适合我，但丑且脏臭。便为着架上那些名家先贤，我也不能管书房叫“懒猪窝”。云不一样，云的懒里有仙气。云为汽聚，浮于半天，风来推一把便飘一会儿，无风就懒得动，连吃喝拉撒都懒。水汽聚得凝重了，一撒气，噗——雨落了。比猪还懒。我那屋小，堪不得“舍”“轩”“楼”“居”这等大用，“懒云窝”正合用。

我就窝在懒云窝里，煮一壶茶。喝几口茶，翻几页书，读几首诗词，偶尔写一篇文章，其余便饱食懒睡。昏昏然睁眼看看窗外的云，它还停在那没动弹，我也懒得起身，再睡。于懒而言，除吃喝外，余事都是麻烦事。幸而有茶，可以驱懒。

我也算在茶里浸淫了数十年。儿时外祖母的胡椒茶，不知味时的各式茶沫子，及至后来的黑白红黄绿各类好茶，想来可以“吨”计了。古人讲“吃茶”，卢仝吃七碗，苏轼不禁三碗，写《茶谱》的朱权一瓯可通仙灵。我都以“吨”计了，还醍醐未醒不通得很，想来懒病未去，又现愚疾。

不通便不通吧，仍旧喝我的茶。正山小种得搁会儿去了火焙气香气平和了才吃，能吃出轻浮味来。今年雨水刚刚好，家乡的狗脑贡鲜得快要沥出绿了。冬来煮一壶老黑茶，日子暖暖融融，再往茶里扔几瓣梅花，茶汤和软又骀荡。建水紫陶壶有金石气，泡冰岛能更促茶香，十数泡后仍旧笼着香在里面呢。柜顶上那片老班章是开还是不开呢？再寻了日铸、松萝、六安、紫笋、蒙顶来缓缓喝，以白乐天的说法，皆为“茶中故旧”。从初一喝到年三十，恍恍惚惚混混沌沌，一年又一年。嗯，真挺好！

煮茶最好读诗，有断续节律，有跌宕，有委婉，能让俗日子生出香来，谓之“茶瓯歇罢茶烟起，闲事营毕读闲诗”。

安化有一样松针茶，适宜春日雨天。慢慢啜饮时，能眼见得远山带了烟岚，宿雨洇了桃红，青苔含了朝露，是王维式的春山可望。篱笆上豇豆挂了许多青绿的小串，旮旯里的藤葛牵牵延延爬上了墙，鸡群撒开了丫子窜，就舒一口气念一句“悠然见南山”。大茶缸里前夜萃的冷茶，正好佐陶渊明这一些烟火气。无月的窗前，一灯如豆，则可煮一壶熟普，捧杜工部诗，读到更声长长短短，索性尽荒鸡唱了。竟不知是诗力，还是茶劲。

茶余也拣些闲诗作了一些闲文章，结了两本册子，就叫《茶烟起》《营闲事》。“起”似茶烟断续，徐徐不歇，文气也如此才好，似断实连，你以为幽眇无序时，它又绵绵不绝。可惜我写文章时灵时不灵，大约茶炉里的炭不够好，水刚一滚沸，又泄气了，只好再添新炭。此谓“营”。

《茶烟起》和《营闲事》皆为茶余事，辑录合为《吃茶见诗》。俗世总仓皇，我尚须为生计日夜营营，只是趁茶余遁匿一回罢了。

庚子年小雪日，于懒云窝